Il y a quelqu'un qui t'aime en France

Antoine Caputo

Il y a quelqu'un qui t'aime en France

Les Éditions du Panthéon
12, rue Antoine Bourdelle – 75015 Paris
Tél. 01 43 71 14 72
www.editions-pantheon.fr

ISBN 978-2-7547-6428-5

« Il ne faut jamais renoncer, mais lécher ses plaies
et se redresser fièrement. »

Moses Isegawa
Chroniques abyssiennes

Prologue

Depuis le promontoire du Gargano, les rivages colorés des bords de l'Adriatique ont laissé la place à une campagne ouverte d'où émergent des milliers d'oliviers. Leurs feuilles, argentées par une légère poussière crayeuse, accrochent les rayons du soleil au moindre mouvement d'air et renvoient des jets de lumière tous azimuts. Le rapide Milano-Lecce s'enfonce inexorablement dans cette terre du sud en frôlant, par endroits, les longs murets de pierre blanche ponctués de figuiers de Barbarie, qui délimitent les propriétés. Il abandonne sur son passage des volutes de fumée grise et des escarbilles rougeâtres échappées de la locomotive à charbon. Les sifflements réitérés de cette dernière annoncent l'imminence d'un passage à niveau ou l'approche d'une petite gare. L'express en franchit l'espace, sans même ralentir, laissant derrière lui les quais déserts, comme soufflés par la vitesse de « La Flèche du Levant », dernier vestige de la traction à vapeur, de la compagnie des chemins de fer italiens : La *Ferrovie dello Stato*.

Je voyage dans ce train depuis plus de vingt-quatre heures avec la sensation d'y être enfermé pour l'éternité. Mes douze ans altèrent peut-être la perception du temps. Avec mon oncle Michel, nous avons quitté la Lorraine, la veille au matin. Lui, pour rejoindre ses pénates. Moi, pour découvrir ce pays, dont j'ai tant entendu vanter la beauté. Particulièrement au cours des longues discussions teintées de nostalgie, après dîner, en famille. Juste avant de se rassembler autour du poste TSF, calé sur Radio Luxembourg, et vibrer au suspense insoutenable diffusé par la voix de Jacques Lafond, dans son émission *Accusé, levez-vous*, ou pour compléter nos connaissances en écoutant *Quitte ou double* animé par Marcel Fort.

Pour mes parents, ces vacances se veulent une récompense à ma réussite au concours de la bourse d'État présenté en sixième et pour une année scolaire exemplaire. Fait auquel ils ont pourtant été accoutumés tout au long de ma scolarité, sans déclencher pour autant une quelconque gratification. Pour ma part, j'y vois un astucieux stratagème pour s'éviter mes chamailleries répétées avec ma sœur cadette. Moi, le benjamin d'une fratrie de six garçons, je dois m'éloigner durant l'été, pour alléger quelque peu la peine de ma mère, particulièrement à cran en cette période, du fait de l'absence des deux plus grands. L'aîné, sous les drapeaux, se bat depuis dix-huit mois en Algérie, et malgré la signature des accords d'Évian, n'a pas encore bénéficié d'un rapatriement. Le second effectue son service militaire en Allemagne. Mon oncle, retraité de la sidérurgie, qui vit seul en Italie depuis de nombreuses années après avoir mis fin à un mariage tumultueux, se réjouit de ma présence à ses côtés et attend de moi une intrusion furtive dans sa solitude et quelques ruptures dans la monotonie de ses journées. Mon départ satisfait donc tout le monde. La chose est entendue.

J'ai opéré quelques tentatives d'exploration du wagon de seconde classe à bord duquel nous voyageons, en arpentant le couloir de part et d'autre de notre compartiment. L'aventure est malaisée. Des valises usagées et de nombreux colis en carton, sommairement ficelés, encombrent le corridor. Les nombreux voyageurs, émigrés pour la plupart, profitent des congés payés pour rejoindre leurs familles et les combler de présents, acquis par leur labeur dans les mines de fer et les usines sidérurgiques. De plus, à un moment, j'ai constaté que le roulis ou le tangage, je ne sais comment nommer le mouvement oscillatoire du plancher, me donne la nausée. Je juge donc plus sage de rester à ma place, assis sur la banquette revêtue de tissu synthétique vert foncé, les coudes calés sur la tablette escamotable en bakélite, le nez collé à la vitre, le regard porté vers l'horizon le plus lointain. Je limite mes déplacements aux besoins naturels, et encore, en me retenant le plus possible, car j'ai constaté avec effroi et un certain dégoût que la cuvette donne directement sur la voie ferrée et, outre le vacarme, laisse voir défiler les traverses de bois soutenant les rails. Je ne peux m'empêcher de penser aux ouvriers du chemin de fer et, dans mon for intérieur, je me dis que jamais je n'effectuerai ce métier. De surcroît, je me suis jeté avidement sur le sac casse-croûte et ai ingurgité, en une fois, ce qui devait suffire pour toute la durée du trajet : pain, œufs durs, boulettes de viande et quelques abricots ajoutés avec amour par ma mère, connaissant ma prédilection pour ces fruits. La digestion s'avère un peu difficile.

Je questionne moult fois mon oncle sur notre prochaine arrivée. La réponse ne varie guère :
— On arrive, on arrive.

Avec dans la voix la même lassitude que dans mon interrogation. Après Foggia, le rapide ralentit et le train s'arrête dans quelques villes de moyenne importance. Les noms inscrits en grosses lettres blanches sur fond bleu au fronton des gares frappent ma mémoire et évoquent des mots déjà entendus : Barletta, Trani, Molfetta. Cette fois-ci, on arrive. L'effervescence gagne. Dans un remue-ménage indescriptible, chacun essaie de rassembler ses bagages et tous se pressent dans le corridor. « Bari, Bari ! » La voix du chef de gare me procure une satisfaction indicible.
— Tonton, on est arrivés !

Sa mine dubitative m'inquiète.
— Oui, encore un peu, on prend le train régional et, dans une demi-heure, on sera chez nous.

Encore un train, je n'en peux plus. Près d'une heure trente après, nous parvenons enfin à notre destination : Corato. C'est la ville de mes ancêtres, pour moi, le bout du monde. La montre carrée à mon poignet, cadeau de mon parrain pour ma première communion, marque dix-huit heures trente. J'ai quitté mes parents la veille, à neuf heures.
— Écoute Tony, on va aller à pied, ce n'est pas loin.

Trop fatigué pour répondre, j'acquiesce de la tête, je mets mon sac en bandoulière, je prends ma valise à la main et je chemine derrière lui. Par un phénomène de persistance des impressions rétiniennes, olfactives et auditives, le sol bouge sous mes pas, les odeurs de charbon, de ferraille, d'huile chaude, saturent mes narines et le bruit infernal du chemin de fer résonne toujours à mes tympans. Quand cela finira-t-il ?

Nous nous engageons dans une ruelle bordée de maisons basses à toits-terrasses, toutes de couleur blanche, avec de petites fenêtres, des balcons et des entrées masquées d'un rideau. Une musique joyeuse de clarinette, fifre, mandoline et tambourin, me tire de ma torpeur et m'oblige à remarquer que mon oncle s'est arrêté au milieu d'un groupe de personnes avec lesquelles il échange de grandes embrassades. Manifestement, il y a une fête qui déborde de l'exiguïté du logis pour prendre ses aises dans la rue où l'on a installé des chaises à la commodité des convives. Nous entrons.
— C'est qui, celui-là ? C'est ton petit-fils ?
— Mais non, c'est mon neveu, le fils de ma sœur.

Précision nécessaire en italien, car petit-fils et neveu se traduisent par le même mot, témoignant ainsi de l'égale importance attachée aux liens filiaux et collatéraux, en un mot : à la famille. Nous accédons à l'intérieur où l'on festoie pour le baptême du dernier-né de ma cousine Anna. Je suis à mon tour embrassé, étreint, empoigné, chacun voulant démontrer l'affection portée à ce cousin venu de si loin pour les connaître.
— Mais il est tout pâlot, ce pauvre petit. Il faut lui donner à manger.

C'est Anna qui, dans un élan spontané de tendresse maternelle, vient de m'adopter *ipso facto*. Je me retrouve aussitôt attablé devant une assiette de pâtisseries dégoulinantes de crème que j'avale sans me faire prier, en m'aidant de grandes rasades de limonade. J'ai même droit, comme les hommes, au petit verre de *limoncello*, liqueur suave au citron qui, vu mon âge, ma fatigue et mon inaccoutumance, me porte le coup de grâce.

Un plafond blanc, des murs blancs, un petit lit métallique. Je cherche à comprendre. Je m'étire, me lève, enfile ma chemisette et mon short remisés sur une chaise et chausse mes sandales. Je soulève la tenture qui ferme le réduit où j'ai dormi et reconnais la pièce qui a servi de cadre au festin de la veille. Je franchis la porte et le rideau et débouche dans la ruelle. Une lumière et une chaleur que je ne connais pas m'enveloppent aussitôt. La sensation est agréable. Et puis ce sont les odeurs. Elles m'assaillent et me pénètrent, mais

sans violence, tout en douceur. Parfum de cannelle, senteur de café, effluves d'huile d'olive, d'origan, de thym, et autres fragrances que je ne peux identifier. Tout y est, individuellement et savamment imbriqué à la fois. J'aspire une grande bouffée et je me sens bien.
— Tony, ben dis donc, t'en as fait une ronflette !

Anna me passe sa main dans les cheveux et m'embrasse. Elle me cause en patois des Pouilles, que je maîtrise parfaitement, mes parents ayant instauré cet idiome dans toutes nos conversations internes à la famille.
— Tu t'es endormi sur la table, hier soir. Alors je t'ai couché dans le lit de ma fille. Tonton Michel est parti chez lui. Il reviendra dans la soirée pour souper avec nous. Si tu as faim, il y a du pain, des fruits et du lait.

Dans la cuisine, salle à manger, pièce à vivre, au milieu de la table, à côté d'une miche de pain et d'un pichet de lait trône une pyramide de figues, énormes, violacées, éclatées de maturité. Je trouve la construction provocante et décide de la réduire de quelques hauteurs.

Anna est mariée avec Marco, petit, râblé, affable, plein de malice et de générosité, le type même de l'Italien du *Mezzogiorno*. Il exerce une profession un peu particulière : marchand de cheveux. Il visite les villages reculés du Molise, des Marches, des Abruzzes, du Basilicate et de Calabre. Contre de petits ustensiles de cuisine, du menu outillage, ou un peu de mercerie, à l'extrême et très rarement quelques petites pièces de monnaie, il récupère les poignées de cheveux que les femmes conservent méticuleusement lors de la coiffure matinale. Il revend le produit de son troc à des grossistes milanais qui traitent directement avec des fabricants de perruques aux États-Unis. Le négoce semble lucratif. D'autant que Marco n'a pas son pareil pour alourdir sa précieuse récolte par des touches légères avec un emplâtre composé de terre fine et de graisse animale. Sa petite affaire prospère et il étale sans vergogne sa richesse devant la maison : une Topolino (Fiat 500) pour les promenades et un petit camion bâché, Fiat bien entendu, pour les besoins professionnels. Le couple a deux enfants. Sous le même toit vit également Rina, la sœur d'Anna, donc ma cousine également. Dix-sept ans, légèrement dévergondée, aux traits un peu rudes, le désespoir de sa sœur aînée, car elle n'a toujours pas de prétendant sérieux. Hormis un certain Gennaro, que je découvre rapidement. Un vendeur ambulant de fruits et légumes, beau brun ténébreux, mais affligé d'une infirmité à la jambe gauche, séquelle d'une poliomyélite infantile. Le malheureux se pâme d'amour pour Rina. Dans sa tournée journalière, claudiquant derrière sa charrette à bras et s'annonçant à grand renfort de cris vantant la fraîcheur et la qualité de sa marchandise, il ne manque jamais de poser une offrande, quelques-uns de ses plus beaux fruits, sur la tablette de fenêtre de son adulée. Mais ses délicates attentions restent sans réponse de la dulcinée qui joue la fière et se refuse à considérer les gestes d'amour d'un boiteux. L'avenir finira par en décider autrement.

Pour compléter ce petit monde qui va constituer mon univers durant l'été 1962, il y a Maria, la copine de Rina. Elle a tout juste douze ans. Mais, comme la plupart des filles du pourtour méditerranéen, en paraît plus. Une véritable sauvageonne, insolente, aguichante, un corps svelte et la peau très brune, toujours pieds nus, des cheveux et des yeux de jais, avec un regard qui captive et transperce en même temps. Elle est l'égérie d'un petit groupe de quatre ou cinq mômes auxquels sont imputés tous les coups pendables perpétrés dans le quartier. Elle ne tarde pas à venir me voir, histoire de tester ses talents de séductrice et éventuellement de me compter parmi la bande de mioches accrochés à sa robe. Cette robe rose, de cotonnade grossière, portée tous les jours par Maria, hormis pour la messe du dimanche, se résume à la plus simple expression, un morceau de tissu à la finesse extrême, séquelle des lavages répétés, des orifices pour les bras, la tête et les jambes, des coutures grossières, une cordelette pour la taille, plutôt courte, laissant entrevoir ses dessous et ses formes au moindre mouvement. Ce qui ne doit pas être complètement étranger à l'assiduité des garçons à la suivre dans ses pérégrinations, au moins pour les plus grands. Malgré les avertissements de ma cousine Anna m'incitant à éviter la garçonne, je suis moi aussi irrémédiablement conquis par l'espièglerie, les rires et la vivacité de Maria et je l'accompagne dès que possible dans ses expéditions.

Tonton Michel a travaillé plus de trente ans comme sidérurgiste dans le bassin de Briey : haut-fourneau, aciérie, laminoir, cokerie.

Il a tout connu de ces métiers éprouvants et, à présent, il goûte une retraite paisible dans son village natal. Il demeure dans un petit appartement au deuxième et dernier étage d'un immeuble ancien situé en bordure de la *piazza* Cannizzaro, placette en arc de cercle au nord de la ville. Séparé de son épouse sans être divorcé – la procédure n'étant pas reconnue par l'État italien fidèle aux principes de l'Église romaine – et en désaccord avec ses deux fils, il est privé de ses petits-enfants et reporte son affection sur moi. Je la lui rends bien en lui accordant le rôle du grand-père que je n'ai pas eu, ou plus précisément pas connu, tant côté paternel que maternel. Absence que je vis avec une certaine frustration, ravivée à chaque fois qu'un camarade de classe évoque avec emphase un déjeuner dominical ou une sortie en compagnie de ses grands-parents.

Méthodique et organisé, mon oncle a réglé notre emploi du temps. Lever huit heures, salle de bains, lui avant, moi après, de sorte que je prépare le café pendant sa toilette, puis petit déjeuner. Ensuite passage au petit marché pour acquérir des victuailles : fruits, légumes, poisson ou viande, sans oublier la traditionnelle pastèque. Nous complétons la matinée par quelques visites aux familiers et à des connaissances que je me dois de saluer, le sacro-saint respect des anciens oblige. Une ou deux fois la semaine, nous déjeunons chez Anna, elle y tient, et j'en profite alors pour m'éclipser et rejoindre Maria. L'après-midi, après la sieste, de rigueur dans ces contrées chaudes pour échapper aux brûlures du soleil, le temps de sa culmination, une séance de cinéma en plein air, dans la salle de l'*Alfieri* ou du *Théâtre*, généralement péplum ou comique avec Toto, Vittorio De Sica ou les irrésistibles Franco Franchi et Ciccio Ingrassia. Dîner chez Anna, pratiquement tous les soirs, avec une veillée sur le trottoir pour profiter de la fraîcheur vespérale. Nous nous accordons aussi quelques escapades marines sur la plage Colonna à Trani ou des excursions pour me faire découvrir les sites remarquables de la région : les *Trulli* d'Alberobello, la cité circulaire de Locorotondo, le gouffre magnifique de Castellana et ses concrétions roses, les villages typiques de Polignano-a-Mare et Ostuni. Au programme également, les nombreux vestiges archéologiques, témoins des occupations grecque, romaine, arabe, normande, franque ou espagnole que l'histoire a infligées à cette partie méridionale de l'Italie dont les magnifiques rivages offrent des opportunités d'accostage pour les invasions, ou d'embarquement pour des expéditions lointaines.

C'est au cours d'une de ces randonnées touristiques, alors que nous cheminons côte à côte à l'approche du fameux *castel del Monte* à Andria, château médiéval de forme octogonale coiffant l'unique monticule du secteur, flanqué de huit tours elles-mêmes octogonales, vraisemblablement manifeste des connaissances mathématiques et astronomiques des Templiers, que je décide d'interroger mon oncle sur la vie de Nicolete et Domenico.
— Ah, tu veux que je te raconte leur histoire, eh bien d'accord.

Nous nous asseyons à l'ombre d'un caroubier, au pied des murs de tuf de la majestueuse construction pointée comme un défi vers le ciel, au milieu de cette plaine infinie.
— Viens, on mange ici.

Une miche de pain, un énorme melon vert et une fiasque d'eau ont suffi à nous rassasier.
— Maintenant, écoute, je vais te raconter depuis le début.

Je m'adosse bien à l'arbre au port étalé, au tronc noueux comme un vieil olivier, et j'ouvre toutes grandes mes oreilles. Je ne veux rien perdre du récit.

Chapitre premier

CORATO, 24 décembre 1915

L'horloge murale a carillonné, les aiguilles marquent neuf heures. La petite caserne s'anime. Le maréchal ne va pas tarder. Dans la salle de garde, le carabinier de faction secoue les braises du brasero posé au milieu de la pièce, voué à tiédir l'air ambiant. Quelques sarments de vigne et une poignée de résidus de noyaux d'olives pressées s'y consument en dégageant une fumée douceâtre. Il a réceptionné le courrier et l'a déposé sur le bureau du maréchal en disposant l'enveloppe lisérée de noir bien en évidence.
— Garde à vous !

Quelqu'un a crié. Le maréchal Umberto Paccone entre et salue la brigade. Il s'adresse au planton.
— Il y en a, ce matin ?
— Oui, Maréchal, une.
— Maudite guerre, encore une, cela fait deux, cette semaine.

Il se dirige vers son bureau en pensant que l'état-major aurait dû confier l'information des familles aux édiles municipaux. Lui, le militaire, plus proche de Mars que de Mercure, n'apprécie guère de jouer les messagers lugubres. Depuis la déclaration de guerre à l'Empire austro-hongrois au mois de mai, il a déjà remis cinq avis de « mort au combat » ou « porté disparu ». Tout en lissant sa moustache grise, il récupère l'enveloppe et décachette délicatement le pli, de la pointe de son couteau.
— Le haut commandement de l'armée de terre vous informe que lors de l'engagement glorieux de nos troupes sur le front du Trentin,

à l'issue de la bataille de l'Isonzo, le 2 décembre 1915, le soldat Domenico C*** a été porté disparu. Toutes les recherches étant demeurées vaines… La nation reconnaissante…

In petto, sans se faire entendre de ses hommes, le maréchal laisse échapper :
— Nos pauvres jeunes, dans la neige et le froid. Qu'est-ce qu'on est allés faire là-bas ? Tout ça pour un morceau de Tyrol !

Il se ravise, le propos n'est pas conforme à sa fonction. Le roi Victor-Emmanuel III et Cadorna, le chef des armées, doivent savoir ce qu'ils font. Et puis les ordres sont les ordres, même en cette veille de Noël. Il prend rapidement connaissance du registre journalier. Constate que la nuit a été calme et sort.

Le soleil fait une belle apparition ce matin. La grisaille de la veille a abandonné le ciel dont le bleu profond annonce une belle journée. Il est vrai qu'ici, la pluie ne dure jamais bien longtemps. Il remonte la rue Ettore Fieramosca, aborde la place San Vito, emprunte la rue du même nom et débouche sur l'avenue Garibaldi. Il croise un maraîcher qui s'égosille pour attirer le client et dont la limonière supporte quelques bottes de petits artichauts violets, des bouquets de *cime de rape* [1], des têtes de fenouil et des choux-fleurs blancs, violets ou verts. Des ménagères, alertées par les cris du marchand, approchent et devisent en même temps sur les trottoirs. Il hésite. Il voudrait prolonger cet instant de respiration. Non, il faut y aller, rue Duomo, avenue Cavour, rue Dante Alighieri, et il parvient dans la ruelle Ponchielli, numéro 4. Il se plante devant la porte en bois cintrée à double battant, dont l'un est entrouvert. Il hume l'odeur de la soupe de fèves et chicorée en train de mijoter sur le feu. De sa sacoche en cuir marron, râpée par les années, il a prélevé l'enveloppe et, involontairement, la tient ostensiblement dans sa main gauche, la sacoche glissée sous le bras du même côté. Le bruit de ses bottes sur le pavage a fait sortir quelques femmes. Elles ont compris et se rapprochent lentement. Il frappe doucement et appelle :
— *Signora*[2] C***…

---

1 *Cime de rape* : verdure de la famille des navets, très consommée dans les Pouilles.

2 *Signora* : Madame.

Le battant entrouvert s'écarte un peu plus. Il devine la silhouette de la dame, entrevoit le visage, et il esquisse un mouvement de la main droite pour effectuer le salut militaire. Son geste se fige. La femme le fixe étrangement. Sa bouche s'ouvre brusquement en grand, mais aucun son ne sort. Elle porte ses mains à son ventre et, brutalement, s'affaisse sur ses genoux qui viennent frapper le dallage de l'entrée. Ses mains reviennent vers sa gorge comme pour desserrer l'étreinte émotionnelle qui l'asphyxie et permettre à l'air d'entrer, et là, un hurlement guttural perce le silence. C'est un cri de douleur comme il n'en a jamais entendu. Il se prolonge plusieurs minutes pour se transformer en sanglots saccadés, accompagnés de tremblements de tout son corps. Le maréchal prononce un juron, il vient de se rendre compte que la femme est enceinte. Il s'avance pour la relever. Les voisines l'ont devancé. À deux, elles l'ont saisie sous les bras et la soutiennent pour la mener à l'intérieur. Il suit. Le logis s'avère modeste, mais propre et ordonné. Une pièce unique, scindée en deux par un rideau de toile écrue, séparant l'espace vie de celui dédié au sommeil. Le mobilier, sommaire, en bois foncé : une table, quatre chaises, un buffet bas, un lit sur lequel la pauvre femme est déposée, une commode et une table de nuit. Le feu crépite et une marmite fume. Dans un coin de la pièce, une jarre de terre cuite, et au-dessus de la pierre à eau, du plafond pendent des bouquets de plants de tomates cerises et des tresses de piments et d'ail. Sur le buffet, il remarque un cadre de la Vierge Marie et, devant, un lumignon, dans sa plus simple expression : un verre à moitié rempli d'eau, complété par un trait d'huile d'olive, une rondelle de bouchon de liège comme flotteur et, au travers, une petite mèche, qui va brûler jusqu'à résorption de l'huile. À côté, un chapelet de grains roses avec une petite croix en métal argenté. Elle devait être en train d'invoquer la Madone pour qu'elle protège son mari. Son regard s'attarde sur la photo de mariage enchâssée dans un encadrement doré, posée sur la commode. Il reconnaît la malheureuse et découvre avec émotion le visage du disparu en pensant qu'il l'a certainement croisé dans la rue ou au moins aperçu lors de la mobilisation générale et du recensement qui a suivi. Les voisines prononcent des paroles de réconfort et l'incitent à penser à son enfant. Le maréchal fait signe à l'une d'entre elles, vêtue d'une robe

noire, la plus mûre apparemment, des mèches grises dépassent du fichu sombre qui lui enveloppe la tête, et ils s'écartent tous les deux.
— Elle a de la famille ?

Réponse affirmative.
— Elle a encore sa mère, Lucia Laurentis, le père est mort.
— Vous pouvez aller la chercher ?

Elle se penche à l'intérieur et appelle :
— Marietta, va chercher Lucia, chez elle, via Tiziano.

Une fillette quitte la maison et s'éloigne d'un pas rapide.
— Que savez-vous du couple ?
— Maria-Luisa a vingt-deux ans. Elle a marié Domenico C***, en avril, juste avant l'entrée en guerre. Ils se fréquentaient depuis deux ans. Lui était ouvrier agricole à la journée. Le pauvre, il ne connaîtra pas son garçon.
— Pourquoi dites-vous « son garçon » ?
— Vous n'avez pas vu le ventre pointu, tout en avant ? C'est forcément un garçon. C'est moi qui le mettrai au monde. C'est prévu pour fin janvier. J'ai fait naître tous les gosses du quartier, et paradoxalement, moi, je n'ai pas d'enfant.
— Vous êtes veuve ?
— Oui et non. Pas tout à fait. Mais c'est pareil. Moi, c'est la faute au vent du large. Il s'est agrippé aux cheveux de mon bien-aimé et lui a mis des idées dans la tête. Un jour, il m'a annoncé qu'il partait à New York, en me disant qu'il allait faire fortune et reviendrait pour m'épouser. Moi, j'ai attendu. Il m'a écrit, la première année. Puis les lettres se sont espacées, et enfin, il n'a plus écrit. Je suis sûre qu'il a succombé au charme d'une belle blonde américaine. Les hommes du Sud ne résistent pas aux blondes. N'est-ce pas, Maréchal ?
— Peut-être.

Embarrassé, le maréchal toussote et pénètre à nouveau dans la maison. Il dépose la lettre sur le bord du buffet, les mots lui paraissent désormais superflus. Il s'adresse à nouveau à la dame avec laquelle il s'est entretenu :
— Je peux compter sur vous pour veiller un peu sur elle ? Je dois partir. Mais je repasserai.

— Je vous en prie. Je demeure deux maisons plus loin. Vous n'aurez qu'à demander Giuseppina ou Pina, c'est comme ça que tout le monde m'appelle.

Le maréchal salue et s'en va. Malgré toute sa compassion, il ne peut rien faire d'autre. Sa tâche est remplie et il faut extirper de son être toute la détresse que cette malheureuse a instillée en lui. Il va rentrer à la caserne, mais histoire de garder prise sur le cours des choses, décide de passer saluer le maire. Il doit évoquer avec lui les processions votives prévues pour le lendemain à l'occasion de la fête de Noël. Il a en charge l'ordre public et se rappelle les consignes liées à l'état de guerre. Il se dirige vers la mairie.

Chez Maria-Luisa, la mère, Lucia, aussi meurtrie que sa fille, a remplacé les voisines qui se sont retirées à l'invitation ferme de Pina, jugeant inconvenant de troubler davantage l'intimité de cette famille. Maria-Luisa a pris sa photo de mariage et la serre contre elle. Elle appelle intérieurement son homme et lui demande de revenir. Lucia a longtemps tenu Maria-Luisa dans ses bras, en lui caressant les cheveux et en psalmodiant des mots de dialecte qui leur appartiennent. Elle est parvenue à faire cesser les sanglots et les tremblements. Elle desserre son étreinte et lui dit de penser à l'enfant à naître.

— Tu dois te montrer forte pour lui. Dans un mois, il sera là ; et lui, il compte sur toi.

— Mam[3]. C'est trop dur. C'est trop injuste. Pourquoi Domenico ? Ils me l'ont enlevé. Comment je vais faire, seule ?

— Tu n'es pas seule. Je suis là et il y a aussi ton frère Giacinto. Écoute, il faut que tu avales quelque chose, pour le petit. J'avais préparé une *focaccia*[4]. Je l'ai apportée et, en même temps, j'ai pris un peu d'affaires. Je m'installe quelque temps avec toi.

— Non, je veux rester seule.

— Tais-toi et ne bouge pas. Je m'occupe de tout.

---

3 *Mam* : maman.

4 *Focaccia* : genre de pain moelleux dont la pâte est enrichie d'huile d'olive et de purée de pomme de terre. En forme de tarte épaisse piquée de tomates et d'ail et saupoudrée d'origan.

Noël, Nouvel An, Épiphanie. 1915 s'en est allée et 1916 a débuté avec son cortège de promesses de victoires et de paix prochaine. Maria-Luisa a longtemps laissé couler ses larmes. Elle a d'abord pensé la chose impossible. Ils s'étaient certainement trompés. Ils allaient le retrouver. Il allait réapparaître. Mais la vacuité de chaque jour écoulé a éteint, petit à petit, le peu d'espoir qui persistait dans son cœur. Maintenant, elle sait. Son Domenico, elle ne le reverra plus. Elle a endossé le deuil, vestimentaire et moral. Elle se désespère de ne pouvoir lui offrir une sépulture et d'être spoliée d'un lieu de recueillement. En état de quasi-léthargie, elle a abandonné la maisonnée à sa mère et à son jeune frère Giacinto qui les rejoint en fin de journée pour le repas du soir uniquement. Il ne s'attarde pas, car il se lève tôt pour aller à la campagne. Maria-Luisa se concentre uniquement sur la naissance du petit, sa seule raison de tenir. La grossesse arrive à terme dans les derniers jours du mois. Son ventre lui fait mal et elle découvre des sensations nouvelles dues aux mouvements de son enfant. Sa poitrine a gonflé et ses seins, devenus plus lourds, sont douloureux.

Son jeune frère Giacinto est né avec le siècle. Il a connu la désolation de perdre son père, emporté prématurément à cause d'une blessure infectée à la tête, séquelle d'un violent coup de sabot, d'une mule qu'il aidait à ferrer. Après le départ à la guerre de son beau-frère Domenico et malgré ses seize ans seulement, dernier homme de la famille, il s'est aussitôt attribué le rôle de *paterfamilias*, mais plus dans la responsabilité, comme garant de la subsistance de la famille, que dans l'exercice de l'autorité. Il travaille comme journalier dans les domaines agricoles à la périphérie de la ville. Dès l'âge de neuf ans, au bout de trois années d'école primaire, suivies avec une assiduité fantaisiste, fort du sentiment d'avoir suffisamment appris dans les sciences de l'écriture, de la lecture et du calcul, il a décidé de se mettre au service des grands propriétaires terriens. Vigne, oliviers, amandiers, orangers, citronniers, plaqueminiers, cultures maraîchères, il a tout appris. Il taille, greffe, pioche, sarcle, sème, repique, arrose, moissonne, entretient les propriétés. De bonne stature, plutôt solide et rude, ingénieux, il a observé les gestes des anciens et avec humilité mis à profit leurs conseils pour développer sa propre connaissance du sol et ses aptitudes à fournir les fruits attendus.

« Aime la terre, c'est elle qui te nourrit. » « Respecte la terre, elle sera généreuse avec toi. » « Donne une graine et de l'eau à la terre, elle te rendra au quintuple. »

Ces vieux adages tant de fois entendus ont empli sa mémoire et façonné sa conception du travail. Le jeune homme s'est ainsi construit une petite réputation de jeune ouvrier capable et consciencieux, à même de remplacer les aînés enrôlés sur le front. Lors de la rencontre avec les contremaîtres recruteurs, tous les jours entre seize et dix-sept heures, sur le *stradone*[5], à proximité du local syndical des « Travailleurs de la Terre » et du siège de la section locale du Parti socialiste italien, il ne reste jamais sur le carreau. Chaque soir, il s'endort satisfait, sûr d'avoir presque gagné le pain du lendemain. Il ressent une profonde amertume pour la perte de son beau-frère qu'il avait appris à connaître et à apprécier et envers lequel il se sait redevable pour son aide après le décès du père et pour son adoubement auprès des employeurs. Il sent également une profonde affection pour l'enfant à naître et se dit qu'il pourra lui témoigner la reconnaissance due au disparu.

Les 28 et 29 janvier, par deux fois déjà, à la demande pressante de sa fille ressentant des douleurs aiguës et croyant le moment venu, Lucia a couru chercher Pina, l'accoucheuse qui, après un bref examen et une moue dubitative, a estimé que le travail n'avait pas encore commencé. Le 30 janvier, rien. Maria-Luisa s'inquiète. Elle fait part de ses doutes à sa mère. Pour la rassurer, Lucia lui rappelle que les garçons arrivent toujours en retard. En elle-même, elle se dit qu'il a bien raison, de rester au chaud dans le ventre de sa mère. Ce monde de misères et d'injustices peut attendre. Pour l'occuper, elle lui demande de vérifier les langes, les molletons, les bandes pour emmailloter, les brassières, les draps et les serviettes propres. Elle-même se charge de compléter la jarre d'eau en effectuant plusieurs allers et retours à la fontaine au bout de la rue et elle veille à alimenter le feu à l'aide de quelques branches d'olivier récupérées lors de la taille de décembre. Trente et un janvier. Lucia prépare

---

5 *Stradone* : route organisant le tour du centre-ville par opposition au *stramurale*, textuellement « hors des murs », qui marque la limite extérieure de la localité.

quelques feuilles de blettes cuites à l'eau, agrémentées d'un filet d'huile d'olive. Avec un morceau de pain, quelques figues sèches et un fenouil, il y a de quoi déjeuner et dîner. Quitte à ajouter des châtaignes grillées et un verre de vin pour Giacinto. En fin de soirée, celui-ci parti, après un rosaire à genoux devant le cadre de la Vierge éclairé par la lampe à pétrole, les deux femmes s'apprêtent à se coucher. De concert, elles défont leur chignon enserré dans une résille noire et brossent leurs cheveux longs. Tout à coup, Maria-Luisa se rapproche de sa mère et lui prend la main, tandis que son visage devient grimaçant. Une violente douleur au ventre l'oblige à se plier et, d'un seul coup, une auréole apparaît sur sa jupe. Première contraction ; et elle perd les eaux. Lucia lui recommande de rester calme, de se dévêtir, d'enfiler une chemise de nuit et de s'allonger sur le lit. Elle passe son mantelet de laine et court chercher Pina. Quelques minutes après, elles sont là toutes les deux, juste au moment où Maria-Luisa lance un cri de douleur, les contractions se poursuivent. Pina ne perd pas de temps. Elle sait qu'elle a affaire à une primipare et qu'elle se doit d'observer un maximum de précautions. Elle tâte le ventre de la parturiente et constate la descente du bébé. Il a atteint le bassin inférieur. Le col est ouvert. L'accouchement a débuté. Elle n'aura pas besoin de recourir aux vertus de l'ergot de seigle et à la marche pour activer le travail. Elle l'installe bien sur le lit en soutenant ses reins avec les deux coussins et lui conseille de s'agripper aux draps. Elle demande à Lucia de rester auprès de sa fille et elle ravive le feu. Elle a ouvert sa trousse et passe ses ustensiles à la flamme, ciseaux, pinces, scalpel, forceps, seringue, canule et aiguille. Elle dépose l'ensemble sur un linge propre, sur la table qu'elle rapproche du lit et y joint du coton, de la gaze, de l'alcool et du fil à suturer. Elle demande à Lucia de préparer une infusion avec des simples qu'elle a apportés. Elle revient vers Maria-Luisa.

— Écoute, ma belle, tu vas avoir mal, mais ça va aller. Crie autant que tu veux. Tu as même le droit de m'insulter, mais attention, pas de jurer. Tu peux prier en même temps si tu le souhaites. Quand je te dirai de pousser, tu pousseras fort. De la force de ta poussée dépendent ta vie et celle de ton enfant. Il attend de toi que tu l'aides à venir. Compris ? Tu vas boire la tisane, elle atténuera tes douleurs.

Entre deux plaintes, Maria-Luisa acquiesce de la tête et agrippe le bras de sa maman.
— Mam, Mam, j'ai mal.
— Oui, ma fille, je sais.

De la main gauche, Lucia lui tient la nuque. De la main droite, elle écarte les cheveux, éponge les larmes et la sueur qui perlent sur son visage. C'est un moment privilégié dans la relation maternelle. La mère accueille sa fille dans le cercle des mères et elle rassure, elle a forcément connu et expérimenté la même situation. À nouveau une contraction, et Pina lui demande de pousser fort. Maria-Luisa s'exécute tout en hurlant et Lucia évalue l'intensité de la douleur à la pénétration des ongles de sa fille dans la chair de son avant-bras. Elle regrette que le mari, le pauvre, ne soit pas là pour l'encourager. Quoique les hommes soient habituellement exclus de cet instant d'intimité féminine. Elle se dit qu'il est bon que Giacinto ne dorme pas avec elles. Il sera toujours temps de lui en parler demain à son retour. De toute façon, elle l'aurait invité à quitter les lieux.

Entre deux spasmes, Maria-Luisa se tourne vers sa mère et lui assène un reproche :
— Tu ne m'avais pas expliqué. Tu ne m'avais pas parlé. Tu ne m'avais pas prévenue. Pourquoi ?

Ses paroles se terminent dans une série de hoquets qu'elle bloque avec difficulté. Lucia lui fait boire une gorgée de tisane et lui rétorque :
— Ce sont des sujets que l'on n'aborde pas avec ses enfants.

Les cris de la malheureuse ont alerté quelques voisines immédiates qui viennent proposer leur aide et prodiguer quelques conseils, chacune faisant part de sa propre expérience. Pina veille et les invite à rester un peu à l'écart. Elle leur demande plutôt de préparer du café. En maîtresse de maison, Lucia approuve et leur indique où trouver la cafetière, le café, l'orge et la chicorée, en leur recommandant d'économiser le café.

Les contractions se répètent à intervalles réguliers et s'accompagnent à chaque fois de l'injonction à pousser de Pina. Courageuse, Maria-Luisa crie en serrant les dents et, arc-boutée sur ses mains, en appui sur sa mère et sur le lit, elle se cabre, ventre en avant, et bande tous ses muscles.

Après plusieurs heures, Maria-Luisa halète et peine à fournir encore un effort. C'est à cet instant que Pina lance :
— Je vois la tête.

Sans baisser son attention, elle s'adresse alors à Maria-Luisa et, sur un ton ne laissant aucun doute sur sa détermination, elle lance :
— Écoute-moi bien. Tu vas pousser encore trois fois. La première pour la tête. La deuxième pour la première épaule, et la troisième pour la seconde épaule. Après, je m'en occupe et tu pourras te reposer. Pense au petit. Tu veux qu'il vienne au monde ou non ? Alors prépare-toi !

Aucune réponse, les paroles ont touché et Pina voit les mains de Maria-Luisa se cramponner sur les draps. Elle est prête.
— Pousse ! Pousse ! La tête sort ! Elle est passée !

Elle la recueille dans ses mains comme le saint sacrement.
— Bravo ma belle. Allez, respire un bon coup. Au tour de la première épaule, tu vas pousser fort. Maintenant !

Avec rage et une énergie insoupçonnée Maria-Luisa a comprimé ses abdominaux et ses fessiers et l'épaule apparaît. Giuseppina s'en saisit et guide l'enfant. Lucia encourage sa fille.
— À présent, la deuxième, une dernière poussée, allez, force !

Pina n'a pas lâché le nouveau-né et, de ses mains expertes, a aidé le mouvement. C'est fait. L'enfant est né. Posé sur le lit, il braille et bouge ses petits bras. Pina respire. Tout s'est bien passé. Elle examine le petit tout en lui prodiguant sa première toilette. Elle vérifie. Il est normalement constitué. C'est bien un garçon, comme elle l'avait annoncé. Elle place sa pince à clamper sur le cordon ombilical et tend les ciseaux à Lucia. Avec une satisfaction non feinte, son rôle de grand-mère reconnu, elle coupe le cordon, mettant ainsi définitivement fin à la vie intra-utérine et à la relation exclusive mère-enfant.

Pina place une rondelle de métal enveloppée dans un morceau de lin sur le bout de cordon restant et maintient le tout bien à plat à l'aide d'une bande. Il aura un beau nombril.

Maria-Luisa, qui a repris ses esprits et saisi les commentaires des deux femmes, s'exclame :
— Donnez-moi mon enfant !

Lucia le récupère délicatement, le soupèse, constate que c'est un beau bébé et le dépose sur la poitrine de sa fille. Mû par les réflexes archaïques, l'enfant cherche les mamelons et se met à téter. Maria-Luisa ne peut retenir ses pleurs tout en marmonnant :
— Mon fils, mon fils.

Puis elle le lève à bout de bras et, levant les yeux au ciel, lance :
— Domenico, vois comme ton fils est beau. Mon pauvre petit, la guerre t'a pris ton père et a fait de toi un orphelin. J'espère qu'il te voit de là-haut.

Pour dédramatiser l'instant, Pina intervient :
— Alors, comment il va s'appeler, ce petit ?
— Domenico, évidemment, s'est empressée de répondre la maman.
— C'est bien. Il faut perpétuer le prénom de son père disparu, a aussitôt approuvé la grand-mère.

Pina s'adresse alors aux deux voisines qui ont assisté à l'accouchement :
— Alors, ce café, on peut le boire maintenant !

Les heures écoulées ont entamé une nouvelle journée et le petit Domenico est donc né le mardi 1er février 1916, vers deux heures du matin. En toute innocence, il ignore que dans le même temps se déroule un conflit mondial, moins prégnant peut-être à l'arrière où les populations civiles, non exposées aux bombardements, ressentent surtout les privations consécutives aux réquisitions imposées par l'effort de guerre. Son entourage se chargera de lui raconter plus tard.

Plus d'une heure après la naissance, Maria-Luisa s'agite brusquement et regarde Pina avec un regard angoissé.
— Ne t'inquiète pas, ma belle. Tout va bien. C'est la délivrance. Tu vas expulser l'enveloppe qui contenait le petit.

Dans une dernière contraction, Maria-Luisa éjecte le sac amniotique et se relâche avec une forte envie de dormir. Pina récupère le

placenta, l'enveloppe dans un linge et le pose à l'écart. Elle apostrophe Lucia :
— La tradition veut que le mari enterre le placenta. Qui va le faire ?
— C'est mon Giacinto. Maria-Luisa l'a choisi comme parrain et il a bien sûr accepté. Il s'en chargera cette après-midi, aussitôt rentré de la campagne.

À son retour, Giacinto apprend la nouvelle et embrasse chaleureusement sa mère et sa sœur. Il prend l'enfant dans ses bras et, tout en lui déposant un baiser sur le front, murmure :
— Bienvenue, Domenico.

Puis, comme sa mère le lui demande, armé de sa pioche sur l'épaule, il se dirige vers le cimetière. Il creuse une petite fosse près du mur d'enceinte, au pied d'un cyprès, et y dépose le paquet ficelé que Lucia lui a remis. Les explications évasives fournies par celle-ci ne l'ont pas vraiment éclairé sur le contenu. Mais il a compris la symbolique du geste et, au moment de recouvrir la chose de terre, se signe, récite une prière et jure de veiller sur son neveu.

Le lendemain, Lucia se rend à la mairie pour déclarer la naissance de son petit-fils. Le préposé à l'état civil enregistre la déclaration et, eu égard au décès du père, note, pour le prénom : « Domenico feu Domenico ». Il lui apprend par ailleurs que la veuve a droit à une pension versée par l'État et invite à effectuer la démarche auprès du service concerné. Lucia laisse sa fille s'en occuper. Elle fera le nécessaire d'ici quelques jours, dès qu'elle sera rétablie.

Les tulipiers qui bordent le *corso* Garibaldi se sont parés de magnifiques floraisons blanches et roses. Début mars, le printemps gonfle de sève tiges, bourgeons et fleurs. À l'instar de la flore, les hommes aussi ressentent un sang nouveau irriguer leurs vaisseaux et une agitation bourdonnante revivifie la ville et la campagne. Lucia a retrouvé sa maison et se consacre à son fils Giacinto. Tous deux passent voir tous les jours Maria-Luisa et le petit Domenico qui profite pleinement du lait maternel, à sa disposition autant de fois qu'il le réclame. Le curé de la paroisse de la Madonna Greca est venu les voir et il a béni le petit en attendant qu'il soit amené à l'église pour le baptême. Le sacrement a lieu le dimanche 12 mars. Giacinto a fait retailler un costume et une chemise blanche de son

père. Parrain, il se doit de faire honneur à la famille. Une cousine côté paternel a tenu à assumer le rôle de marraine. Pour la forme. Ici, seul le parrain compte. Les circonstances ne permettent pas de fêter l'événement, et à l'issue de la cérémonie, les familiers se séparent et chacun s'en retourne chez soi. À l'exception de Maria-Luisa qui a accepté de déjeuner chez sa mère. Lucia a mitonné un ragoût à la tomate, enrichi d'un petit morceau de plates-côtes de cheval, et avec la sauce, elle a assaisonné des macaronis. Giacinto est heureux. Une journée de repos et un repas en famille.
— Mère, je me retrousse les manches, aujourd'hui. C'est rouge et on mange avec la fourchette.

Pour lui, c'est vraiment fête.

San Cataldo, saint patron de la ville, honoré habituellement en grand apparat à la mi-août, est déjà passé deux fois au calendrier, sans aucune réjouissance. La guerre a provisoirement posé l'éteignoir sur ces instants de liesse populaire à même d'estomper un peu les rigueurs ordinaires du quotidien. Le peuple souffre. Sur les théâtres d'opérations bien sûr, puisqu'il constitue le gros des troupes, mais également loin du front, au sein des villes et des villages, dans la vie de tous les jours. La grogne des désœuvrés et affamés, éclose avant le conflit, dans toute la Péninsule et particulièrement dans ce sud déshérité, s'est mise aussi entre parenthèses pour respecter l'Union nationale décrétée par le gouvernement, au moment de l'entrée en guerre. À la caserne des carabiniers, le maréchal Umberto Paccone sait tout ça. Lui qui aujourd'hui fait partie des autorités locales n'oublie pas qu'il vient du peuple et il conserve un regard bienveillant à l'égard des plus humbles. Originaire de Monte Silvana près de Pescara, fils d'un couple de petits pêcheurs marchands de poissons, il côtoie journellement la pauvreté et l'ignorance dont lui a réussi à s'extraire. Il reproche à la classe dirigeante de limiter les moyens d'éducation et d'instruction du peuple. Il se souvient des paroles de Guido Baccelli, l'ancien ministre de l'Instruction publique :
— Instruire le peuple juste ce qu'il faut, l'éduquer autant qu'il est possible de le faire.

Inadmissible. Tout à ses récriminations intérieures, il entreprend la lecture de la *Stampa*[6]. Il lit aussi *Il Popolo d'Italia*[7], le journal des interventionnistes, partisans de la participation au conflit, édité par un certain Benito Mussolini. Il achète ce quotidien de temps à autre, sur les conseils d'un jeune lieutenant du groupement de Bari avec lequel il a sympathisé. Ce dernier l'a invité à diversifier ses sources d'information pour affiner son esprit critique, en l'avisant :
— Vous verrez, sous peu, cela vous servira.

Les dépêches du front arrivent tardivement à Corato, surtout via le canal administratif, et à plus forte raison quand les nouvelles ne sont pas glorieuses. Le désastre de Caporetto parvient mi-novembre 1917. La population, au moins pour la partie en capacité de lire, la majorité étant analphabète, découvre sur les affiches placardées aux façades de la mairie et des églises les chiffres minorés des pertes humaines de l'armée italienne, face à l'offensive des troupes austro-hongroises et allemandes. Le silence est de règle sur les pertes en matériel et personne n'ose évoquer l'abandon à l'ennemi de plus de trois mille pièces d'artillerie. Le moral est au plus bas et des désertions se produisent. Le maréchal fait le lien avec les instructions de vigilance à l'égard des déserteurs et des agitateurs sociaux, reçues récemment. À l'arrière, on commence à craindre de voir l'ennemi jusque dans le Sud, et la guerre occupe toutes les conversations. Les autorités doivent multiplier les communiqués pour appeler au calme et tentent de rassurer en annonçant que les armées de la Triple Alliance sont contenues sur le Piave.

Ses instructions transmises à son adjoint, le maréchal quitte la caserne pour un tour en ville. Il faut maintenir le contact avec les habitants et s'imprégner de l'état d'esprit. Des nuages encombrent le ciel et une bruine légère mouille les pavés. Il a bien fait de s'équiper de la cape de laine noire réglementaire. La pluie et la fraîcheur ont vidé les rues. Chemin faisant, ses pas l'ont écarté de l'avenue Mazzini. Il s'entend interpeller :
— *Signore* Maréchal ! *Signore* Maréchal !

---

6 *Stampa* : premier quotidien italien.

7 *Il popolo d'Italia* : Le peuple d'Italie.

Une dame, aux épaules couvertes d'une étole noire, vient vers lui. Sa voix et son visage ne lui semblent pas inconnus. Suffisamment proche, il croise son regard et reconnaît alors la personne avec laquelle il avait devisé il y a quelque temps, lorsqu'il était venu annoncer une triste nouvelle dans le quartier.
— Je suis Pina. Pina. Vous me reconnaissez ?

Oui, le maréchal se rappelle la scène qu'il a vécue et sa promesse de revenir. Il se rend compte alors que plus d'un an s'est écoulé et a du mal à cacher son embarras.
— Vos responsabilités et les événements vous ont empêché de revenir.

Pina se fait subtile.
— C'est tout à fait ça. Mais je m'apprêtais à passer voir la veuve. Au fait, comment va-t-elle ? Et l'enfant ?

Pina lui apprend que, grâce à Dieu, Maria-Luisa va bien et que le petit Domenico se porte comme un charme. Cela lui suffit. Il aurait aimé poursuivre la conversation avec Pina, mais pas dans la rue, les convenances le lui interdisent. Il la salue en portant la main droite à son képi, tourne les talons et reprend sa marche, tout en ressentant une sensation bizarre. Il se l'avoue, l'aplomb de cette femme de caractère le trouble. Peut-être pas seulement son aplomb.

Eh oui, Domenico a plus de vingt mois. Sa maman n'a pas été privée de châtaignes et de figues sèches censées améliorer la production et la qualité du lait maternel comme le préconisent les femmes anciennes, ainsi que sa mère, qui le lui a souvent répété, tout en s'ingéniant à lui en procurer en quantité suffisante. Domenico en a manifestement profité. Joufflu, bien potelé, il tient bien droit sur ses jambes et trottine, les bras tendus vers sa mère. Il parle, aussi. Il prononce distinctement *Mamma*, *Nonna*[8], et estropie le prénom de son oncle Giacinto qui, dans sa bouche, de *Zio Giacinto* devient *Zi Tchachin*. Il ne dit jamais « papa ». Personne ne le lui a appris. Dans une attitude résolue d'abnégation, ne vivant que pour lui, Maria-Luisa le dorlote du mieux qu'elle peut, en fonction de ses

8 *Nonna* : grand-mère.

faibles moyens. Il fait la joie de Lucia qui ne manque pas de venir embrasser son petit-fils tous les jours en lui apportant à chaque fois une petite chose à grignoter : croûte de pain frais, morceau de gâteau sec, petit bout de caroube séchée. Il a vite remarqué que les poches de la jupe de la grand-mère recelaient des choses intéressantes et, dès son entrée, il s'agrippe à son vêtement et désigne l'endroit, jusqu'à ce qu'il obtienne satisfaction. Lucia aime bien l'exaspérer un peu et, semblant ne pas comprendre, fait durer le plaisir jusqu'à ce qu'il s'énerve et commence à crier. Alors Maria-Luisa intervient :
— Ma, donne-lui.

La visite ne se termine jamais sans une séance de comptine et le plus souvent *Mezza questa fontanella*[9], la menotte du petit dans la main gauche de la *nonna* qui, de son index droit, lui caresse la paume. Ces petites chatouilles provoquent à chaque fois son hilarité et il en redemande. Giacinto s'est pris d'affection pour son petit neveu et, même harassé de fatigue après sa journée de labeur, il passe une ou deux fois la semaine, lui consacrer un instant. Il le prend sur ses genoux et ils partent tous deux pour une cavalcade statique, en imitant de la bouche le bruit des sabots du cheval frappant le sol. Domenico n'a plus qu'à grandir.

Le campanile de la Madonna Greca a déjà sonné les douze coups de midi depuis un moment. Maria-Luisa s'apprête à prendre son frugal repas qui se limitera aujourd'hui à quelques *lampascioni*[10] cuits à l'eau, rincés plusieurs fois pour en réduire l'amertume et assaisonnés d'huile d'olive, de sel, de poivre et d'une goutte de vinaigre. Le pain accompagne très bien les tubercules. Dans son état de profonde affliction, elle n'a plus goût à rien. Elle sait qu'elle doit manger. C'est tout. Pour Domenico, elle a préparé un plat *d'orechiette*[11] avec un peu de tomates séchées. Sur les genoux de sa

---

9 *Mezza questa fontanella* : Au milieu de cette fontaine.

10 *Lampascioni* : oignons du muscari à toupet, consommés principalement dans les Pouilles et le Basilicate.

11 *Orechiette* : pâtes en forme de petites oreilles, spécialité de la ville de Bari, où l'on rencontre encore, dans la rue, quelques « mamma » qui, sur une planche, confectionnent à la main ces délicieuses pâtes.

mère, il avale goulûment les cuillerées de pâtes qu'elle lui présente. Bizarrement, les cloches se font entendre à nouveau. Le carillon s'est détraqué ou le curé a abusé du vin de messe ? Mais elle se rend compte alors que plusieurs clochers se répondent en *plénum*. Le feu ? Elle prend son enfant dans les bras et sort. Elle perçoit alors une clameur qui monte, à peine couverte par les sonneries à toute volée, et voit une agitation inhabituelle, des attroupements, des enfants qui courent, des hommes qui lèvent les bras au ciel, des femmes qui s'étreignent et crient de joie… Nous sommes en novembre 1918. L'Armistice est signé. Enfin. La guerre est finie. La paix, la paix. On la souhaitait et on veut la vivre, désormais. Tout ira mieux, maintenant. La vie va reprendre comme avant. Les prisonniers vont rentrer au pays. Une fulgurance traverse l'esprit de Maria-Luisa. Et si lui aussi avait été fait prisonnier ? Mais la raison l'emporte aussitôt sur l'affectif et elle se remémore que des amies lui ont parlé de lettres de prisonniers. L'ennemi l'avait permis. Domenico aurait pu faire de même. À quoi bon ?

L'Italie pleure ses chers disparus et panse son million de blessés, mais le climat général se veut au bonheur retrouvé et tout un chacun s'affaire à reprendre un cours de vie normale. Aussi personne n'a vu revenir « La Grande Faucheuse ». Elle n'est pas rassasiée. Elle brandit sa sinistre lame et s'apprête à moissonner de nouvelles âmes. Les 650 000 Italiens morts au combat et les 30 000 victimes du dernier tremblement de terre à Marsica dans les Abruzzes ne lui ont pas suffi. Elle revient. Mais cette fois revêtue de la cape d'Hadès et coiffée de son casque. Invisible, sournoise et silencieuse. Sans le fracas des canons et des bombes, sans le craquement des forces telluriques. Elle prend la forme d'une infâme calamité qui frappe insidieusement les populations : *l'influenza spagnola*[12]. Apparue en Chine, ou aux États-Unis ou même en France dans la promiscuité des tranchées et peut-être dès 1917, favorisée par l'accroissement de circulation des personnes lié à la modernisation des moyens de transport, l'épidémie envahit l'Europe, décimant sans distinction jeunes, vieux, parents, enfants, riches, pauvres. La

12 *Influenza spagnola* : grippe espagnole.

presse espagnole, non censurée, le pays n'étant pas belligérant, a été la première à évoquer la crise sanitaire au cours des derniers mois de 1918. Ce qui vaudra à l'Espagne la paternité nominale de la pandémie. Aux premiers jours de 1919, des décès en nombre surviennent à Corato et l'hôpital, saturé de patients, refuse les nouvelles admissions. Les autorités du pays, dépassées par l'ampleur de la catastrophe et impuissantes devant le nouveau virus, ne peuvent que décréter des mesures d'hygiène et de distanciation et appellent au confinement pour tenter d'entraver le phénomène. Les familles bourgeoises se retirent dans leurs résidences de campagne où, isolées, elles peuvent vivre en autarcie. Mal informés, mal protégés, les plus pauvres fournissent un gros contingent de malades.

À l'aube du 15 mars, Maria-Luisa se réveille ruisselante de sueur et ressent de violents maux de tête. Elle peine à sortir de son lit où sommeille, près d'elle, Domenico. Elle prend garde de ne pas le réveiller. Les pieds posés sur le dallage froid, elle se redresse. Aussitôt nausées et vertiges la contraignent à s'agripper à la table pour assurer son équilibre et progresser de quelques pas. Au prix de gros efforts, elle parvient chez sa voisine et, dans une quinte de toux, lui dit :
— Envoie Marietta chercher Lucia.

La jeune fille a entendu et, sans attendre l'acquiescement de sa mère, se précipite à l'extérieur. Quelques minutes plus tard, Lucia arrive en courant, accompagnée de Pina. Maria-Luisa s'est recouchée, dans un état de fatigue et de faiblesse extrêmes. Elle n'a plus de force et rage de ne pouvoir prendre Domenico dans ses bras. Le petit ne s'est pas alarmé, il sent sa maman près de lui. Lucia comprend tout de suite que sa fille a la *febbre spagnola*[13]. Elle avait demandé qu'on lui lise les manifestes appelant au confinement, affichés aux quatre coins de la ville. Des larmes lui dégoulinent des yeux et suivent les plis de son visage ridé en lui mouillant le nez et les lèvres. D'un revers de la main, elle s'essuie, refusant de dévoiler sa détresse à sa fille. Puis, sans hésiter, elle écarte l'enfant et le pose sur une couverture étalée au sol. Elle espère le protéger de la contagion. Heureusement, il est sevré depuis quelques mois.

13 *Febbre spagnola* : fièvre espagnole.

Sur les conseils de Pina et avec son aide, Lucia frictionne tout le corps de sa fille avec de l'alcool. Elle trouve son état préoccupant et décide de quérir le médecin. On sollicite à nouveau Marietta.

Après une journée éprouvante passée à tenter de faire chuter la température à l'aide de compresses d'eau froide, à la nuit tombante, enfin, le médecin arrive. À la grande surprise des femmes, peu habituées à de telles précautions, il porte un masque et des gants. Il s'approche de Maria-Luisa, l'ausculte sommairement et le diagnostic tombe comme une sentence : *influenza spagnola*. Il lui injecte une solution de toniques cardiaques à base d'adrénaline, de caféine, de digitale, d'huile camphrée, et lui fait avaler deux comprimés de quinine avec un peu d'eau. Puis il s'adresse à la mère :
— J'ai fait ce que je pouvais. La température va rester élevée pendant quatre à cinq jours. Restez près d'elle. Faites-la boire. Éloignez l'enfant ; et vous deux, passez-vous les mains à l'alcool chaque fois que vous la toucherez. Je lui prescris de l'aspirine. Si la fièvre remonte, vous lui donnerez deux pilules, deux ou trois fois dans la journée. Allez dans une pharmacie où l'on vous connaît. L'aspirine se fait rare et on risque de vous demander le prix fort.

Pina propose de se rendre à la pharmacie *via* Duomo dès le lendemain matin, là où elle acquiert habituellement ce qu'elle utilise pour les accouchements et les soins qu'elle prodigue. Elle assure qu'elle aura le médicament. Lucia approuve et lui remet quelques pièces qu'elle avait précautionneusement emportées. Pina abandonne les deux femmes. Alors qu'elle franchit le seuil, elle entraperçoit Lucia, agenouillée au pied du lit, le chapelet en main, et entend :
— Santa Maria...

En chemin, elle croise un véhicule ambulance dont le passager, à l'aide d'un haut-parleur, diffuse des recommandations élémentaires d'hygiène pour limiter la propagation de la maladie. Elle se dit que les responsables de la santé auraient pu y penser plus tôt.

Le lendemain, en fin de matinée, elle revient avec six comprimés d'aspirine. C'est tout ce qu'elle a pu obtenir. Lucia en fait aussitôt avaler deux à sa fille, qui est toujours alitée. La nuit a été éprouvante. Maria-Luisa s'est plainte à plusieurs reprises de douleurs dans la poitrine et de difficultés à respirer. Démunie,

Lucia n'a pu lui prodiguer que quelques paroles de réconfort et des gestes d'affection. Giacinto est passé en soirée, inquiet de découvrir la maison vide à son retour du travail et de ne trouver aucun repas préparé. Il a vite saisi la situation et a assuré à sa mère qu'il se débrouillait seul, l'invitant à s'occuper pleinement de Maria-Luisa et du petit. Il a passé un long moment avec eux, puis il est rentré chez lui. Après avoir avalé un morceau de pain et quelques figues sèches, il s'est couché pour un sommeil réparateur de quelques heures avant d'affronter une nouvelle journée de travail. Le printemps est là et la campagne a besoin de la main de l'homme. Avant de s'endormir, il relit encore une fois la missive que le facteur a remise pour lui, à sa voisine, durant son absence. Il a bien compris qu'il s'agit de son ordre d'incorporation pour accomplir son service militaire. Eh oui, il a dix-neuf ans. Mais il n'a pas saisi les modalités : où, quand, comment ? Il se dit qu'il montrera le document au régisseur Vincenzo, il saura lui expliquer. Il n'a pas évoqué la chose avec sa mère. Inutile de lui causer un souci supplémentaire.

Au chevet de Maria-Luisa, qui après l'absorption de deux cachets d'aspirine semble s'apaiser, Pina propose d'emmener le petit pour l'aérer et le sustenter. Lucia accepte. Elle prend Domenico par la main et le conduit dans sa demeure pour un moment de relâchement. Cinq jours durant, Maria-Luisa se bat contre la maladie qui semble affecter tout l'organisme et se manifeste à présent par des douleurs aiguës, un abattement profond et de fortes montées de température. À plusieurs reprises, elle a frôlé les 41 degrés et a prononcé des paroles inaudibles pour son entourage. La fièvre la fait délirer et provoque des vomissements qui lui font rejeter le peu d'aliments et d'eau qu'elle a absorbés. Son état se dégrade. Cette après-midi du jeudi 20 mars 1919, elle respire de plus en plus difficilement et ahane par intermittence. L'aspirine est épuisée. Elle gémit par saccades et de plus en plus faiblement. Son visage hâve présente les stigmates d'une douleur endurée. Seule à son chevet, assise au bord du lit, Lucia a redressé sa fille et l'a prise contre elle en lui susurrant à l'oreille quelques paroles d'apaisement. Pendant un court instant, elle sent ses mains s'agripper à ses avant-bras, puis

brusquement glisser et tomber sur le drap dans un total abandon. Ses lèvres laissent échapper :
— Mam.

Elle a tenté sans y parvenir de prononcer le prénom de son époux ou de son fils. Mais aucun son ne sort plus de sa bouche. Lucia a conscience qu'elle s'en va rejoindre son Domenico. Secouée au rythme de ses sanglots, implorant Dieu et tous les saints, elle serre sa fille plus fort contre elle tout en balançant son corps d'avant en arrière, dans un réflexe maternel, comme si elle voulait la bercer et l'endormir. Maria-Luisa s'éteint dans ses bras après un dernier râle. Le médecin de service, alerté par les voisines, vient constater le décès. Il requiert aussitôt les services sanitaires pour évacuer le corps et l'enterrer rapidement sous une couche de chaux vive, au sein des fosses communes creusées en urgence dans une extension du cimetière. Les funérailles sont interdites, pas de messe, pas de procession, juste un geste de bénédiction d'un prêtre avant mise en terre. Maria-Luisa a rejoint, anonyme, la cohorte des 500 000 Italiens, morts de la grippe espagnole.

Domenico a un peu plus de trois ans et il est désormais complètement orphelin. Il n'a pas assisté à l'agonie de sa mère. Comme pour son père, la *nonna* lui racontera plus tard. Pina l'avait pris en charge provisoirement pour le préserver. Lucia et son fils n'ont pas discuté longuement sur l'avenir du petit. Hors de question de le confier à l'orphelinat, même si celui de Corato, placé sous le patronage de saint Antoine de Padoue et géré par les sœurs du Divin Zèle, bénéficie d'une bonne réputation. La *nonna* et l'oncle se chargent de l'élever. Pupille de la nation, Domenico a droit à une rente versée par l'État et Lucia estime qu'elle suffira pour son petit-fils et elle-même. Elle prévoit également de vendre la maison de sa fille et d'en garder le produit pour Domenico. Du côté du père disparu, il n'y a pas grand-chose à attendre. Les parents ont quitté ce monde et ses six frères, plus âgés, ont tous émigré au Venezuela en 1914, sans donner de nouvelles depuis. Giacinto a attendu cette discussion pour informer sa mère quant à ses obligations militaires. Il lui a restitué la lecture mot à mot du régisseur et les explications obtenues. Le conseil de révision communal l'a recensé. Il a été jugé apte et a été tiré au sort. Sa taille, 1,80 mètre, et sa bonne condition physique ont certainement conduit l'autorité militaire à le retenir pour la troupe d'élite. Il doit rejoindre le 1er régiment de *bersaglieri*[14] à Cosenza le 10 avril.

Lucia fond en larmes. Ses yeux ne sont pas encore secs du chagrin causé par la perte de son mari, de son gendre et de sa fille, et voilà qu'une nouvelle séparation se profile. Elle va rester seule avec son petit-fils. Giacinto lui explique que la guerre est terminée et qu'il n'a rien à craindre.
— J'aurai des permissions et je pourrai revenir vous voir. Et puis tu sais, c'est aussi une opportunité d'élargir mon horizon et de voir plus loin que le stramurale(n° 5 page 14). Tu pourras être fière de moi. Les bersaglieri constituent le fleuron de l'armée italienne et ils bénéficient d'un statut particulier. En plus ils ont droit à un magnifique uniforme avec un chapeau orné de plumes. J'en ai déjà vu un passer en ville. Crois-moi, les jeunes filles se retournaient sur son passage.

Lucia est gagnée par l'enthousiasme de son fils. Elle renvoie sa peine à plus tard. Jusqu'à présent, il n'a pas eu beaucoup d'occasions de s'amuser. Il mérite bien un peu de bon temps. Plusieurs sentiments contradictoires animent Giacinto, la crainte de l'inconnu et l'envie de découvrir, le désir de s'émanciper et le souci de laisser, désemparés, sa maman et son neveu. Il ne sait que penser.

La veille de son départ, au cours de sa dernière journée de travail au domaine de la Castalda, propriété de Don Coriliano, tout à ses pensées, alors qu'il pioche un carré de concombres précoces, il voit arriver une calèche avec à bord le régisseur et le patron qu'il a à peine entraperçu une ou deux fois. Il plante la lame de sa pioche, enlève sa casquette, se rapproche et salue respectueusement son employeur.
— Buongiorno Don Coriliano.

Le régisseur s'adresse au patron :
— C'est lui, Giacinto Laurentis, dont je vous ai parlé.

---

14 *Bersaglieri* : troupe d'élite de l'armée italienne.

— Alors comme ça, ils t'ont pris pour les bersaglieri.
Écoute, mon garçon. C'est bien. Sois fier qu'on t'ait choisi.
Bon, quand tu auras fini ton service militaire, viens nous voir. Il y aura une place pour toi. Vincenzo commence à être âgé et il aura besoin d'un second. Compris, Giacinto ?
— J'ai compris, Don Coriliano. Merci.
— Et puis quand tu viendras en permission, passe voir Vincenzo, il aura toujours un peu de verdure pour ta maman.

La discussion est terminée. Les deux hommes rejoignent la voiture. Vincenzo se saisit des rênes et ils disparaissent comme ils sont venus. Giacinto reprend son outil et frappe de plus belle. Sa voie est tracée. Il pourra prendre le train demain avec l'esprit léger.

Dans la maison de Lucia, un semblant de sérénité est revenu. Les cris et les rires de Domenico ont remis de la vie dans la demeure. Il a réclamé sa maman plusieurs fois. Au fil du temps, les demandes s'espacent. Il a aussi cherché *Zi Tchachin* et la *nonna* lui a montré une de ses rares lettres, sans que cela ait beaucoup de sens pour lui. Mais les nouvelles sont bonnes et Lucia est rassurée. Elle est pressée de voir son garçon en uniforme. Il faut qu'elle patiente encore un peu. Le soir, elle endort Domenico dans ses bras en lui caressant la tête, tout en fredonnant la *nina nana*[15] et en lui murmurant :
— Dors, mon enfant, dors. Nonna veille sur toi. Je ne sais pas ce que la vie te réserve, je ne sais quels dangers tu devras affronter, mais manifestement, le destin t'a marqué.

---

15 *Nina nana* : berceuse italienne très populaire.

Chapitre II

CORATO, 24 octobre 1921

Piazza Mentana, dans la villa *dei signore*[16] Di Carolis, comme chaque jour aux environs de treize heures trente, Letizia, la servante, postée au fenestron de sa logette, guette l'arrivée du maître. Dès qu'elle perçoit le martèlement des sabots ferrés sur le pavage, sans même attendre de reconnaître le cabriolet franchissant le portail pour pénétrer dans la cour privative, se fiant uniquement à son ouïe, elle descend promptement au rez-de-chaussée rejoindre la *signora* Emma. Dans un rituel immuable, répété quotidiennement, excepté les dimanches, elle annonce :
— *Signora, il signore* arrive, je mets les pâtes dans l'eau.

Une fois déposée la soupière de gros flots à la sauce tomate sur la table en noyer patiné, Letizia quitte la salle à manger. Alors la *signora* Emma sert généreusement son époux, Don Luigi, puis elle, plus modestement, et enfin leurs filles, Teresa et Valeria. Le silence est de rigueur pendant que l'on mange le premier plat. À peine les assiettes essuyées à l'aide d'un petit morceau de pain, la *signora* questionne son mari sur sa matinée à l'agence de la *Banca di Roma*, dont il a pris la direction depuis le 1er septembre. Elle lui demande aussi les dernières nouvelles parues dans la presse, elle-même rechignant à lire les journaux.

---

16 *Signore* : Messieurs-Dames.

— Je crois que les employés se sont habitués à moi et à mes méthodes et les notables de la ville me sollicitent pour des placements financiers dans les grandes entreprises de Lombardie. Tout va bien. Par contre, j'ai noté que le climat politique du pays se dégrade. Cela m'inquiète un peu. Le pouvoir est chancelant et je constate la montée d'un nationalisme radical et violent. Il y a eu plusieurs expéditions punitives orchestrées par les fascistes sur des villes administrées par les socialistes. Je crois bien que le nouveau député Benito Mussolini fera encore parler de lui prochainement. La situation sociale me paraît assez calme, au moins ici dans le Sud. Les mouvements revendicatifs de l'an passé ont pris fin depuis le printemps. Pour faire contrepoids aux syndicats paysans et ouvriers et se positionner en tant qu'interlocuteurs, les classes possédantes des secteurs industriels et agricoles se sont organisées en confédération. Pour l'instant, le dialogue n'est pas rompu, c'est une bonne chose.

S'adressant alors aux deux fillettes :
— Et mes filles, comment vont-elles ? Dites-moi comment se passe votre scolarité. Vous êtes-vous fait des amies ?

Teresa et Valeria relatent leur matinée à l'école primaire. Don Luigi enchaîne aussitôt :
— Et Luciana ?
— Elle est en haut, dans sa chambre. Elle doit dormir. Letizia la surveille.
— Rien de spécial.
— Non, rien de spécial.

La *signora* a répondu à son mari, avec dans la voix ce léger tremblement et cette touche d'amertume qui ne la quittent plus depuis la naissance de la petite dernière, il y a un peu plus d'un an. Après un morceau de fenouil et un grapillon de raisin, le repas terminé, Don Luigi va se retirer pour quelques instants de relâchement. Avant de quitter la pièce, il interpelle son épouse :
— Rejoignez-moi d'ici une demi-heure, nous avons à parler.

La *signora* veille à ce que les filles rassemblent simplement les couverts au bord de la table. Letizia va redescendre pour nettoyer et ranger. Elle reste un peu avec Valeria et Teresa avant de les envoyer préparer leurs devoirs.

— Je vais voir papa, ensuite je passe auprès de Luciana, et après, je suis à vous.

Au salon, calé dans un fauteuil, Don Luigi s'est assoupi. Le bruit de la porte le fait sursauter. C'est sa femme. Il reprend aussitôt ses esprits.
— Ma chère, nous devons trouver une solution. Le ciel nous a envoyé cette nouvelle épreuve après nous avoir enlevé notre troisième enfant avant même sa naissance. Veut-il nous punir ? Et de quoi ? Vous me savez très pragmatique, aussi je ne m'interroge pas en ce sens. Nous devons accepter, tout en prenant les dispositions nécessaires pour continuer à vivre quasi normalement. Letizia ne peut assurer toutes les fonctions, et vous-même, vous devez administrer cette maison. Il faut quelqu'un spécialement attaché à Luciana et qui, accessoirement, pourrait suppléer aux tâches ancillaires. J'ai pensé à une fillette qu'il vous incomberait de former. Elle grandirait en parallèle à notre fille et, par son jeune âge, devrait pouvoir s'attirer sinon l'affection, du moins la sympathie de Luciana. Ce qui sera certainement utile dans les années à venir.
— Mon ami, si vous m'en parlez, c'est que vous avez déjà trouvé la personne.
— Vous me connaissez bien. En effet, vous vous souvenez du journalier que l'on emploie de temps à autre à la campagne dans notre domaine de Corcciuno pour aider Bernardo notre régisseur. Il s'appelle Giuseppe Olivieri. Il a deux garçons et quatre filles. La plus grande a déjà quatorze ans. L'écart me paraît trop important avec Luciana et parfaire son éducation s'avérerait difficile. De plus, elle ne paraît pas trop gaillarde. La seconde fille a huit ans. Elle se nomme Nicolete. Bernardo s'est arrangé pour me la faire voir discrètement à la sortie de la messe dimanche dernier. Elle me paraît en bonne santé et, de prime abord, semble présenter de bonnes dispositions. Elle devrait convenir. J'ai pris des renseignements sur la famille. Ils sont pauvres, mais honnêtes. Avec une petite rétribution et en laissant entrevoir aux parents la prise en charge totale de leur fille, l'affaire devrait pouvoir se conclure. J'ai missionné Bernardo pour amorcer la transaction.
— Mon cher mari, comme d'habitude, vous pensez à tout. Je suis d'accord. Réglons cela au plus vite. Mais attendez, j'ai entendu

parler d'un Giuseppe, bègue et surnommé Peppino-u-rosso[17], serait-ce la même personne ?

— Oui, c'est bien lui. Sa grosse moustache et ses cheveux roux ont naturellement fourni prétexte à un tel surnom. Cela est coutumier dans cette province. Ce devait être beaucoup moins répandu dans votre Émilie-Romagne. Ici il y a plus de proximité et de promiscuité au sein du peuple. Cela favorise les diminutifs qui, au demeurant, ont bien souvent un caractère humoristique. Au fond, ils facilitent les relations. La majorité des personnes en sont affublées, parfois même en toute ignorance. Le patois local a ses richesses. Il prime dans toutes les conversations entre locaux, naturellement peu diserts et adeptes, bien inconsciemment, de l'apocope et de l'aphérèse. Comme si la chaleur conduisait à tronquer les mots pour économiser sa salive. Mais rassurez-vous, la fille n'a pas hérité de son père pour la chevelure. Elle est châtain foncé. Fort heureusement, il ne lui a pas transmis non plus son bégaiement. J'espère simplement qu'elle a pris de lui quant à ses qualités de travailleur.

Bernardo s'est promptement attelé à la mission. Il a d'abord embauché pour deux jours le sieur Olivieri à la cueillette des olives douces sur les terres de Corcciuno. À la fin de la deuxième journée, il vient le retrouver au pied des oliviers *pasola*[18] et l'aborde en lui parlant de la cueillette en cours et de l'imminence de la prochaine olivade pour laquelle il devra bien sûr embaucher. Le ramassage des olives vertes destinées à la conserve et des noires pour l'huile requiert beaucoup de main-d'œuvre. Il enchaîne en lui demandant des nouvelles de ses garçons et de ses filles, sans lui donner le temps de répondre, connaissant ses difficultés d'élocution. Alors, sentant qu'il a suffisamment éludé la question et qu'il ne risque pas de blesser l'amour-propre de son interlocuteur par une approche trop directe, il expose les attentes de ses patrons. Il présente l'offre comme une marque de considération à son égard et comme une chance pour sa fille. Chafouin, il laisse sous-entendre que la proposition comporte la garantie d'un recrutement régulier pour les

17 *Peppino-u-rosso* : Joseph le rouge.

18 *Pasola* : variété d'olivier de la Pouille, produisant une olive douce ne nécessitant pas de passage en saumure, consommée le plus couramment frite dans l'huile d'olive.

travaux à la campagne. Perplexe mais clairvoyant, le journalier traduit la promesse d'engagement en menace de le discréditer auprès de tous les régisseurs, s'il n'accepte pas. Alors bonjour la misère. Ultime argument, Bernardo ajoute l'octroi d'une substantielle indemnité. Peppino-u-rosso n'a d'autre choix que d'accepter. Il le fait en silence. L'aphorisme « Qui ne dit mot consent » est ici une pratique courante. Un simple clignement des yeux, accompagné d'un hochement de tête presque imperceptible, a suffi au contremaître pour y lire son assentiment ou sa résignation. Avant de le quitter, il l'invite à emporter quelques poignées d'olives, histoire de laisser entrevoir le début d'une relation privilégiée.
— Ta femme les fera frire ce soir. Elles sont à point. Dis-lui qu'elle ajoute un piment et une tomate séchée, tu te régaleras.

Bernardo s'éloigne. Peppino-u-rosso, encore interloqué, s'exclame :
— Mais pour qui il nous prend, ce crétin ? Il s'imagine peut-être qu'on ne connaît pas les olives douces ! Ma va fan culo[19] !

Convaincre Francesca, sa femme, n'a pas nécessité de longues heures. Dès son retour au domicile, rue Orsini, à la mi-journée, il lui a expliqué la proposition des Di Carolis. Il a souligné le risque de ne plus être sollicité par les recruteurs en cas de refus. Ils conviennent tous deux que Nicolete devra travailler, bien sûr, et qu'elle aura un statut d'employée de maison. Certes, cela ne constitue pas le meilleur atout pour un bon mariage, mais elle aura accès à tant de choses qu'ils sont incapables de lui offrir. La mère consent et se charge d'en informer sa fille. D'un caractère autoritaire, exacerbé par les difficultés de l'existence, elle n'a pas su instaurer une relation affective avec sa progéniture. C'est donc sans ménagement qu'elle annonce la décision à Nicolete, le jour même, au cours du repas. Le choc est violent. La petite reçoit la nouvelle de son prochain départ avec une grande surprise mêlée d'une profonde détresse. Elle ne comprend pas pourquoi ses parents veulent l'envoyer chez ces gens. Elle fixe sa mère dont le visage marmoréen s'est figé et comprend qu'elle n'a pas à attendre de secours de son côté. Elle

19 *Ma va fan culo* : expression populaire vulgaire, mais très usitée pouvant se traduire par « Va te faire foutre ».

repousse alors son assiette, s'affale sur la table en pleurant, et entre deux sanglots, crie qu'elle ne veut pas quitter sa famille. Le père intervient en trébuchant plusieurs fois :

— Tu vois dans quelle pauvreté nous vivons… Nous nous endormons tous les soirs sans savoir si nous aurons du pain pour le lendemain… C'est cela, que tu veux partager avec nous ? Crois-moi, il vaut mieux pour toi que tu ailles chez ces riches… Tu mangeras à ta faim et bien plus encore tous les jours… Et puis nous ne serons pas loin, ta mère et moi te rendrons visite… Je ne veux plus te voir pleurer. On pleure devant la mort, c'est tout… Regarde, ton frère Michele[20] travaille déjà. Ta grande sœur Vincenza n'est pas bien portante, on ne peut pas compter sur elle, Cataldo a six ans et tes sœurs Rosa et Philomena sont bien trop petites… C'est à ton tour en quelque sorte de nous aider.

Il ne répétera pas. Son infirmité élocutoire a conduit ses proches à s'exécuter à la première injonction. Nicolete pleure encore, mais sans bruit, sa contestation ne va pas plus loin. Désespérée, elle cherche de l'aide dans les bras de son grand frère Michele qui rentre à l'instant de la campagne. Interloqué, ignorant ce qui se trame, il lance un regard interrogateur au père qui, en quelques mots, lui explique la situation. Il baisse alors les yeux, ne voulant pas révéler son regard réprobateur. Il hausse les épaules et agite la tête en signe d'impuissance. Il console sa petite sœur en lui caressant les cheveux, tout en lui promettant qu'il continuera à veiller sur elle.

Premier novembre, fête de la Toussaint. Pour les ouvriers agricoles, il n'y a pas de journée fériée. Ils démarrent le labeur encore plus tôt qu'à l'accoutumée et anticipent le retour pour pouvoir assister à la messe en fin de matinée. Comme tant d'autres, les Olivieri se sont levés aux aurores. Chez eux, il y a une agitation inhabituelle. La veille, toute la famille s'est couchée tôt, dès la tombée de la nuit pour économiser la lampe à pétrole, mais aussi en prévision des événements du lendemain. Nicolete a eu beaucoup de mal à s'endormir. Malgré l'obscurité, elle a discuté longtemps avec ses frères et sœurs pour perpétuer ce lien ténu qui les relie encore.

20 *Michele* : lire « Mikele », pour Michel.

Elle redoute que ce ne soit la dernière nuit passée avec eux. Trop de pensées l'assaillent. Elle ne parvient pas à imaginer son futur. Au fond d'elle-même, angoisse et rancœur se bousculent, avec en plus la perception d'une rupture consommée avec le monde de l'enfance, pour un basculement brutal dans celui des adultes. Au lever, sa mère l'a obligée à se frictionner avec un chiffon humide de la tête aux pieds. Puis elle lui a mis des vêtements usagés, mais propres. Avec le revers de sa manche et un peu de salive, elle a donné un peu de brillant à ses chaussures. Elle a refait ses tresses qu'elle a enroulées et nouées à l'arrière de sa tête. Nicolete est prête, physiquement et mentalement. En moins de vingt-quatre heures, le bouleversement survenu l'a contrainte à atteindre précocement la maturité. Son père la regarde à la dérobée, presque surpris de la sentir si calme. Dans son for intérieur, il sait qu'une séparation définitive se prépare. Après avoir entendu la grosse cloche frapper neuf coups et le carillon sonner la demie, il se lève de sa chaise et dit à sa fille :
— Allez, c'est l'heure. Dis au revoir à tes frères et tes sœurs, embrasse ta mère et on y va.

Son grand frère Michele lui prend la tête entre ses mains et, affectueusement, dépose une bise sur son front en lui murmurant :
— Ne t'en fais pas, je suis sûr qu'on se retrouvera.

Les adieux avec son autre frère et ses sœurs sont plus réservés. Elle se tourne ensuite vers sa mère. L'étreinte est brève. Des non-dits empreints de reproches et de déception pèsent désormais entre elles.
— *Ciao ma.*
— *Ciao figlia mia. Fa la brava*[21].

À dix heures, père et fille se présentent au portail de la demeure des Di Carolis. Nicolete regarde, subjuguée, les deux atlantes tronqués qui ornent la partie haute des piliers et soutiennent de leurs bras levés le linteau de pierre surplombant les deux vantaux de fer. Le père a posé une main sur l'épaule de sa fille dans un dernier geste protecteur. Il se saisit de la chaîne et actionne la cloche

---

21 *Ciao figlia mia. Fa la brava* : Au revoir ma fille. Sois sage.

pour annoncer leur présence. Une jeune femme en tablier blanc et coiffe blanche vient vers eux. C'est Letizia, chargée d'accueillir la gamine. Elle l'invite à la suivre, seule. Le père comprend qu'il n'est pas convié. Pendant un temps qui lui semble interminable, il regarde sa fille parcourir la dizaine de mètres qui séparent le portail de l'impressionnante demeure, puis sans se retourner, disparaître dans l'entrée de la villa. Surpris, décontenancé, il s'attarde, avec l'espoir inavoué qu'elle ressorte lui faire un signe. Mais c'est Letizia qui revient et lui remet sans commentaire une pochette en papier. Il la garde dans la main, se retourne, s'éloigne un peu et la déplie. Il y prélève trois coupures bleuâtres de cinquante lires. Effaré, il regarde l'argent dans ses mains. Il a du mal à évaluer la somme, peu familiarisé aux billets. Habituellement, il ne dispose que de pièces. Il tente mentalement une estimation, par comparaison avec le gain d'une journée de travail variant de trois à cinq lires. Il saisit alors l'importance de la remise, mais il froisse rageusement les billets, crache à terre et s'exclame :

— *Porco Giuda, sono maledetto. Ho venduta mia figlia*[22].

À l'intérieur de la villa, Letizia s'occupe de la nouvelle venue. Elle a eu des instructions. Elle l'emmène dans la buanderie où Nicolete découvre avec surprise une cuisinière munie d'un grand cylindre métallique, destinée à produire de l'eau chaude et qui diffuse une chaleur agréable dans la salle. Elle la fait se déshabiller complètement, tout en trempant aussitôt ses habits dans une lessiveuse, et elle met de côté les souliers pour un cirage ultérieur. La *signora* lui a prescrit de laver et de conserver les effets, dans l'hypothèse d'un départ si elle ne faisait pas l'affaire. Une fois qu'elle est nue, elle l'aide à entrer dans un baquet en bois, en principe affecté au lavage du linge. D'abord traitement contre les poux, rinçage et brossage répété des cheveux en vérifiant minutieusement la disparition des lentes. Puis savonnage de tout le corps. Pendant la toilette, Letizia sent la gamine désemparée. Elle lui parle doucement pour la rassurer. Elle lui demande de l'appeler elle, par son prénom, et de s'adresser aux maîtres en disant *signora* pour elle et *signore* pour

---

22 *Porco Giuda. Ho venduta mia figlia* : Cochon de Judas. J'ai vendu ma fille.

lui. Les ablutions terminées, Letizia lui remet des vêtements. Des chaussettes longues de couleur grise en laine fine, une culotte ample en coton blanc, une combinaison et une robe en flanelle grise munie d'un galon bordeaux au col et aux poignets, enfin des chaussures basses de ville en cuir noir, le tout ayant appartenu à Teresa qui a deux ans de plus qu'elle. Épouillée, lavée, coiffée, rhabillée, Nicolete est maintenant présentable. Le contact de sa peau avec ces habits propres et de qualité lui procure une sensation agréable de confort qui la rassure. Letizia la conduit alors au salon. Sur le pas de la porte, Nicolete jette subrepticement un regard circulaire, et ses yeux, comme dessillés pour la première fois, reçoivent l'éclat d'une richesse ignorée jusque-là : murs safranés, plafond lumineux, moulures dorées, lustres scintillants, miroirs coruscants, meubles brillants, rideaux mordorés. Elle n'a connu que les murs chaulés et la lueur de la lampe à pétrole. L'enchantement la paralyse. Letizia a perçu son ravissement et, d'un léger appui de la main dans le dos, la guide vers le centre du salon où, revenue de la messe, attend la famille Di Carolis au complet. Luciana dans les bras de sa mère assise sur le divan, Teresa et Valeria près de leur père, de part et d'autre du fauteuil dans lequel il s'est installé. Elle avance, s'arrête à distance, et instinctivement, effectue une petite révérence. Le geste amène un léger sourire de satisfaction chez la *signora*. Nicolete découvre ses employeurs. Elle est impressionnée par le maître, même assis, il lui semble grand. Il a de la prestance. Les cheveux noirs gominés, tirés en arrière, le front haut, la peau mate, le visage anguleux, des yeux vifs et brillants, le nez aquilin, une moustache noire dont les poils débordent légèrement sur ses lèvres, il porte un complet noir, une chemise blanche à col montant et une cravate sombre. La *signora* est vêtue d'une robe noire resserrée à la taille, agrémentée d'un col en dentelle gris clair. Son vêtement ne laisse apparaître que ses mollets, gainés par des bas noirs translucides. Elle a chaussé des escarpins noirs avec des talons hauts. Ses cheveux noirs sont relevés en chignon. Elle a le teint clair. Elle présente un beau visage légèrement maquillé, sa bouche garancée et ses yeux sombres esquissent une expression sympathique. Teresa et Valeria arborent des robes identiques de forme et de couleur et complètent le tableau d'une famille aristocratique. Luciana, pelotonnée contre sa maman, la figure posée sur sa poitrine couverte d'une serviette,

bredouille un gargouillis incompréhensible. Le *signore* Di Carolis s'exprime en premier :
— Bonjour Nicolete. À partir d'aujourd'hui, tu es à notre service. Il faudra que tu t'occupes de Luciana, notre tardillonne, et que tu aides Letizia dans les tâches ménagères. Tu obéiras à la *signora*. Tu vivras dans cette maison et nous te nourrirons, t'éduquerons et veillerons sur toi. La *signora* t'expliquera dans le détail ce que nous attendons de toi.
— *Si Signore.*

C'est au tour de la *signora* d'intervenir :
— Bonjour Nicolete. Bienvenue dans cette maison à laquelle tu appartiens à présent. Ne l'oublie jamais, tu dois avoir une attitude et un comportement dignes de cette maison en toutes circonstances. Avec Letizia au début, puis toute seule, tu te chargeras de lever, laver, habiller et nourrir Luciana et aussi de jouer avec elle ou de veiller sur elle pendant son sommeil. Elle a un léger retard de développement par rapport à une autre fille de son âge. Tu t'en apercevras. Elle souffre de mongolisme. Si les soins de Luciana te laissent un peu de temps, tu aideras Letizia. C'est entendu ?
— *Si Signora.*
— Bon, encore une chose. J'ai commandé deux tabliers blancs pour toi à la couturière. Elle les apportera en fin de journée. Dès demain, tu en mettras un au-dessus de tes habits. Veille à rester propre. Nous profiterons de sa venue pour prendre tes mesures exactes et te faire confectionner quelques vêtements. Nous allons voir tout de suite si Luciana t'adopte. Viens près de moi et prends-la dans tes bras. Tu as déjà porté un enfant ?
— *Si Signora.* Je me suis occupée de mes petites sœurs.

Sans hésitation, Nicolete prend Luciana dans ses bras, et la maintient contre elle en lui soutenant la tête. En la retournant, elle a vu son visage. Ses traits lui rappellent la jeune femme attardée qu'elle croise parfois, déambulant dans son quartier, sous les quolibets de quelques mauvais garçons. Elle découvre que l'infortune frappe aussi les nantis, mais ne laisse rien paraître. Luciana esquisse un semblant de sourire, pose sa tête contre Nicolete et continue son mystérieux babillement. Elle n'a aucune réaction hostile. La *signora* est contente. Ça va marcher.

— Battiamo le manine che stasera vene papa[23]....

La *signora* est entrée sans s'annoncer dans la chambre. Elle a entendu Nicolete fredonner la comptine et il lui a semblé entendre rire Luciana. Elle découvre les deux filles assises face à face sur le tapis, pour s'isoler de la fraîcheur du marbre, et les mains de Luciana dans celles de Nicolete exécutent un mouvement cadencé d'applaudissement au rythme de la chansonnette. Par intermittence, le regard habituellement vide de Luciana se pose sur Nicolete et, à ce moment-là, son visage prend vie, ses yeux s'éclairent et sa bouche prononce quelques sons monosyllabiques. Décelant un progrès, la *signora* s'agenouille à leurs côtés et, heureuse, se mêle au jeu. Le soir même, elle raconte l'événement à son mari et lui fait part de sa joie pour leur fille et de sa surprise quant à la rapidité d'adaptation de Nicolete.
— Elle n'est avec nous que depuis un mois. Elle a vite assimilé ce que l'on attendait d'elle, tant envers Luciana que pour l'aide à apporter à Letizia. Il est vrai qu'il sera quand même nécessaire d'améliorer ses manières et utile de lui apporter quelques rudiments de culture, mais cela, je m'en charge.
— Bon, finalement, je l'ai bien choisie.

Don Luigi, avec une satisfaction non feinte, s'approprie le succès de l'affaire, en appuyant sur le « je ».

Au même moment, allongée dans son lit, installé à proximité de celui de Luciana, dans la chambre de la petite où elle passe ses nuits à présent, Nicolete veille, consciente, malgré son jeune âge, de la responsabilité qui lui est impartie. Son sens inné du devoir, mêlé à un début d'affection pour Luciana, a produit chez elle la volonté de bien faire qui manifestement séduit les parents. La privation de démonstration affective qu'elle a subie chez elle, depuis sa plus tendre enfance, n'a pas entamé sa sensibilité et son empathie naturelles. Avant de sombrer dans les bras de Morphée, elle fait son signe de croix, adresse une courte prière à Dieu en lui demandant de protéger les siens. Elle a une pensée pour son père, sa mère, ses frères, ses sœurs et sa vie d'avant, et mesure le chemin qu'elle a

---

23 *Battiamo le manine che stasera vene papa* : Battons des mains, car ce soir papa vient.

parcouru en si peu de temps. Sa famille lui manque encore, mais elle n'est plus malheureuse.

Le second samedi de décembre, aux premières lueurs du jour, Bernardo ouvre tous les volets de la villa de Corcciuno fermée depuis la saison estivale. En l'absence des patrons, s'il doit passer la nuit sur place, il dispose d'un *trullo*[24]. Il ne pénètre pas dans le logis lorsqu'il vient seul entretenir le domaine ou surveiller les ouvriers agricoles. Ce matin, il a amené Letizia pour découvrir les meubles, dépoussiérer les sols, ouvrir les fenêtres, préparer les couchages et commencer à cuisiner le repas. Lui s'affaire d'abord à allumer le feu dans la cheminée de la salle de séjour et dans le four à la cuisine. Puis il va vérifier que les journaliers sont bien à la tâche parmi les oliviers et revient rapidement pour accueillir les maîtres. Ils vont arriver. Ils viennent s'y installer une huitaine de jours, le temps de la première étape de l'olivaison. Il n'y a plus de temps à perdre. Les olives vertes doivent être cueillies avant que la douceur automnale, qui se prolonge, ne provoque la véraison et leur changement de couleur. Puis il faut les conditionner pour la revente aux conserveries et s'assurer ainsi un bon revenu. Sans oublier d'en garder une part pour la consommation personnelle. La deuxième phase, qui se déroulera à la mi-janvier, concerne les olives noires dédiées à la production de l'huile. Il s'agira de les ramasser, de les apporter au moulin pour le pressage, de récupérer l'huile et de le mettre en dames-jeannes de dix litres pour une vente locale, l'huile d'olive constituant aussi une source de revenus non négligeable, et enfin remplir quelques amphores pour eux.

La *signora*, Letizia, Nicolete et Bernardo vont rester à Corcciuno à demeure pendant cette semaine. Don Luigi et les deux filles feront la navette de la campagne à la ville, et inversement, matin et après-midi. Il ne peut abandonner complètement ses responsabilités à la banque, en cette fin d'année propice aux affaires. Même si

---

24 *Trullo* : construction circulaire en pierres sèches, de 4 à 5 mètres de diamètre, surmontée d'un toit conique en pierres plates. Ils servaient d'abris à la campagne. Ils présentaient l'avantage d'être démontables pour échapper aux collecteurs d'impôts. Aujourd'hui, restaurés et aménagés, ils servent à accueillir des touristes en quête d'authenticité. Le village d'Alberobello (Pouille) en compte près d'un millier.

cela lui coûte. Il aime tant ce domaine hérité de ses parents et où chaque arbre, chaque pierre, lui fait revivre d'inoubliables souvenirs liés à une enfance heureuse.

Sa femme apprécie tout particulièrement cet intermède. Elle aussi aime beaucoup Corcciuno. La maison ancienne de caractère, son perron à colonnades, ses murs de briques ocrées, son grand escalier en façade et son balcon à balustres de pierre lui rappellent un peu l'hôtel particulier où elle a grandi à Bologne. Ce n'est certes pas une villa palladienne, mais elle a beaucoup d'allure. Elle s'est attachée aussi au domaine lui-même, à ses grands cyprès, ses palmiers, ses haies de figuiers de Barbarie, ses amandiers, sa vigne, ses mûriers platanes rouges et blancs. En cette saison, elle aime particulièrement les plaqueminiers qui, dévêtus de leur feuillage, en totale indécence, offrent à la vue leurs magnifiques atours, leurs fruits écarlates. Elle ne se lasse pas du paysage verdoyant des oliviers, enluminé par les taches dorées des orangers, des mandariniers et des citronniers. Enfin elle goûte particulièrement ces sensations d'air, d'espace, de possession et de maîtrise du temps, lorsqu'elle contemple ce panorama, dont elle ne peut fixer les limites, depuis la haute terrasse au parapet crénelé. Même si les conditions de vie s'avèrent plus rustiques que place Mentana. Ici, pas d'électricité et pas d'eau courante, il faut puiser l'eau au puits dans la cour. Elle apprécie surtout ce séjour parce qu'il lui permet d'exister par elle-même. Elle quitte son habit d'épouse, pour endosser celui de chef d'entreprise. Là, elle a toute latitude pour gérer la maison et c'est elle qui surveille la bonne exécution des opérations. Bernardo lui rend compte à elle. Après ses études et avant qu'elle ne se marie, ses parents lui ont fait confiance et lui ont délégué la gestion de la production de lait de leurs *masserie*[25]. Elle a conduit les opérations avec succès et elle a établi des contacts productifs avec les patrons des industries alimentaires. Aujourd'hui, son mari, qui n'ignore pas son expérience, s'en remet donc totalement à elle pour l'olivade. Par contre, la vente de l'huile se faisant uniquement localement, la *signora* confie les transactions à son régisseur. Elle estime sa pré-

25 *Masserie* : fermes.

sence à elle non indispensable sur place, mais exige de Bernardo qu'il l'informe régulièrement du produit de la vente.

Nicolete écarquille ses grands yeux, c'est la première fois qu'elle franchit les limites du centre urbain de Corato. Assise à l'arrière de la charrette bâchée, emmitouflée dans une couverture avec Luciana dans les bras, à côté de Teresa et Valeria revêtues d'épaisses capes, elle voit les derniers immeubles de la ville s'éloigner. Elle découvre la campagne dont elle a si souvent entendu parler par son père et son frère, sans jamais s'y être rendue. Teresa joue la grande sœur savante et commente pour Valeria tout ce qu'elle voit. Tout en veillant au bébé, Nicolete ne perd pas une miette de ses propos, elle veut apprendre elle aussi. À l'avant, la *signora* partage le banc du charretier. Elle porte un manteau de coton bourru équipé d'une étole de fourrure et un chapeau. Courtois, le cocher lui a proposé de tirer à elle la couverture qu'il a posée sur ses jambes, mais elle a décliné l'offre en assurant qu'elle n'avait pas froid, craignant surtout qu'elle ne contienne quelques vermines. Le chariot est lourd. Il emporte les vivres et les habits pour la semaine ainsi que quelques ustensiles et une réserve de sel et de cendres de bois pour la préparation des olives. Le cocher doit encourager le cheval et ses *oh, oh, cavallo bello*[26] réitérés font rire les petites. Don Luigi, lui, a gardé le cabriolet. Il suivra un peu plus tard, il veut acheter les journaux avant de partir. Après une petite heure de cheminement, la *signora* s'agite un peu sur son siège, elle a reconnu ses terres. Teresa aussi, et elle le confirme en annonçant :
— À partir de maintenant, nous sommes chez nous.

Encore quelques minutes et ils aperçoivent le portail en fer forgé surmonté d'un double arceau métallique enserrant, au milieu d'arabesques feuillues, les initiales DCE, pour Di Carolis Eduardo, le grand-père de Don Luigi. Au bout de l'allée, imposante, la villa. Bernardo s'est avancé, la casquette à la main. La *signora* s'informe auprès de lui de la mise en route des journaliers et lui dit :
— Dès que tu auras terminé de décharger, offre un verre de vin au charretier avant qu'il ne reparte. Je l'ai déjà réglé. Rappelle-lui

26 *Cavallo bello* : beau cheval.

de revenir dimanche prochain en début d'après-midi. Ensuite rejoins-moi, nous ferons le tour de la propriété.

Puis, suivie des filles et de Nicolete, elle retrouve Letizia à l'office. Celle-ci a les mains enfarinées. Tôt le matin, elle a préparé la pâte à pain qui a bien levé, chaudement emballée dans une vieille nappe près de la cheminée. Là, elle confectionne deux belles *pagnotte*[27] qui vont cuire dans le four à bois. Elle a prélevé deux boules de pâte pour deux pizzas qui vont précéder le pain dans le four et profiter de la chaleur vive des braises. Elle sait que Don Luigi appréciera.

La *signora* a vérifié, tout lui paraît en ordre. Elle félicite Letizia.
— Brave Letizia, comme d'habitude, tu as tout mis en ordre. Bon, dès que Don Luigi nous aura rejoints, nous passerons à table ; et après le repas, tout le monde à la sieste, car ce matin, nous nous sommes levés tôt.
— Oh non, pas de sieste !

De concert, les deux filles protestent.
— Les filles, ne râlez pas, pas de sieste, pas de veillée ce soir. Il n'y a pas d'école demain et il serait dommage de ne pas profiter d'un moment agréable entre nous. Vous savez que papa tient beaucoup à ces samedis soir en famille.
— Oui, d'accord maman.
— Nicolete, tu fais manger Luciana d'abord. Après, sa toilette, et ensuite, tu la couches. Cette après-midi, tu la promèneras un peu autour de la maison. Il faut profiter du soleil. Tu verras, nous avons apporté une poussette. Je te montrerai comment l'installer.

Nicolete a vu en effet dans le vestibule une carriole à quatre roues avec un siège. Elle n'en a jamais vu auparavant et ignore son utilisation. Chez elle, les enfants marchent ou sont portés dans les bras. Mais elle a vite deviné l'usage de l'engin. L'après-midi, après la collation, d'initiative, elle y installe Luciana et se présente à la *signora* agréablement surprise.
— Bien, bien, Nicolete, tu as pris les devants. Tu me surprends toujours autant. Teresa et Valeria vont se promener avec toi et la

---

27 *Pagnotte* : miches de pain.

petite. Sortez par la porte arrière, vous éviterez ainsi le grand escalier. Moi, je vais à la remise, voir où en est la cueillette des olives. Soyez sages. Je vous rejoindrai tout à l'heure.

Pour Nicolete, l'après-midi s'annonce agréable. Teresa va encore leur expliquer un tas de choses. Musarder en bonne compagnie et apprendre tout à la fois constituent un luxe qu'elle ne connaissait pas. Cela lui procure en plus un répit appréciable dans son emploi du temps très dense. Depuis le début, chaque jour, elle s'acquitte consciencieusement de ses obligations envers Luciana, en déployant une patience infinie. À dix-huit mois, la petite ne parle pas, ne marche pas, ne tient pas sur ses jambes, ne sait pas déglutir. Elle mange avec difficulté les bouillies présentées à la petite cuillère et invariablement rejetées en tout ou partie. Elle bave beaucoup et il faut l'essuyer sans arrêt. Elle ne sait pas réclamer le pot de chambre et doit être lavée et changée plusieurs fois par jour. Ces nombreux changes imposent des lessives fréquentes à la main. Après trempage dans l'eau chaude savonneuse, il faut brosser et frotter le linge souillé, sur les cannelures de la planche à laver en bois, et ensuite le rincer abondamment. Ces gestes renouvelés quotidiennement ont irrité les mains de Nicolete. Ses paumes ont rougi et les extrémités de ses doigts la font souffrir au moindre contact. Mais elle n'a émis aucune plainte. Letizia a remarqué ses grimaces pendant le lavage et lui a remis un petit pot de crème en lui recommandant une légère application sur les parties endolories avant de se coucher.
— Tu me rendras la pommade dès que ça ira mieux. Tes mains vont s'habituer. Dans une semaine, tu n'y penseras plus.

Effectivement, peu de temps après, elle ne ressent plus de gêne. Letizia a compati. Elle s'est remémoré ses propres débuts comme femme de ménage, guère plus âgée, et s'est souvenue de la bienveillance de la dame qu'elle secondait. Il n'y avait pas de raison qu'elle ne se comportât pas de même. D'autant que sans chercher à plaire, uniquement en accomplissant soigneusement son travail, Nicolete a rapidement gagné sa confiance et sa sympathie.

Les filles ont voulu rejoindre leur mère à la remise. Assistée de Letizia, la *signora* s'active devant des grosses jarres en terre cuite. Elles contiennent les olives, sur lesquelles les deux femmes versent

de l'eau froide et de la cendre de bois d'olivier en quantité. Puis Letizia, armée d'une espèce de grosse cuillère en bois, brasse le tout, en prenant soin de ne pas éclater les fruits.
— Regardez, les filles, et retenez la méthode. Cela vous servira un jour. La cendre lave les olives et supprime les parasites éventuels. Elle leur donne également un goût particulier. Mais une journée de macération suffit. Demain, nous les rincerons et les mettrons dans la saumure avec les aromates : thym, laurier, fenouil et citron. Celles-ci sont pour nous. Les autres, en caisse, sont vendues et un transporteur va venir les chercher.

Nicolete observe et enregistre. Elle a conscience de son ignorance et développe en toute chose une soif de savoir qui n'est pas près de s'étancher.

Don Luigi a rejoint ses filles et son épouse et annonce à Nicolete que son père passera la voir avant de quitter le domaine, après sa journée de travail.
— Va l'attendre devant l'entrée de la villa. Laisse Luciana. Ses sœurs vont s'en occuper. Dis à ton père comment tu es bien traitée avec nous.

Elle réalise alors qu'un mois et demi s'est écoulé depuis la séparation, le 1er novembre. Ses nouvelles occupations, la confrontation à un autre mode de vie, le rythme de ses journées ne lui ont pas laissé le temps de méditer sur son sort et ont quelque peu effacé le souvenir de sa famille. Elle se dirige vers la maison et aperçoit son père. Il la regarde venir vers lui et se dit qu'elle a changé. Ses habits sont différents et sa démarche n'est plus la même. Un peu penaud et mal à l'aise, il ne sait quelle attitude adopter. Nicolete s'approche. Le sentiment paternel l'emporte, il se baisse et l'embrasse.
— Ma fille, comment vas-tu ?
— Bien, tout va bien.
— Ce n'est pas trop dur ?
— Il y a beaucoup de travail, mais je suis bien traitée.
— Tu as besoin de quelque chose ?
— Non, j'ai tout ce qu'il me faut.
— Je t'avais dit que tu serais bien, avec eux. Ta mère t'embrasse et tes frères et sœurs aussi.
— Dis-leur que je pense à eux.

L'un comme l'autre guère expansifs, la conversation s'arrête là. Le père embrasse à nouveau sa fille et s'en va. Il connaissait sa présence ici à Corcciuno, mais il n'avait pas osé demander à la voir. C'est Bernardo, sur ordre du *signore*, qui l'a avisé de l'accord du maître pour une rencontre. Avant de franchir le portail, il se retourne et agite sa casquette en guise d'au revoir. En réponse, sa fille lui fait un signe de la main. Il a apprécié ces retrouvailles, mais il ne peut se défaire d'un sentiment de culpabilité qui lui laisse de l'amertume au fond de la gorge. Un peu émue, Nicolete met quelques instants à se remettre. Une larme a perlé au coin de ses yeux. Elle s'essuie du bout des doigts et s'en retourne vers ceux qui constituent aujourd'hui son entourage.

Le soir venu, chose promise, chose due, après le souper, la famille Di Carolis se réunit au salon pour la veillée. Letizia y a placé deux lampes à pétrole qui diffusent une lumière douce et créent une ambiance chaleureuse. Don Luigi a installé le phonographe mécanique sur la petite table. Avec d'infinies précautions, il extrait de son emballage un enregistrement de la fameuse cantatrice Emma Albani, dans l'œuvre *Lucia di Lammermoor*, de Donizetti, et le dépose délicatement sur la platine. Il actionne la manivelle. Lève le bras de lecture, soigneusement, et d'un geste précis, le pose sur le disque. D'abord quelques grésillements, puis comme par enchantement, la musique s'élève, quelques mesures d'orchestre et la voix de la soprane, claire et limpide, vient caresser les oreilles et flatter les sens. Mélomanes avertis, férus d'opéra et inconditionnels des compositeurs italiens, les époux Di Carolis se délectent. C'est un temps de pur plaisir dont ils jouissent quasi religieusement. Lui, les yeux fermés, bouge sa main droite au rythme de la musique dans une imitation retenue du chef d'orchestre et elle, remuant à peine les lèvres, chantonne intérieurement la partition qu'elle connaît par cœur. Teresa et Valeria écoutent en silence à l'unisson avec les parents. À la cuisine, Letizia a rapidement lavé, essuyé et rangé la vaisselle. Elle a entrouvert la porte et installé une chaise où elle s'assied pour profiter elle aussi, à distance, de la soirée musicale. Elle a appris à aimer ces mélodies, différentes des chansons populaires qu'elle entend dans les rues. Au bout de quelques instants, elle a

un scrupule. Elle va dans la chambre de Luciana. La petite dort et Nicolete la veille, allongée sur son lit.
— Tu as entendu ?
— Oui, un peu ; qu'est-ce que c'est ?
— Viens, sans faire de bruit. Tu peux laisser Luciana. Elle ne se réveillera pas tout de suite.

Elles rejoignent la cuisine et se positionnent toutes deux près de la porte. Maintenant, Nicolete entend clairement le son des instruments et les vocalises. *Mezzo voce*, Letizia lui explique laconiquement d'où cela provient. Pour Nicolete, c'est un ravissement. Elle qui n'a connu à ce jour que les chants liturgiques et le son des fanfares à l'occasion des processions religieuses, c'est une révélation. Le chant lyrique touche sa sensibilité intrinsèque. Elle chuchote à l'oreille de Letizia :
— Ça me plaît. J'aime beaucoup.

À *Lucia di Lammermoor* succède la *Norma* de Bellini interprétée par la diva Adelina Patti. Avant les dernières notes, Letizia fait signe à Nicolete de retourner dans la chambre. Il ne faudrait pas que la *signora* la surprenne. Elle s'exécute à regret. Sans bruit, elle rejoint Luciana qui dort paisiblement. Alors elle se couche avec une sensation de plénitude inconnue jusque-là.

Au salon, la soirée se prolonge. La musique a laissé place à la discussion. Les qualités vocales des deux interprètes animent le débat. Les époux Di Carolis échangent leur point de vue tout en sirotant un verre d'amaretto. Les filles participent et donnent également leur avis en grignotant quelques petits gâteaux. Puis le propos dérive sur les livrets des deux opéras et l'histoire tourmentée des principaux personnages. Là, la *signora* préfère poursuivre hors de la présence des fillettes et, s'adressant à elles :
— Les filles, c'est l'heure d'aller au lit. Allez, je vous accompagne. Mon mari, attendez-moi, j'aimerais connaître votre sentiment sur le refus de Lucia di Lammermoor de se marier avec Arturo pour sauver la situation financière de sa famille.
— Je vous attends, ma chère. Je sens que nous allons nous coucher tard.

Le séjour d'automne à Corcciuno va prendre fin. Les soins à Luciana, les lessives, les repas, les siestes, les promenades, les visites à la remise ont déroulé la semaine sans que Nicolete ait vu le temps passer. Pour compléter son quotidien déjà bien chargé, la *signora* a tenu à lui consacrer un peu de temps afin d'améliorer sa pratique de la lecture, de l'écriture et du calcul. Sachant qu'elle n'a fréquenté que sporadiquement la première classe de l'école primaire, elle tient à améliorer ses connaissances qui, pour l'heure, s'avèrent limitées. Si bien que le samedi est déjà là et qu'il faut penser au retour. Les préparatifs du départ occupent toute la journée. Le soir venu, le souper terminé, Nicolete a rejoint la chambre avec Luciana. Elle espère renouveler l'expérience du samedi précédent et, aux aguets, prête l'oreille au moindre son. Letizia lui a demandé de ne pas bouger en attendant qu'elle vienne la chercher. Après un long silence, la magie opère à nouveau. Quelques notes de basson, et une voix, puissante et douce à la fois, parvient jusqu'à elle. Surprise. C'est une voix d'homme. Don Luigi a voulu écouter Enrico Caruso dans son interprétation de *Una furtiva lagrima* extraite de *L'Elisir d'Amore* de Gaetano Donizetti. Toute à sa concentration pour n'en rien perdre, Nicolete n'a pas entendu arriver Letizia. Celle-ci entre dans la chambre, l'index droit sur les lèvres et l'index gauche lui faisant signe de venir. Le geste fait sourire Nicolete et, du coup, Letizia en rit aussi. Une complicité s'est instaurée entre elles. Elles reprennent leur positionnement dans la cuisine au plus près de la porte entrouverte. Les disques de Caruso s'enchaînent : l'*Aïda* de Giuseppe Verdi, *Madame Butterfly* de Giacomo Puccini et, enfin, I *Pagliacci* de Ruggero Leoncavallo. Don Luigi tient à dédier cette soirée au plus célèbre des ténors italiens, l'illustre Caruso, disparu prématurément début août, à l'âge de quarante-huit ans, en laissant un grand vide sur les scènes des plus fameux théâtres européens ou américains et surtout dans le cœur de ses compatriotes.

La *signora* a décidé qu'ils déjeuneraient sur le pouce, ce dimanche, pour laisser la villa bien rangée et propre, avant une longue période d'absence. La famille termine à peine les *panini*[28] à la mortadelle et

---

28 *Panini* : petits pains de forme circulaire.

au provolone, apportés au domaine le matin même par Bernardo, que déjà un hennissement de cheval et le crissement des roues cerclées de fer d'un chariot se font entendre. Non seulement le charretier a respecté l'horaire convenu, mais il a même un peu d'avance. La charrette est rangée dans la cour dans le sens du départ. Bernardo va vers le cocher et l'invite à le suivre à la remise, pour lui montrer tout ce qu'il y a à emporter, et tous deux s'attellent immédiatement à la tâche. Jarres d'olives, bouteillons de vin, fagots de bois, malles de linge, sacs de farine, paniers à provisions et ustensiles de cuisine, tout est chargé et arrimé en une heure. Il reste un peu de place pour Letizia, Nicolete et Bernardo. Pour le retour en ville, la *signora*, Teresa, Valeria et Luciana profiteront du cabriolet. Don Luigi a levé la capote pour protéger les filles. L'épisode campagnard a laissé une sensation agréable à Nicolete. Elle a découvert les maîtres sous un jour différent. La *signora*, épanouie, lui a témoigné de la bienveillance et Don Luigi, décontracté, appréciant l'atmosphère de la demeure de ses ancêtres, s'est montré plus amène. Nicolete, elle, ne se départit pas du respect qu'elle leur témoigne depuis le premier jour. Respect craintif au début, déférence empathique à présent, tout en gardant à l'esprit la devise souvent évoquée par Letizia : « Chacun à sa place ». Quant à Corcciuno, elle n'a qu'une envie : c'est y revenir. Il faudra qu'elle patiente jusqu'à l'été. Elle pourra alors en profiter pleinement pendant plus de deux mois. Pour l'heure, c'est le retour en ville et à un quotidien plus routinier avec toutefois une ambiance légère liée aux préparatifs des fêtes de fin d'année, *Natale, capo d'anno* et *Befana*[29].

ꟹ

29 *Natale, capo d'anno et Befana* : Noël, Jour de l'an et Épiphanie.

Chapitre III

CORATO, 9 juin 1923

Bientôt dix heures. Le soleil darde ses rayons sur la ville. Il la baigne d'un jaune profond et l'habille d'une lumière dorée. Les dalles des trottoirs et les claveaux en arcade des façades en tuffeau commencent à exhaler une chaleur sèche. Point d'ombre, excepté à l'aplomb de quelques hautes constructions anciennes en briques. Rue Brunelleschi, des bruits de talons et des rires. Un cortège d'une dizaine de personnes se forme. En tête, des mariés. Juste derrière eux, la maman de l'époux et un petit garçon d'un peu plus de sept ans. La troupe d'humeur joyeuse se dirige d'un bon pas vers la mairie, rue Gravina, en empruntant les avenues Cavour et Mazzini. Les dames, apprêtées, ont revêtu des tenues claires et arborent quelques bijoux. Les hommes, plus stricts, portent costume noir, chemise crème et cravate sombre. Trois fillettes en robe rose se moquent de deux garçonnets, portant l'uniforme de marin avec culotte courte et marinière blanche à empiècements bleus. Les deux marmots tentent désespérément de lâcher la main de leur mère. De son bras gauche replié sur sa taille, la mariée soutient un bouquet en forme de gerbe, composé d'arums et d'œillets roses, rehaussés de gypsophiles et enceints de quelques tiges d'asparagus, dont la verdeur contraste avec la blancheur de sa robe en organdi. Un diadème piqué de fleurs d'oranger tient ses cheveux châtains coiffés en arrière. De longs gants blancs en dentelle complètent sa mise nuptiale. Sa main droite repose sur l'avant-bras de son futur époux et ses doigts agrippent fermement le tissu de sa manche, manifeste d'appropriation, signifiant à toutes et tous : « Il est à moi. »

Lui se tient droit. Il porte une veste sombre longue et ajustée, égayée d'une fleur d'oranger épinglée sur le revers, un pantalon gris à rayures, une chemise à col cassé et un nœud papillon. Il n'a pas oublié les gants blancs. Il marche fièrement. Son allure, d'une belle prestance, peut faire penser à un militaire. Deux années passées dans les *bersaglieri* et la participation à de nombreux défilés ont sûrement façonné son maintien. L'année écoulée, depuis son retour à la vie civile, n'a pas encore complètement gommé ses acquis.

En mairie, quelques amis et autres familiers accueillent les mariés avec force accolades. Tous s'installent sur les chaises alignées face à l'estrade où vont prendre place le maire, le premier adjoint et le secrétaire. C'est bien le maire qui va officier et non un adjoint, habituellement préposé à la célébration des noces du peuple. Don Coriliano a envoyé son régisseur Vincenzo auprès du secrétaire de mairie pour faire comprendre à l'équipe municipale qu'il le souhaitait. Comment refuser ?

La cérémonie commence. Chacun fait silence. Le premier magistrat de la commune prononce quelques paroles de bienvenue et exprime sa satisfaction de procéder à l'union de Giacinto Laurentis et d'Assunta Maino, deux de ses jeunes administrés honorablement connus. Tout en prononçant ses mots, il cherche des yeux le regard de Don Coriliano présent dans la salle. Puis il donne lecture des actes du Code civil en rappelant à chacun des époux ses devoirs envers l'autre et leur demande d'exprimer leur consentement.

Suivent les signatures et les félicitations. Don Coriliano s'approche du couple. Il embrasse la mariée et tend une enveloppe à Giacinto :
— Tiens, c'est mon cadeau. Je vous souhaite beaucoup de bonheur.
— Don Coriliano, c'est de l'honneur, vous vous êtes déplacé pour moi. Merci de votre attention et de votre générosité.
— Ce n'est rien, tu es mon futur régisseur, non ? Tu mérites. À la Castalda, les tables sont installées à l'ombre des figuiers. J'ai fait mettre quelques bancs. Vincenzo m'a dit que tes amis ont apporté, ce matin, la vaisselle, les victuailles, le vin et des chaises. Vous pourrez faire la fête toute la journée. Rangez tout avant de partir. Allez, amusez-vous bien entre vous et n'oublie pas lundi, au travail. Je ne viens pas à l'église, tu sais que je ne m'entends pas très bien avec le curé de la paroisse.

Giacinto comprend l'allusion. Au cours de ses sermons, ledit curé n'hésite pas à apostropher nominativement les ouailles auxquelles il reproche des comportements peu conformes aux préceptes de l'Église. Fussent-ils de généreux donateurs pour les œuvres paroissiales. Pour le mariage religieux, le cortège a grossi. Fort à présent d'une vingtaine de personnes, il se dirige vers l'église choisie par les mariés, Santa Maria Incoronata, rue Dante. Lucia, la maman de Giacinto marche maintenant à côté des parents de sa belle-fille. Les deux familles, originaires du même quartier, se connaissent. Les belles-mères discutent et bien sûr ne tarissent pas d'éloges sur leurs enfants :
— Il est beau, mon fils.
— Oui, il est bel homme, mais ma fille est très belle aussi.
— Giacinto sera bientôt intendant de Don Coriliano.
— Notre fille est bonne cuisinière et elle lui fera de beaux enfants.
— Nous avons bien fait de nous mettre d'accord pour le trousseau.
— Bien sûr, et Giacinto apporte la maison. Ils n'auront rien à acheter pendant un moment.
— Ah, je me rappelle comment Giacinto regardait ma fille lorsque nous nous sommes croisés avenue Garibaldi lors de la fête de San Cataldo, il y a deux ans.
— Je me rappelle aussi que, ce jour-là, Giacinto avait son bel uniforme de bersagliere et que votre fille n'avait d'yeux que pour lui.
— Eh oui, depuis ce jour-là, ils se sont fréquentés et revus à chaque permission de Giacinto.
— Eh oui, et aujourd'hui, c'est le mariage.
— Oui, prions à l'église qu'ils soient toujours heureux et qu'ils nous donnent rapidement de bons petits garçons.

Sur le trajet, des passants s'arrêtent pour les regarder. Certains applaudissent et saluent le couple. Cela fait chaud au cœur à Assunta et Giacinto. Parvenu au porche de l'église, il se détache de sa femme qu'il confie à son beau-père pour qu'il la mène à l'autel et lui la précède au bras de sa mère, transie d'émotion. D'autres invités et connaissances sont arrivés. Lucia a déjà emmené son petit-fils Domenico à l'intérieur. Il est assis face au maître-autel surplombé d'une imposante représentation de la Vierge couronnée. Il est intrigué par les deux *putti* positionnés de part et d'autre de la tête de la

Madone et qui semblent voler. Il demandera plus tard à Giacinto, il lui explique tout. Le prêtre, assisté de deux enfants de chœur, fait signe à l'assistance de se lever et entame un *pater noster* suivi d'une prière invoquant la bénédiction de cette union. Ensuite, il invite l'assistance à s'asseoir. Il demande au contraire aux mariés de rester debout pour échanger les anneaux qu'il a bénis et il prononce les formules consacrées :

— Giacinto Laurentis, acceptes-tu de prendre pour épouse Assunta Maino ici présente, de l'aimer, de la chérir et de la protéger jusqu'à ce que la mort vous sépare ?

— Oui.

— Et toi, Assunta Maino, acceptes-tu de prendre pour époux Giacinto De Laurentis ici présent, de l'aimer, de le chérir et de lui rester fidèle jusqu'à ce que la mort vous sépare ?

— Oui.

— Échangez les anneaux.

— Je vous déclare unis par les liens du mariage. Le marié peut embrasser la mariée.

S'ensuit une volée de vivats qui résonnent sous la voûte de la nef. Les compagnons de Giacinto tiennent à marquer leur présence. Le célébrant calme leur ardeur d'un geste de la main. Puis sans attendre, les participants à la noce s'engouffrent dans deux chariots venus se garer devant les portes de l'église pendant l'office. Direction la campagne, le domaine de la Castalda. En chemin, un des invités, porteur d'une guitare, et un autre joueur de mandoline s'accordent pour entamer un récital d'airs populaires vantant l'amour, les femmes et le soleil du sud. Lorsqu'ils attaquent *O sole mio,* tous reprennent le refrain à l'unisson.

Une fois parvenus dans la propriété de Don Coriliano, les invités prêtent la main pour dresser la table et, rapidement, le festin commence. Devant les mariés, un panier où chacun peut déposer son cadeau en monnaie sonnante et trébuchante. Près de Lucia qui veille constamment sur lui, Domenico s'en donne à cœur joie. Aujourd'hui, ça change des fèves, des pois chiches et des haricots secs constituant l'ordinaire. Il a englouti le plat de *penne* au ragoût et maintenant il savoure les côtes d'agneau grillées sur la braise.

Des plateaux de gâteaux bien tentants attendent, prêts à être servis, et il se régale à l'avance.
— Uagna, manj, bev[30].

Giacinto l'apostrophe, en lui servant du vin blanc.
— Tchachin, Tchachin, vive les mariés ! Vive les mariés !

La grand-mère intervient :
— Attention avec le vin, il est encore petit.
— Ma, laisse-le vivre, tu le couves trop, allez, Minguccio[31], mange, bois, cours, danse, c'est la fête, profite.

Puis Giacinto retourne près de sa belle. Elle a entendu.
— Tu l'aimes bien, ton petit neveu.
— Pour moi, c'est mon petit frère.
— Je crois que pour lui, tu es tout à la fois, son oncle, son grand frère, son père, son copain. On voit bien qu'il t'aime, t'admire et te respecte. Je vais l'aimer aussi.
— Viens, on va danser.

Les deux musiciens improvisés ont trouvé un tambourin. Ils interprètent une tarentelle endiablée. Tous se lèvent et forment la ronde autour des mariés en tapant des mains. Ils poursuivent avec la ritournelle *Quel mazzolin di fiori*[32] qui fait également l'unanimité. À la fin du repas Giacinto est évidemment invité à faire entendre le chant des *bersaglieri* et, après s'être fait prier un peu, à la demande d'Assunta, il se lève et entonne : *Aprite le porte, che passano i bersaglieri*[33]. Il termine sous les applaudissements. Puis, tout doucement, la fatigue se fait sentir et, le vin aidant, on passe à des chansonnettes moins remuantes comme le *Soldato innamorato*[34] qui vante la beauté du premier amour. Avant de se taire complètement, le guitariste fredonne doucement une dernière mélopée.

---

30 *Uagna manj, bev* : garçon, mange, bois (en patois).

31 *Minguccio* : petit Dominique, familier.

32 *Quel mazzolin di fiori* : ce petit bouquet de fleurs.

33 *Aprite le porte che passano i bersaglieri.* : Ouvrez les portes, les *bersaglieri* passent.

34 *Soldato innamorato* : le soldat amoureux.

C'est le signal. Déjà, des enfants, las, se sont allongés dans un des deux chariots et dorment profondément. Quelques femmes âgées, en équilibre instable sur leur chaise, le haut du corps penché en avant, luttent contre le sommeil. Leurs têtes dodelinent de gauche à droite et elles se redressent brusquement, par intervalles réguliers, en écarquillant les yeux, pour faire croire qu'elles ne dorment pas et, en même temps, réaliser où elles se trouvent. La fête se termine. Il faut remettre les tables et les bancs dans la remise et rentrer en ville. Les charrettes s'arrêtent place Sedile et chacun s'en retourne à son domicile. Lucia et Domenico réintègrent leur habitation rue Tiziano. Les mariés gagnent la rue Brunelleschi où se trouve leur maison, devant laquelle ils ont tenu à se regrouper le matin. C'est un logis modeste, de deux pièces et un petit réduit pour les commodités, acquis avec l'aide de Lucia et dont la localisation permet une proximité avec les deux familles.

Le dimanche matin, après leur première nuit passée ensemble, les mariés reçoivent la visite des parents. Ils s'y sont préparés, ils connaissent la tradition. Sous des aspects courtois, la démarche s'avère en réalité inquisitoire et vise uniquement à vérifier la consommation du mariage et l'état virginal initial de la mariée. Les questions des mères sont à peine voilées, mais fort heureusement, elles n'exigent plus de voir les draps ou de les exposer à l'extérieur comme cela se pratiquait il y a peu encore. Chacun étant rassuré, Giacinto clôt la séance en offrant un verre de vin à son beau-père et ils se quittent ravis.

Une semaine déjà depuis la noce. Le jeune couple savoure la vie maritale, même si Giacinto quitte tous les matins le lit conjugal, aux aurores, pour aller à la campagne, et ne revient qu'en début d'après-midi. À l'heure du retour, à l'instar des autres épouses, Assunta attend son bien-aimé sur le pas de la porte, et à son arrivée, l'accueille les bras ouverts. Elle s'ingénie à préparer son repas suffisamment tôt, afin qu'il puisse se restaurer sans attendre. Une fois rassasiés, tous deux s'accordent une petite sieste. Mais aujourd'hui, Giacinto a à faire. Il doit préparer son départ pour les Murges. Comme tous les ans, à pareille époque, il se rend sur les plateaux fertiles des environs d'Altamura pour participer à la moisson et au battage du blé, *la trebbia*. Faute de population suffisante sur

place, les grands propriétaires sont contraints de recourir à une main-d'œuvre extérieure. Ils recrutent des binômes, un coupeur à la faucille et un lieur de gerbes. La besogne est rude. Ils doivent courber l'échine, pendant près de douze heures, chaque jour. Les patrons fournissent le gîte et le couvert et assurent une distribution d'eau et de vin pendant le travail. Le revenu est appréciable, surtout pour les plus aguerris. La rémunération s'effectue à la pièce, selon le nombre de gerbes récoltées. Vincenzo y a participé lui aussi dans sa jeunesse et il n'ignore pas l'opportunité que cela représente. Il ne veut donc pas en priver son adjoint. Il a accepté de le laisser partir une semaine en lui disant :
— Tu te doutes bien que tu peux y aller parce que je suis encore là. Mais dis-toi que c'est certainement la dernière fois. Je t'attends sans faute lundi prochain.

La séparation avec Assunta est difficile. Pour elle, se retrouver seule après une petite semaine de vie commune s'apparente à une déchirure. Le dimanche matin, elle éprouve une grande tristesse à regarder s'éloigner son homme. Giacinto a constitué deux équipes avec trois de ses compères dont il connait l'ardeur à la tâche. Ils doivent d'abord atteindre Trani en charrette et, de là, prendre le train de la *Ferrovie dello Stato* pour Bari. Puis avec l'omnibus à voie étroite du réseau Calabro-Lucane, parvenir à Altamura. Les contremaîtres des employeurs les réceptionnent à la gare, le dimanche en fin de journée. Le lundi, dès l'aube, ils entament le labeur. Jeunes, forts, courageux, ils ne sont pas effrayés par la tâche. Ils pensent déjà au retour, un petit pécule dans la poche et le bonheur de retrouver les leurs.

— Régisseur, tu te rends compte, Assunta ? Ça y est, je suis régisseur !

Giacinto gonfle la poitrine en disant ces mots. Il est fier. Le titre lui plaît. Combien de fois l'a-t-il prononcé. À vingt-six ans, il a obtenu la promotion tant attendue. Habituellement, la fonction revient à des hommes un peu plus mûrs, proches de la quarantaine. Mais Vincenzo a voulu se retirer à l'automne, estimant avoir suffisamment servi son patron et revendiquant le droit de goûter à une vie paisible auprès de sa compagne. Don Coriliano a donné sa bénédiction et Giacinto a reçu les clés de la Castalda. Il a désormais un rôle envié par les plus humbles. L'année 1926 comptera pour lui.

À Corato, c'est une année comme les autres, excepté le fait que la ville connaît une perte lourde de population due à une vague d'émigration inédite vers les États-Unis, la Belgique et la France. Les motivations ont changé. Un temps économique et orientée vers les grandes cités industrielles du nord du pays, l'expatriation est aujourd'hui devenue politique et vise à se soustraire aux expéditions punitives des fascistes. Depuis quatre ans, ils détiennent le pouvoir. La Marche sur Rome de 1922 a entraîné la démission du gouvernement et contraint le roi Victor-Emmanuel III à nommer Benito Mussolini Premier ministre. Progressivement, son parti s'est emparé de toutes les strates de l'administration, dans la capitale et dans les provinces. L'assassinat du député Giacomo Matteotti, leader du Parti socialiste unitaire, par un groupe de *squadristi*[35] en 1924 et les tentatives de représailles socialo-communistes ont amené le *Duce* à accentuer la lutte contre l'opposition de gauche. La tentative d'assassinat contre sa personne, ce 31 octobre 1926, perpétrée par le jeune Anteo Zamboni, lui-même sauvagement lynché par les nervis fascistes tout de suite après l'attentat raté, fournit le prétexte à l'adoption de l'état d'urgence. Mussolini instaure ainsi, sans la nommer, la dictature, et provoque l'effacement, de fait, de toute contestation du régime en place. Pour les opposants, le salut réside dans la fuite vers l'étranger. Ces considérations ne constituent pas une préoccupation majeure pour Giacinto. Il n'a pas l'âme d'un militant. Il lui arrive d'aborder des questions politiques avec ses collègues, devant un verre de café froid, en fin de journée, après la séance de recrutement des journaliers dans la rue principale. D'extraction populaire, il se sent naturellement proche des ouvriers et des paysans et, en lui-même, il ressent de la sympathie pour le mouvement communiste italien. Mais jusque-là, soucieux de ne pas entraver ses perspectives d'accès à des responsabilités, il a renoncé à toute démonstration d'accointances à l'égard du PCI. Sa récente promotion exclut toute velléité d'adhésion au parti et, paradoxalement, le place dans une situation ambiguë : pour les prolétaires, il a rejoint le camp des patrons et, pour ces derniers, malgré la reconnaissance de ses qualités professionnelles, il demeure un serviteur.

---

35 *Squadristi* : membres des escadrons fascistes, auteurs d'actions violentes.

Remontant lentement la rue Tiziano, Lucia se dirige vers le petit marché de la place Buonarotti. Depuis quelque temps, elle a remarqué qu'elle se fatigue plus rapidement qu'autrefois. Convaincue qu'à plus de cinquante ans, la chose n'est pas surprenante, elle n'y prête pas plus d'attention et écarte tout signe annonciateur d'une quelconque maladie. Elle a uniquement pris la résolution de ralentir son allure et d'observer de petits moments de repos. Chemin faisant, elle voit au loin Domenico courant avec deux autres garçons, ils disparaissent dans une rue transversale. Censé fréquenter l'école, il n'a rien à faire dans la rue à cette heure. Elle ne comprend pas et se promet de le questionner à son retour. Pour l'instant, elle doit acheter de quoi manger. À l'heure du repas, Domenico se présente, le cartable à la main, et comme à l'accoutumée avec un grand sourire pour sa *nonna*. Lucia lui demande aussitôt où il a passé la matinée.
— Mais, nonna, à l'école. Où veux-tu que je sois allé ?
— Je t'ai vu près de la place Buonarotti.
— Impossible, j'étais à l'école. Tu as dû voir quelqu'un d'autre.
— Mais oui, tu crois que je suis devenue vieille et que je ne vois plus très bien ?
— Tu n'es pas vieille, nonna, mais peut-être que tu vois moins bien.
— Bon, on en reste là pour cette fois-ci, mange.

Elle l'aime, son petit, et lui pardonne tout. Mais quand même, l'école, c'est important, elle se promet d'en parler à son fils, dès qu'il passera. Il ne lui rend plus visite tous les soirs comme autrefois. Depuis son mariage et surtout depuis la naissance de sa fille Lucrezia et la seconde grossesse de sa femme, il a espacé ses passages. Lucia ne lui en veut pas, elle comprend. Mais justement, il arrive à point nommé.
— *Ciao Minguccio. Ciao Ma.* Tu m'as l'air un peu fatiguée.
— Mais non, ça va. Tu tombes bien, je voulais m'entretenir avec toi.
— Qu'est-ce qu'il se passe ?
— Petit, laisse-nous, nous avons à parler entre adultes.
Voilà, c'est *Minguccio*. Je crois qu'il ne va plus à l'école. Je l'ai vu ce matin dans la rue avec d'autres garçons. Il dit que ce n'est pas vrai, mais je ne le crois pas. Parle-lui.

— Viens voir un peu ici, toi. Tu sais qu'à moi, on ne raconte pas d'histoire. Je te fais confiance. Je suis sûr que tu vas me dire la vérité. Tu vas, oui ou non, à l'école ?

Domenico se triture les doigts et danse d'un pied sur l'autre. L'embarras le gagne et il se met à pleurer.
— Hé ! Pas de ça entre nous. Je t'écoute.

Domenico renifle un grand coup et part dans une tirade en tapant du pied :
— Je ne veux plus y aller ! Je ne veux plus y aller !
— Calme-toi. Pourquoi tu ne veux plus y aller ?
— Ça ne sert à rien et mes copains travaillent déjà. Roberto, dans un bar, et Carlo, chez un épicier.
— Tu pourrais au moins terminer l'année scolaire. Il ne reste que quelques mois.
— Non. De toute façon, cela fait déjà deux mois que je n'y vais plus et je donne un coup de main à mes copains. Regarde, j'ai déjà gagné un peu d'argent.

Joignant le geste à la parole, il sort quelques pièces de la poche de son pantalon court. La *nonna* est décontenancée. Elle n'a rien vu. Giacinto veut régler l'affaire tout de suite.
— Bon, tu as effectivement plus de dix ans. Si tu veux travailler, je te prends avec moi à la campagne.
— Non, je ne veux pas devenir paysan.
— Mais qu'est-ce que tu veux faire ?
— Artisan.
— Artisan. Mais dans quoi ?
— Peintre-décorateur. J'ai regardé plusieurs fois l'atelier de la place Cellini où ils vernissent les meubles. C'est ça, que j'ai envie de faire.
— C'est un bon métier. C'est d'accord ! Je passerai voir le maître, s'il veut bien te prendre. Je m'en occupe.
— Merci Tchachin.
— Ma, autant qu'il aille dans l'atelier au lieu de courir dans les rues.

La *nonna* acquiesce. Elle ne peut rien refuser à son petit Domenico ! À plus forte raison si Giacinto approuve. Il tient promesse. Dès le lendemain, il s'arrête place Cellini où il a aperçu Don Marzanno, le maître peintre-décorateur, devant sa boutique. Il s'emploie à appliquer un glacis sur un buffet bas. À quelques mètres de lui, un ouvrier ponce une commode. Les odeurs mêlées du bois, de l'huile de lin, de l'essence de térébenthine, du vernis, envahissent les narines et surprennent quelque peu Giacinto, plus habitué aux senteurs végétales ou animales.

— Buongiorno[36] Don Marzanno.

— Buongiorno Laurentis. Comment tu vas ?

— Tout va bien. Je vois que vous avez pas mal de travail !

— On ne se plaint pas.

— Vous n'avez plus qu'un seul ouvrier ?

— Eh oui. Le jeune est parti en Amérique. Ils s'imaginent tous faire fortune là-bas. Ils croient qu'ils n'auront qu'à se baisser pour ramasser l'or. Ils s'apercevront vite qu'il faut travailler aussi en Amérique.

— Vous n'auriez pas besoin d'un mousse ou d'un apprenti ?

— Peut-être. C'est qui ?

— Mon petit frère. Enfin mon neveu. Le fils de ma sœur.

— Oui, je suis au courant. Il est orphelin. Il a quel âge ?

— Dix ans et demi.

— Bon, dis-lui de venir lundi matin à huit heures. On fera un essai quelques jours. Je verrai, tout de suite, s'il a envie ou pas du métier.

— Merci, Don Marzanno. Au fait, il s'appelle Domenico. Vous savez que je suis le régisseur de Don Coriliano. Si je peux faire quoi que ce soit !

— C'est entendu. Maintenant, il faut que je m'en retourne à mes meubles. Les clients n'attendent pas.

Balayer l'atelier, laver brosses et pinceaux, trier les spalters et les blaireaux, rincer les éponges, tamiser les terres d'ocre et de Sienne, dépoussiérer les feuilles de ponçage, ranger les verres à gratter sans se couper les doigts et même faire les courses, Domenico ne rechigne à aucune tâche et se montre très docile envers le patron et son ouvrier Paolo. Il obéit, écoute, observe, enregistre gestes et paroles et s'applique dans l'exécution de toutes les besognes qui lui sont confiées. Il ne veut pas décevoir, ni le maître ni son oncle, surtout

---

36 *Buongiorno* : bonjour.

qu'il s'est rendu redevable par sa démarche, dont lui, Domenico, bénéficie. Comme on dit ici, Giacinto a dû « lever son chapeau ». Durant le premier mois, à chaque fin de journée, au moment de quitter la boutique, Domenico a redouté que le patron lui annonce de ne pas revenir le lendemain. Son silence se poursuivant, il a pris un peu d'assurance. Au bout de trois mois, un samedi après-midi, alors qu'il s'apprête à quitter le magasin et qu'il s'approche du patron pour le saluer, celui-ci le retient et lui déclare :
— Garçon, je crois que je vais te garder pour t'apprendre le métier.

Domenico en sourit, heureux, et son regard brille de reconnaissance.
— Ne te monte pas la tête. Ce sera long et difficile et, plus d'une fois, tu prendras des coups de pied aux fesses. Tiens, prends cette pièce. À partir d'aujourd'hui, tu en auras une comme ça toutes les fins de semaine. Allez, va-t'en. N'oublie pas de l'annoncer à ton oncle.

Et bien sûr, qu'il va lui annoncer ! Domenico part en courant vers la maison de Giacinto pour lui faire part de la bonne nouvelle. Il a réussi. Tout essoufflé, il parvient *via* Brunelleschi. Il trouve Assunta seule avec sa fille Lucrezia et le second bébé, une autre fille, Biagina.
— Ton oncle est chez la nonna. Pina, l'accoucheuse, est venue le chercher. Il paraît qu'elle est tombée ce matin place Buonarotti en voulant faire son marché. Rejoins-le.

Ses dernières paroles se perdent au loin. Domenico file déjà en direction de la rue Tiziano. Une autre course folle. Parvenu devant sa maison, il voit plusieurs femmes près du perron. En entrant, il entend derrière lui, à plusieurs reprises :
— Pauvre petit.

À l'intérieur, il voit Giacinto et Pina, debout, près du lit où repose Lucia. Il ne comprend pas. Il s'avance. La *nonna* ne bouge pas, ne parle pas, elle est allongée et un chapelet entoure ses mains croisées sur sa poitrine. Il remarque surtout son visage livide contrastant avec la voilette de dentelle noire qui enveloppe sa tête. Il constate alors que Giacinto a des larmes plein les yeux. Pleine de compassion, Pina s'approche du petit et tente de poser son bras autour de ses épaules. Elle l'aime bien, ce gamin, elle l'a mis au monde.

Domenico se détache et agrippe son oncle. Il a compris qu'il n'a plus que lui. Tout en réprimant ses sanglots, Giacinto lui dit :
— La nonna s'en est allée. J'ai perdu ma mère, moi aussi, comme toi. Nous sommes orphelins tous les deux !

Domenico ne réalise pas tout à fait. Il voudrait poser des questions, pourquoi, comment, mais les mots ne lui viennent pas. Une vague d'émotions l'étreint. Il pose sa tête au pied du lit et pleure en marmonnant :
— Nonna, nonna.

Giacinto demande alors à Pina de l'accompagner chez lui et de le confier à sa femme Assunta.
— Viens, petit Domenico, tu ne peux pas rester ici.

Elle lui prend la main et l'entraîne. Lucia s'est éteinte en ce début de printemps 1927, victime d'une crise cardiaque. Comme l'a diagnostiqué le médecin, appelé par les passants et accouru là où elle a chuté. L'infarctus l'a certainement frappée massivement et brutalement. Le lendemain, dimanche, Giacinto s'affaire aux préparatifs des funérailles et aux démarches indispensables. Il a avisé Don Marzanno du décès de sa maman et l'a prévenu de l'absence de Domenico pour plusieurs jours.

La messe d'enterrement a lieu dans l'église San Domenico, le lundi matin, en présence d'une foule nombreuse, belle-famille, amis, collègues, relations et connaissances, ainsi que les vieilles filles de la paroisse participant à tous les offices et les pleureuses patentées. Sans ses enfants, qu'elle a confiées à la voisine, Assunta a pris Domenico par la main et l'a gardé près d'elle, pendant toute la célébration. Lui n'a pas essayé de s'écarter. Instinctivement, tous deux ont ressenti le besoin de se rapprocher. À l'issue de la messe, Assunta prévient Giacinto qu'il vaudrait mieux éviter le triste spectacle de la mise au caveau à Domenico. Il acquiesce. Dès que les servants placent le cercueil sur le corbillard, elle quitte le parvis de l'église en emmenant son neveu.

Domenico a déjà vu passer un enterrement en grande pompe. Il se souvient d'un attelage à deux chevaux, harnachés de noir liseré d'argent, coiffés de plumets, et les gros panaches noirs sur le toit du chariot funèbre entièrement drapé de noir et d'argent. Là, rien qu'une mule et aucun caparaçon. Giacinto a souhaité la simplicité. Il ne veut pas faire jaser, car Don Coriliano a usé de son influence pour obtenir que l'harmonie municipale, en formation réduite, cuivres uniquement, accompagne le cercueil au cimetière. Dès les premières notes de la *Marche funèbre* de Chopin, le cortège se met en branle. Tout en s'éloignant, Domenico se retourne à plusieurs reprises. Il inscrit la scène dans sa mémoire, les images et les sons, tout en fouillant dans ses souvenirs, à la recherche d'une quelconque similitude pour sa mère et son père. Mais rien. Le vide. Il a questionné plusieurs fois la *nonna*. Elle lui a raconté sa version et ne l'a jamais emmené voir les tombes. Et pour cause.

Il interroge Assunta :
— Zia[37], dis-moi, nonna et nonno, ils sont ensemble maintenant ?
— Eh oui, ils sont tous les deux au ciel.
— Et maman et papa, ils sont aussi au ciel ?
— Oui, ils sont tous ensemble.
— Et moi, j'irai aussi au ciel avec eux ?
— Un jour, mais dans très, très, longtemps, tu es encore petit.
— Bon.

Après quelques jours, Giacinto retourne dans la maison vacante de sa mère. Ému, il ressent une présence. Il a son image devant les yeux. Elle est là près du feu à surveiller la cuisson du minestrone, devant la table en train de malaxer la pâte à pain, debout près de la pierre à eau à rincer quelques gousses de fèves fraîches. Un souffle d'air mêlé d'origan, de thym et de basilic, caresse furtivement son odorat en suscitant une sensation étrange et il se surprend à murmurer :
— Mam.
— Tu parles tout seul, maintenant ?

C'est Domenico qui tire la manche de sa veste et qui l'extrait d'un seul coup de sa rêverie.
— Non, je réfléchissais tout haut.

---

37 *Zia* : tante.

Ils sont venus récupérer les affaires du gamin pour qu'il s'installe définitivement chez son oncle. La décision a été vite prise. Assunta a même devancé son mari et a annoncé à son neveu qu'il allait vivre avec eux. Pour Domenico, vivre sous le toit de *Tchachin* lui paraît une évidence. Il n'a plus que lui. Son épouse et les deux filles vont constituer sa nouvelle famille.

Deux jours à peine après les funérailles, Domenico avertit Giacinto qu'il veut retourner travailler.
— Tu ne veux pas attendre encore un peu ?
— Non, Don Marzanno a besoin de moi et j'aime bien l'atelier.

Il se dit également que gagner quelques lires ne sera pas superflu. Il reprend donc le chemin de la place Cellini, bien décidé à apprendre toutes les astuces et les finesses du métier. Il a regardé son patron dessiner les filets sinueux et colorés imitant le veinage du chêne ou du noyer, sur une armoire ou une coiffeuse. Il l'a vu lisser les couches de fond et marquer la matière pour obtenir un faux marbre sur un mur en soubassement. Il veut acquérir le geste et la connaissance des produits. Il sait qu'il lui faudra plusieurs années pour parvenir au savoir-faire du maître. Il a envie de réussir.

Chapitre IV

CORATO, 12 août 1930

Depuis la fin juin, l'été a plaqué sa chape de chaleur sur la province. Elle pèse sur la terre, sur les pierres, sur les hommes, les animaux et les plantes. La torpeur règne. Le temps et les choses semblent figés. Seules les cigales se montrent satisfaites de la canicule. Accrochées aux troncs secs des oliviers, elles s'adonnent à leur parade amoureuse et leurs stridulations frénétiques osent perturber la léthargie ambiante. Le domaine de Corcciuno a adopté le rythme estival. Les travaux d'été sont pratiquement terminés. Les conserves de sauce tomate, d'aubergines, de poivrons, reposent dans les bocaux et les jarres, dans leur jus, dans l'huile ou le vinaigre, prêtes à être entreposées *piazza* Mentana. Les câpres se raffermissent dans le sel. Des planches de tomates fendues, des plateaux de figues, des tresses d'ail et d'oignons, des bouquets d'origan, de céleri et de fenouil sauvage, sèchent au soleil. On a fait subir aux matelas l'éventration annuelle pour carder la laine ou aérer le crin, et les nouveaux piquages, en ficelle blanche nouée avec un rond de coton, les maintiennent bien gonflés. L'heure du repos a sonné. Après l'ouvrage, chacun cherche à profiter de la langueur ambiante dans un coin ombragé.

À l'arrière de la villa, Nicolete et Luciana s'amusent avec Pippo, le bouvier bernois, devenu leur compagnon de jeux depuis quatre ans. Don Luigi a estimé que sa présence pouvait créer des émotions dans le regard éternellement éteint de sa fille. Le résultat n'a pas atteint ses espérances. Mais il a quand même noté un intérêt pour l'animal et il a incité Nicolete à associer le plus possible Pippo à leurs activités.

Appréciant elle aussi ce beau chien, rassurant par sa stature et sa docilité, elle n'a eu aucun mal à mettre en pratique le souhait du maître.

Teresa et Valeria marquent une pause dans leurs études. En accord avec les parents, elles ont décidé de mettre à profit le mois d'août pour découvrir la part maternelle de leurs origines : le nord du pays, Toscane, Émilie-Romagne, Lombardie. Elles parcourent les villes du Rinascimento, la Renaissance italienne : Florence, Ferrare, Pise, Sienne, Milan, excepté Venise, réservée à un éventuel voyage de noces. Elles veulent connaître ces contrées si différentes du Sud, se confronter à leurs usages, goûter aux spécialités gastronomiques tellement vantées par leur mère et surtout s'enrichir de culture, d'architecture, de peinture et de sculpture. Cathédrales, baptistères, monuments, musées et vestiges romains figurent à leur programme. Elles ne sont pas livrées à elles-mêmes. Une grand-tante de Bologne leur offre gîte et couvert et, surtout, leur sert de cicérone et de chaperon.

La *signora* se veut tranquille. Elle s'octroie un moment de détente dans le salon. Elle sait ses filles en bonnes mains. Ses pensées vagabondent. Elle les imagine au bras de jeunes hommes de la bonne société. Pourquoi ne se feraient-elles pas remarquer au cours de ce périple ? Des fiançailles. Avec un bon parti. Elle aimerait bien.

Nonchalamment, elle feuillette les journaux que son mari achète tous les jours et qu'il laisse sur le guéridon après avoir pris connaissance des informations financières. Depuis la fin de l'année précédente, elle aussi s'intéresse un peu plus à l'économie. Elle a partagé les inquiétudes de son époux pendant le krach boursier de fin 1929 aux États-Unis. Tous deux se sont alarmés de la panique générée dans toutes les capitales européennes, face à la crainte d'un effondrement généralisé des banques. Mais sans cautionner le régime italien, Don Luigi a rapidement constaté que les dictatures avaient mieux résisté à la crise. Le protectionnisme exacerbé et la politique interventionniste leur permettaient d'aborder la « Grande Dépression » avec moins d'incertitudes. Rassérénés, confiants dans leur propre avenir et celui de leur pays, ils ont pu reprendre le cours normal de leur vie, en s'accommodant de la mainmise de la propagande fasciste sur la presse, la radio, le cinéma et même le sport.

Letizia profite de la pause après le déjeuner et s'accorde un moment de repos sur une chaise longue, installée sous la pergola. Les yeux mi-clos, elle regarde avec convoitise les grappes de *menna vacca*[38] longues, charnues et bien dorées. Elles pendent, tentantes, de l'enchevêtrement inextricable des sarments de vigne et du treillis de lattes qui forme un abri efficace contre la brûlure du soleil. Quasi somnolente, elle est brusquement tirée de sa sieste par des tintements de cloche réitérés. Bizarre ! La *signora* ne l'a pas avertie d'une quelconque visite prévue cette après-midi. Elle contourne la maison et découvre, derrière le portail, un homme roux et moustachu qu'elle a déjà vu. Il agite sa casquette avec insistance. Elle s'approche et reconnaît alors Peppino-u-rosso, le père de Nicolete.
— Bonjour. Vous me reconnaissez ? Je viens chercher ma fille. Le malheur a frappé notre famille.
— Que se passe-t-il ?
— Son frère est décédé.
— Mon Dieu, je suis sincèrement désolée. Venez, attendez sur le perron, je vais chercher Nicolete.

Letizia passe d'abord au salon prévenir la *signora*. Puis toutes deux rejoignent les filles.
— Nicolete, viens ! Letizia va s'occuper de Luciana.
— Vous avez besoin de moi, *Signora* ?
— Ton père est là. Sois forte. Il est arrivé quelque chose de grave. Tu vas devoir partir avec lui. Fais ce qu'il faut et reviens.

Tout en parlant, elles parviennent à l'entrée de la demeure. Perturbée par la triste nouvelle, sans en connaître exactement la teneur, Nicolete échafaude mille scénarios. La vision soudaine de son père amplifie son trouble. Sa mémoire bascule neuf ans en arrière et ravive instantanément la rémanence de la rupture, enfouie au plus profond d'elle-même. Elle doit se ressaisir et ignorer la douleur lancinante qui vient de se loger au creux de sa poitrine. Le père, à nouveau, ne sait comment se comporter, plus gêné qu'autrefois. Sa fille n'est plus sa fille. Grandie, transformée, c'est maintenant une

---

38 *Menna vacca* : textuellement mamelle de vache, variété de raisin blanc de table, à gros grains oblongs, endémique à la Pouille, dont les grappes peuvent peser près de deux kilogrammes.

jeune femme qui se tient devant lui. Il y a si longtemps. Combien d'années ? Il ne sait plus très bien.

Nicolete s'avance et embrasse son père.
— Tchao pa, dis-moi, qu'y a-t-il ?
— Ton frère, Cataldo, il est mort hier soir.
— Mon Dieu. Mais comment ?
— Après sa journée de travail, en rentrant de la campagne, ruisselant de sueur, il a mis longuement la tête sous l'eau fraîche de la fontaine, celle du bout de la rue, et il a bu beaucoup. Une demi-heure après, il a été pris de douleur dans le ventre et s'est senti mal. Il s'est couché sans manger et s'est endormi. Dans la soirée, nous l'avons trouvé par terre près de son lit. Il a dû tenter de se lever, mais sans force, il a dû s'écrouler. On a fait chercher un médecin. Il nous a dit qu'il était mort d'une congestion due à l'eau froide qu'il a avalée et qu'il a mise sur sa tête. Il est mort à quinze ans, tu te rends compte ? Dieu est injuste avec nous.
— Pauvre Cataldo. Je ne l'ai pas revu depuis mon départ de la maison. Je prends quelques affaires et je viens avec toi. Tu es venu comment ?
— Comment veux-tu que je vienne ! À pied.

La *signora* a entendu et dit à Nicolete de chercher Bernardo pour les conduire en ville avec la charrette. En fin d'après-midi, il les dépose tous deux rue Orsini. Depuis son départ, il y a neuf ans, Nicolete retrouve pour la première fois sa maison natale. Rien n'a changé. La même construction modeste, aux murs blanchis à la chaux, posée sur une remise et adossée à l'extrémité du mur d'enceinte d'une propriété bourgeoise. Un terrain vague jouxte le logis. Pour accéder au niveau d'habitation, il faut gravir un escalier en pierre, muni d'une rambarde en fer rustique. Le dénivelé profond de chacune des huit marches, au droit de la ligne de foulée, laisse imaginer le nombre incalculable de brodequins qui l'ont emprunté et le grand âge de la bâtisse. Nicolete éprouve un sentiment étrange. Elle peine à admettre qu'elle a vécu là. Mais des souvenirs prégnants s'imposent à son inconscient. Pendant quelques secondes, elle se revoit tenant sa sœur Rosa pour lui faire exécuter ses premiers pas sur le terrain voisin ou assise sur le dernier degré de l'escalier avec Philomena, à attendre le retour du père et de leur grand frère Michele. La réalité l'extirpe brutalement de ses rêveries. Elle entend les pleurs et les litanies des femmes qui veillent le jeune défunt. Elle monte, hésite un instant sur le palier, puis franchit le rideau d'une couleur indéfinissable, censé préserver l'intérieur des nuées de mouches.

Une chaleur et une odeur accablantes lui enserrent la gorge. Une quasi-obscurité, à peine percée par deux bougies fuligineuses qui accentuent la sensation de suffocation. Deux chaises supportent un sommier, en guise de reposoir. Une toile de coutil noir couvre sommairement ce semblant de catafalque et entoure le cercueil rudimentaire dans lequel repose Cataldo. Nicolete ne voit que lui. Elle n'a encore jamais eu de contact direct avec la mort. Son regard s'attarde sur le visage de son frère. Elle le trouve bien changé. Ses traits sont ceux d'un beau jeune homme. Elle s'avance, lui touche la main, se penche et l'embrasse sur le front.
— Mon pauvre Aldino[39], pourquoi ?

Ses mots se terminent en sanglots. Elle s'écarte alors de la dépouille et constate la présence de deux vieilles femmes, sans doute des voisines du quartier, assises, vêtues de noir, têtes couvertes d'une voilette, le chapelet à la main. Tout en leur faisant un signe du menton, elle remarque alors, de l'autre côté du cercueil, sa mère et, près d'elle, Rosa et Philomena. Elles ne se sont pas revues depuis la séparation. Son père, debout, a posé une main sur l'épaule de sa femme, qui s'éponge les yeux de son mouchoir. Ses jeunes sœurs se lèvent et viennent vers elle. Instinctivement, elles s'enlacent affectueusement. L'émotion les inonde toutes les trois et leurs pleurs redoublent. Pendant quelques minutes, elles restent en communion, accrochées l'une à l'autre, unies dans la douleur. Puis Nicolete se détache et s'avance vers sa mère qui n'a pas bougé de sa chaise. Impassible, celle-ci la dévisage de son regard noir. Ses lèvres pincées, ses cheveux tirés en arrière, son front haut et les stigmates d'une souffrance récente durcissent encore plus son visage émacié. Pour tout geste d'affection, elle lui tend les mains. Nicolete se baisse, les prend dans les siennes et l'embrasse quand même sur les joues.

---

39 *Aldino* : diminutif affectueux de Cataldo.

— Bonjour mère ! Je suis tellement désolée.
— Bonjour ma fille. Tu es venue. Tu aurais pu donner signe de vie avant et dans d'autres circonstances.
— Ma, tu sais bien que je ne fais pas ce que je veux. Moi aussi, j'ai de la peine. Je partage votre chagrin. J'ai mal au cœur pour Aldino.
— Tu as vu comme il est beau, ton frère. Dieu nous l'a pris. Pourquoi ? Quel mal il a fait ? Ce n'est pas juste.

Suit un long silence ponctué de récitations intermittentes du rosaire que les vieilles femmes reprennent en égrainant leur chapelet. De temps à autre, des visiteurs, familiers, amis, simples connaissances ou voisins, pénètrent dans la maison pour se recueillir avec les membres de la famille Olivieri. Les hommes s'inclinent devant le mort, saluent le maître de maison et puis, pendant un moment, se tiennent debout, silencieux, respectueusement. Puis, ils quittent les lieux en hochant la tête pour s'associer à l'incompréhension des parents et leur exprimer leur compassion. Avant de quitter la pièce, ils lancent un dernier regard en direction du père, en guise d'au revoir. Les femmes se signent devant le cercueil et puis vont vers la mère. Suivant le degré de proximité, elles lui touchent l'épaule ou lui donnent l'accolade et puis s'asseyent à côté d'elle en lui chuchotant quelques paroles de réconfort.

Profitant de la présence de plusieurs personnes à la fois, Nicolete s'éclipse en faisant signe à ses sœurs qui lui emboîtent le pas. Elle s'adresse à Philomena.
— Où est Vincenza ?
Elle prépare l'église pour demain matin, avec les femmes catéchistes et le curé. Elle ne devrait pas tarder.
— Comment va-t-elle ?
— Tu sais bien qu'elle est toujours un peu patraque. Mais, depuis quelque temps, elle ne se plaint plus. Elle a un fiancé. L'aîné des Lasorsa, Savino. Tu te souviens de lui ?
— Oui, je me souviens de Savino, mais depuis le temps, il a dû changer. Qu'est-ce qu'il fait ?

— Qu'est-ce que tu veux qu'il fasse ? Zappatore[40]. Pour le peuple, il n'y a que la zappa[41]. Ils avaient parlé mariage pour cette année. Mais avec la disparition d'Aldino, ils seront obligés de reporter la noce à l'année prochaine.

— Vous avez des nouvelles de Michele ?
— Il est à l'armée. Il effectue son service militaire dans l'infanterie à Torino.
— Je sais, il m'a écrit plusieurs fois. Il est au courant pour Aldino ?
— Papa est allé voir les carabiniers pour qu'ils expédient un télégramme à son chef. Ils lui ont expliqué que cela ne servirait à rien. Qu'il n'arriverait jamais à temps pour l'enterrement de demain. Alors, il leur a demandé de rédiger une lettre en son nom. On ne sait pas quand il la recevra.
— Je lui écrirai aussi. Il éprouvera beaucoup de peine d'avoir perdu son petit frère.
— Tu sais lire et écrire ? l'interpelle à son tour Rosa.
— Oui, la *signora* m'a appris.
— Tu as de la chance.
— C'est vrai, j'apprends beaucoup avec les maîtres et ils me font découvrir mille et une choses. Mais tu crois que c'est une chance, que de partir travailler à huit ans et de quitter définitivement sa famille ?
— Tu as raison. Excuse-moi, Nicolete. Je t'assure que ton départ nous a causé beaucoup de tristesse. Tu nous as vraiment manqué, à Philomena et à moi. Tes frères aussi ont regretté ton absence. Mais papa avait interdit que l'on parle de toi à la maison, et il avait dit que tes maîtres ne souhaitaient pas que l'on aille te voir.
— Michele, lui, m'a rendu visite plusieurs fois. La dernière juste avant de partir pour l'armée. Vincenza n'a pas osé, certainement.
— Tu nous en veux ?
— Mais non, je ne vous en veux pas. Vous n'y êtes pour rien. La coupable, c'est la misère. Nous sommes et resterons des sœurs, quoi qu'il arrive.

---

40 *Zappatore* : textuellement piocheur, terme péjoratif pour désigner ceux qui travaillent la terre.

41 *Zappa* : pioche.

Vincenza apparaît. Le temps d'une respiration, elle examine Nicolete qui soutient son regard et lui sourit. Elles n'ont pas de rancœur. Elles s'étreignent, les yeux humides, heureuses de se retrouver.
— Nicolete, combien de temps ! Que de choses tu dois avoir à nous raconter. Mais pas maintenant, nous devons retourner près de notre frère et soutenir père et mère.
— Je reste avec vous.

Tout en disant ces mots, Nicolete observe la ressemblance physique étonnante de sa sœur aînée avec leur mère. Elle se dit qu'elle a certainement voulu cette osmose, dans la physionomie, l'apparence, l'attitude et certainement le caractère.

La famille a veillé le défunt toute la nuit, s'accordant à tour de rôle un temps de repos, dans la pièce contiguë, sur le lit des filles. Nicolete n'a pas souhaité se coucher, se contentant d'un court répit, les yeux clos, à l'écart, sur une chaise. Le lendemain, en fin de matinée, les funérailles se terminent. Cataldo a été déposé dans un caveau à tiroir, surélevé par rapport au sol, obturé provisoirement à l'aide d'une planche. Par la suite, une plaque de marbre, sur laquelle seront gravées son identité et les dates de sa vie, en fermera l'entrée.

Bernardo a assisté à la messe d'enterrement et a suivi jusqu'au cimetière. Il a attendu que la famille se retrouve seule pour s'approcher et indiquer à Nicolete qu'il la reconduit aussitôt à Corcciuno. Ils ne s'attardent pas, Bernardo a de l'ouvrage qui l'attend. Elle embrasse les siens sans avoir pu discuter véritablement avec ses sœurs. Il faut partir. Encore une fois. Le retour vers le domaine s'opère dans le silence. Le régisseur comprend la tristesse de sa passagère et respecte son mutisme. Nicolete réfléchit à la succession d'événements traumatisants qu'elle vient de vivre : la perte d'un frère, le retour à la maison de son enfance, les retrouvailles plus ou moins heureuses avec sa famille, le constat étrange de redécouvrir un univers dans lequel elle se sent désormais un peu étrangère.

L'automne pleure la fin des beaux jours. Novembre verse quelques ondées sur les limons du *Tavolere*[42] asséchés par la canicule estivale.

---

42 *Tavolere* : la plaine de la Pouille, qualifiée de table.

La pluie ameublit la terre, et la prépare à recevoir les nouveaux plants. L'eau ruisselle et entraîne avec elle poussières et détritus oubliés dans les rues et ruelles de Corato. Un colporteur a positionné sa charrette à bras au beau milieu de la place Mentana. Son chargement d'ustensiles de toutes sortes, en zinc, en cuivre ou en aluminium, a besoin d'être ramarré. Il en profite pour dégager ses outils au cas où quelqu'un lui demanderait une réparation : soudure, débosselage, agrafage, sur un seau percé, une marmite cabossée ou un arrosoir crevé. Il a aussi mis en avant ses toupies métalliques qui font la joie des gamins, lorsqu'il les lance au sol, tourbillonnantes, en les actionnant à l'aide d'une ficelle. Pour se signaler et ameuter la clientèle, il braille des bribes de chansons populaires entrecoupées de sonores *ramaio, ramaio*[43]. Dans la villa des Di Carolis, la *signora* a reconnu la goualante familière du dinandier. Elle le connaît. C'est un jeune homme de Bitonto. Il se nomme Antonio Petrone. Il passe deux fois par an dans les communes du littoral : Barletta, Trani, Bisceglie, Molfetta, et à l'intérieur des terres : Andria, Corato, Terlizzi et Ruvo. Elle réfléchit, elle n'a pas besoin du colporteur aujourd'hui. Letizia et Bernardo ne lui ont rien signalé. Par ailleurs, les préparatifs d'une réception l'accaparent et elle n'a de temps à consacrer à rien d'autre. Elle a vérifié plusieurs fois la liste des invités, le plan de table et le menu. Don Luigi compte sur elle pour la réussite de ce repas quelque peu protocolaire. Il se doit d'entretenir des relations cordiales avec les familles bourgeoises qui comptent localement : gros propriétaires fonciers, avocats, magistrats, notaires. Elle a retenu cinq couples, les Bartolotti, les Campino, les Peralza, les Di Lorenzi et les Santucci. Elle les connaît déjà et sait pouvoir compter sur leur savoir-vivre et leur humeur sympathique. Elle sait surtout qu'elle n'aura pas à souffrir de commentaires désobligeants à l'égard de Luciana. Elle hésite entre les dimanches 7 et 14 décembre. Le 14 lui semble quand même un peu trop proche des fêtes de fin d'année. Elle se décide et retient le dîner du 7 décembre. Seul inconvénient, la veille, on fête la Saint-Nicolas, saint patron de Bari, chef-lieu de province. Elle ne doute pas une minute de la participation de ses

---

43 *Ramaio* : celui qui travaille le cuivre.

hôtes aux festivités et aux processions organisées par les autorités civiles et religieuses. Depuis des siècles, elles se mobilisent tous les ans à pareille date, pour commémorer l'arrivée au port des reliques de l'évêque de Myre, enlevées en Turquie au XIe siècle par une expédition de pêcheurs de la ville, renforcés par un chevalier français, originaire de Lorraine. Ses invités risquent donc d'être un peu fatigués. Tant pis ! Ils partiront plus tôt. C'est ce qu'il y a de bien, avec les invités, aussi agréables soient-ils, à un moment donné, ils s'en vont.

Letizia s'active en cuisine. Nicolete l'assiste, sans relâcher son attention envers Luciana assise au bout de la table, occupée à regarder d'un œil distrait une revue d'images d'animaux. À chaque page, elle désigne un animal et agite sa main en direction de Nicolete, tout en bredouillant des mots incompréhensibles. À plus de dix ans, elle ne parle toujours pas. Nicolete la regarde, lui sourit et l'invite à continuer la lecture du magazine. Elle l'a vêtue d'une belle robe blanche et veille à ce qu'elle ne la tache pas avant l'arrivée des convives. Pour l'occasion, la *signora* a recruté une aide qu'elle a déjà employée par le passé. Affublée d'un tablier blanc et d'une coiffe blanche, la jeune femme accueille les arrivants qu'elle conduit au salon où attendent la *signora* et Don Luigi. À l'arrivée des Di Lorenzi, surprise, ils sont trois. Leur fils Alessandro, militaire de carrière, sous-lieutenant dans l'armée de l'air, bénéficie d'une permission et accompagne ses parents. Ils n'ont pas douté un seul instant que leurs amis n'acceptent cet invité supplémentaire. La *signora* Emma confirme :
— Vous avez bien fait ! Nous sommes très heureux de revoir Alessandro. Nous allons ajouter un couvert.

Elle donne aussitôt des instructions en ce sens à l'extra. La présence à table d'un jeune militaire, pilote de chasse, dans son bel uniforme gris-bleu, rehaussé d'épaulettes dorées, rend évidemment l'intéressé destinataire de toutes les attentions. Notamment de la part des dames. Elles veulent tout savoir sur l'aviation. Lui se prête complaisamment au jeu et répond à chacune et chacun. Il raconte son plaisir de piloter le fleuron de la chasse italienne, le biplan Fiat CR20. En termes élogieux, il vante la vitesse et la maniabilité de l'appareil. Il dit aussi sa fierté de servir dans une arme prestigieuse et avoue ressentir un sentiment de puissance lorsqu'il fend le ciel et qu'il regarde d'en haut le monde d'en bas. Les femmes sont subjuguées par le propos du pilote et le complimentent sur son courage. Les hommes glorifient l'armée italienne et font écho au récent discours belliqueux du chef de gouvernement, Benito Mussolini, retransmis par radio dans tout le pays et annonçant le renouveau de l'Empire romain, en laissant entrevoir de prochaines conquêtes.

Luciana participe au repas et Nicolete, assise près d'elle, un peu en retrait, l'aide à manger et limite l'amplitude de ses gestes pour ne pas gêner le voisin de table, le sous-lieutenant Alessandro Di Lorenzi. Au cours de la soirée, profitant d'une pause dans le feu roulant des questions, à la grande surprise de Nicolete, il lui adresse la parole, en la félicitant pour sa patience et sa bienveillance à l'égard de la petite. Très intimidée, le rouge aux joues, peu habituée à ce que l'on s'intéresse à elle, Nicolete remercie son interlocuteur, sans oser le regarder. Mais Luciana s'agite et la *signora* enjoint Nicolete de la ramener dans sa chambre. Elle se lève, prend Luciana par la main et quitte les invités. Le jeune Di Lorenzi se lève alors lui aussi et lui demande si elle revient.
— Non, je reste près de Luciana. Je dois veiller sur elle.
— Dommage, j'aurais aimé poursuivre notre conversation. Une autre fois, peut-être ?

Très embarrassée, Nicolete ne sait que répondre. Elle acquiesce d'un mouvement de tête et entraîne Luciana vers sa chambre. Comme une automate, elle la déshabille, lui fait sa toilette et la couche. Puis elle s'assied au bord du lit et, comme tous les soirs, lui caresse doucement la tête pour l'apaiser et favoriser son endormissement. Elle effectue ces gestes machinalement, tout en pensant :

« Mais qu'est-ce qu'il m'arrive ? »

Elle a chaud. Ses mains sont moites. Les battements de son cœur résonnent dans sa tête. Elle n'a pas le temps de se poser plus de questions, Letizia entre brusquement dans la chambre et l'interpelle :
— Eh bien ! Tu lui as tapé dans l'œil, au beau lieutenant. J'ai bien vu.

— Mais qu'est-ce que tu racontes ? Parle moins fort, tu vas réveiller Luciana. Tu ne crois quand même pas qu'il va s'intéresser à moi ! Il doit en voir, des jeunes filles, à Caserte.
— Ah, tu sais déjà où il est basé, il te l'a dit dans l'oreille ?
— Mais non, il en a parlé. Arrête !
— Bon, je redescends. En bas, ils en sont au café et au panettone[44]. J'ai encore du travail. Nous en rediscuterons demain. Dors bien.

Dormir, cela lui paraît difficile. Elle n'a jamais éprouvé une telle excitation. L'image du jeune homme s'impose à ses yeux. Elle le trouve très beau. Elle se surprend à murmurer « Alessandro », et le prénom sonne avec une musique particulière dans sa tête.

Il ne reste que deux jours avant Noël. Une atmosphère joyeuse baigne la maisonnée. Au cours des journées précédentes, les préparatifs de la fête ont occupé la *signora*, Letizia et Nicolete qui en ont profité pour intéresser Luciana au montage de la crèche et à la confection des gâteaux et sucreries. Les plateaux de *torrone, cartellate, marzapane,* et *taralle*[45], trônent sur le bahut de la salle à manger, couverts d'une nappe blanche en linon. Les parfums d'amandes, de pistaches, de cannelle, de miel, de fenouil et de vin de figue, transpirent de la trame fine du tissu et viennent titiller les narines. La tentation est forte. Aussi pour faire patienter, à la fin de chaque repas, la *signora* autorise le prélèvement de quelques douceurs, accompagnées d'une petite dose de vin blanc moelleux provenant de la vigne de Corcciuno.

Comme elle le fait chaque jour de la semaine, en fin de matinée, Letizia va à la rencontre du facteur. Ce jour-là, elle revient en courant, en agitant de manière ostentatoire une enveloppe. Elle dépose à l'entrée le courrier destiné au maître et se précipite vers Nicolete.
— Mademoiselle a une lettre. Elle ne vient pas de Torino. Ce n'est pas ton frère.
— Qu'est-ce que tu racontes ?

---

44 *Panettone* : gâteau traditionnel des fêtes de fin d'année, en Italie.

45 *Torrone* : croquant aux amandes et aux pistaches – *Cartellate* : variété de beignets au vin de figue ou au miel – *Marzapane* : gâteaux secs aux amandes – *Taralle* : petits biscuits, sucrés ou salés, au vin rouge ou blanc.

— Elle vient de Grazzanise, province de Caserte. Elle porte l'estampille de l'armée de l'air.
— Donne-moi ça.
— Je ne sais pas si je vais te la donner.

Nicolete se précipite sur elle. Letizia feint de résister quelques secondes puis lui remet la missive en riant. Nicolete s'en empare et va s'isoler dans sa chambre. Elle tient l'enveloppe à deux mains et l'examine recto verso. Elle observe l'écriture à l'encre bleue et déchiffre son prénom, son nom et l'adresse. Elle recommence plusieurs fois, n'en croyant pas ses yeux.
— Pour moi ! C'est pour moi ! C'est Noël ! se dit-elle.

Elle n'ose pas ouvrir. Elle prélève une barrette à cheveux de son chignon. Précautionneusement, elle introduit le méplat sous le rabat et découpe le papier. Un parfum d'homme, mélange de brillantine et de talc odorant, s'en échappe. Du bout des doigts, elle prélève la lettre, la déplie et découvre les lignes manuscrites, également à l'encre bleue. Elle entreprend alors la lecture, lentement.
— *Signorina*[46]...

Elle veut savourer chaque mot, chaque syllabe. Le militaire lui redit son émotion face à son dévouement pour la petite malade. Il poursuit en lui renouvelant son regret de n'avoir pu engager une conversation avec elle, et lui avoue un intérêt sincère pour sa personne. Il lui propose d'entamer une relation épistolaire, si elle y consent, et la prie de lui exprimer son accord en répondant à ce premier courrier. Il conclut en l'assurant de sa sympathie. Elle relit plusieurs fois. Elle est touchée. Elle apprécie sa réserve. Bien sûr, elle va lui répondre. Elle en informe la *signora* et sollicite son accord. Celle-ci permet. Tout en conseillant prudence et modération. Mais rapidement, les lettres en provenance de Grazzanise arrivent en nombre à la villa Di Carolis. Après deux mois à peine, le rythme s'accélère et le facteur ne s'étonne plus d'en déposer plusieurs à la fois. Pour protéger sa correspondance, Nicolete a récupéré une petite boîte en fer-blanc, joliment lithographiée, ayant contenu des caramels au lait de la confiserie « Perugina » dont les bonbons ont

46 *Signorina* : Mademoiselle.

la faveur de Don Luigi. Sur le couvercle, une vue des Dolomites, sur le pourtour, quatre sites emblématiques : le Colisée, la tour de Pise, la basilique Saint-Pierre et la place Saint-Marc. Elle a voulu l'enjoliver et surtout marquer son caractère privé, en la cerclant d'un ruban rouge maintenu fermement avec un nœud bien serré, traversé d'une épingle de sûreté. Elle cache le tout sous ses chemisiers, dans l'armoire de sa chambre. Rapidement, elle se voit contrainte de presser l'empilage de plis pour pouvoir refermer son coffret. Les propos du jeune homme ont évolué et ses écrits ont adopté une tournure plus romantique. Il ne se contente plus de lui raconter ses journées à la base ou ses sorties, mais il évoque des sentiments. Ses mots produisent une réelle émotion chez Nicolete. À chaque lecture, l'émoi la gagne et elle n'aspire plus qu'à le revoir et à sentir sa présence.

Après six mois d'attente, il annonce enfin son retour à Corato pour quelques jours et lui promet une rencontre. En même temps, il a écrit à la *signora* Di Carolis pour la prévenir de sa visite et lui demander l'autorisation de voir Nicolete, en l'assurant de l'honnêteté de sa démarche. Les retrouvailles ont lieu dans le salon de la villa, en présence de la *signora* dans le rôle de la duègne, qu'elle n'apprécie guère, mais qu'elle se doit d'interpréter pour le respect des convenances. Intimidés et quelque peu déçus de ne pouvoir se retrouver seuls, les deux tourtereaux se limitent aux banalités d'usage exprimées en phrases polies. La *signora* ressent leur gêne. Après plusieurs silences, consciente du supplice imposé, elle invoque Luciana pour s'éclipser un instant. Aussitôt, Alessandro se lève, se rapproche de Nicolete et lui prend la main tout en lui disant le bonheur de la retrouver. Elle lui avoue tout à la fois, sa joie de le revoir, le plaisir de lire ses lettres, son impatience à attendre sa venue. Des bruits de pas et un léger toussotement les obligent à reprendre une attitude convenable. La *signora* a estimé leur avoir accordé suffisamment d'intimité pour une première fois. Elle leur propose de profiter du beau temps et de faire quelques pas dans le jardin, à l'arrière de la villa. Les deux jeunes la suivent, l'un près de l'autre, sous le regard attendri de la *signora* qui, volontairement, à l'approche des massifs de lauriers rouges, ralentit sa marche pour laisser un peu d'espace entre elle et eux. Alessandro en profite pour effleurer délicatement les doigts de Nicolete qui lui offre alors un soupir de reconnaissance. Après avoir parcouru l'allée principale et marqué quelques pauses en feignant d'admirer ses fleurs, la *signora* les rejoint à nouveau et reprend la direction de la villa. Alessandro a saisi le sens de ce retour. Il comprend qu'il doit se retirer. Revenu dans la villa, il salue la *signora*, lui demande de transmettre ses respects à Don Luigi et se dirige vers la porte d'entrée, suivi de Nicolete. Parvenu sur le seuil, il s'enhardit à lui prendre la main et l'effleure de ses lèvres.

— Je vais beaucoup penser à toi et continuerai à t'écrire. J'espère que la prochaine fois, nous aurons plus de temps pour nous.
— Moi aussi, je penserai à toi. Ne m'oublie pas.
— Sois tranquille, je tiens à toi.
— Alessandro....

Elle ne peut poursuivre. Il la prend dans ses bras et l'attire à lui. Juste quelques secondes, ils demeurent ainsi l'un contre l'autre, dans une étreinte hors du temps. Puis brusquement, il se détache et s'en va en ne se retournant qu'une seule fois pour un dernier signe de la main. Nicolete tremble. Ses yeux sont humides. Elle souffre de le voir partir. Elle ne bouge pas, paralysée. *In petto*, elle lui dit qu'elle l'aime. Plusieurs minutes s'écoulent sans qu'elle puisse réagir. C'est Letizia qui la tire brutalement de sa parésie émotionnelle, en lui lançant d'un ton ironique :
— Il t'a embrassée, au moins ?
— Laisse-moi tranquille !
— Allez, viens, la *signora* te cherche, Luciana te réclame.

Commence une nouvelle séparation. Nicolete se veut stoïque, préparée prématurément, pense-t-elle, à vivre loin d'êtres chers. Mais là, elle comprend vite qu'il en va différemment. Alessandro lui manque terriblement. Son départ a provoqué en elle un vide vertigineux. Elle se cramponne aux lettres de son bien-aimé, qu'elle attend chaque jour, en essayant de masquer son impatience. Émues par son désarroi contenu, la *signora* et Letizia, sans se concerter, décident de lui parler. La première, en tant que mère de substitution, fonction qu'elle s'est attribuée progressivement et qu'elle assume depuis quelque temps avec une satisfaction non feinte. La seconde, comme une grande sœur, expérimentée dans les choses de la vie.

Les conseils affectueux de l'une et l'autre parviennent à apaiser la peine de Nicolete. Plus sensible aux fluctuations de la Bourse et se sentant peu concerné par ces problèmes de cœur, Don Luigi, va, lui aussi, bien involontairement, rasséréner l'atmosphère dans la villa en créant une diversion. Il a commandé une radio TSF de la *Compagnia Generale di Electricita*. Il a choisi le dernier modèle, le *Supergioello*. Il veut se tenir informé et a compris l'utilité de ce nouveau moyen de communication. À son retour de la banque, accompagné du livreur, il fait déposer l'objet emballé sur la table de la salle à manger. La *signora*, intriguée, interroge son mari sur cette livraison impromptue.
— Ma chère, je vous amène le monde à domicile.
— Le monde, dites-vous, mais comment ça ?
— Mon amie, rappelez-vous Marconi, Guglielmo Marconi, notre compatriote inventeur. Son nom vous parle certainement. Attendez, nous allons déballer l'appareil, l'installer, et monsieur va le mettre en route.

Intriguée, la *signora* observe et commence à comprendre ce dont il s'agit. Elle a assisté à la diffusion d'un discours du *Duce* émanant d'un poste TSF et relayé en direct par un haut-parleur depuis le balcon de la mairie. Elle se rappelle également avoir vu des postes de radio dans la vitrine d'un négoce à Bari. Don Luigi dégage promptement les bibelots en biscuit *capodimonte* décorant le dessus de la commode en palissandre, installée entre les deux portes-fenêtres de la pièce. Il fait signe à l'homme qui l'accompagne. L'intéressé s'exécute. Il pose délicatement la radio sur le plateau du meuble au bois brun-rouge veiné de noir, en prenant bien soin de ne pas le rayer. Il branche le poste à la prise de courant placée au bas du mur et il actionne les deux boutons ronds, de couleur beige, placés en façade. Puis, à tour de rôle, il enclenche les six barrettes blanches encastrées sur le dessus et qui donnent à l'appareil en bois d'acajou un semblant de clavier de piano.
— Voilà, mise en route, grandes ondes, ondes moyennes et ondes courtes.

D'abord des crachotements, quelques grésillements et puis des paroles inaudibles semblant surgir d'univers inconnus.

— La radio peut accrocher des sons provenant de France, d'Allemagne, de Suisse ou d'Autriche. À cette heure-ci, il n'y a pas d'émission en Italie, mais ce soir, à partir de vingt heures, vous pourrez entendre de la musique ; et demain, dans la matinée, vous aurez des informations. Attention, le poste peut chauffer. Ce sont les lampes à l'intérieur. Ne le couvrez pas quand il fonctionne. Je vous laisse une carte indiquant les principales longueurs d'onde. Sachez que dans quelques jours, vous pourrez écouter Radio Bari. C'est une nouvelle station mise en place par le gouvernement. Elle émettra tous les jours, l'après-midi et une partie de la soirée. Il y aura bien sûr des messages politiques, mais à vous de voir.

Sa tâche terminée, l'employé se retire. Le bruit a attiré Letizia, Nicolete et Luciana. Elles regardent l'engin avec beaucoup de curiosité. Don Luigi se fait un plaisir d'en expliquer le fonctionnement. Il actionne les boutons à la recherche d'une fréquence italienne. Mais le poste diffuse à nouveau des mots étrangers entrecoupés de crépitements. À sa grande surprise, Luciana s'approche et pose littéralement son oreille contre la façade de la radio, tout en souriant à son père. Décontenancé, il la prend dans ses bras et promet de lui faire écouter de belles histoires et de la musique, même s'il doute de la capacité de sa fille à assimiler l'engagement qu'il vient de prendre.

Rapidement, le poste de radio acquiert une place importante dans la vie des Di Carolis et surtout pour Don Luigi qui ne cache pas son engouement. Petit déjeuner, déjeuner, dîner se prennent désormais la radio allumée. Il ressent le besoin d'apprendre ce qu'il se passe en Italie et à l'étranger, dès le matin. Il perçoit les rivalités, les revendications territoriales, les intentions belliqueuses, en fait la détérioration des relations internationales, et cela le préoccupe. La *signora*, elle, apprécie les émissions culturelles de la matinée et les retransmissions musicales en soirée, mais elle s'agace un peu de l'addiction de son époux. Elle lui dit qu'elle en veut un peu à « son meuble » d'avoir réduit leurs moments d'intimité propices à la discussion. Lui, plaisante et lui rétorque :
— Ce n'est pas un meuble, il parle.

Teresa et Valeria ont côtoyé ce type d'appareil pendant leurs études et au cours de leurs voyages. Elles ne manifestent aucune surprise à l'acquisition de leur père et s'en accommodent très bien. Pour Letizia et Nicolete, c'est une découverte. Une nouvelle source de distraction qu'elles apprécient toutes deux. Particulièrement Nicolete, qui voit dans cette invention une fenêtre ouverte sur la culture et la possibilité de compléter ses connaissances. Bénéfice supplémentaire, la radio lui permet de s'évader et d'estomper l'amertume causée par l'absence de son amoureux.

Sur la base aéronautique de Grazzanise, les vols d'entraînement se succèdent. Tous les jours, séances de voltige, simulations de combats aériens ou exercices de bombardement. À plusieurs reprises, la rumeur d'une déclaration de guerre à l'Éthiopie a couru, et chacun se prépare. Le sous-lieutenant Alessandro Di Lorenzi a démontré son assurance et sa maîtrise. Ses qualités et sa témérité lui ont valu d'obtenir sa deuxième barrette. Désormais lieutenant, il devient chef attitré de l'escadrille *I falconi*[47], dont les avions arborent sur le fuselage une tête de faucon, peinte en noir, entre la bannière tricolore et l'emblème de la Maison de Savoie, croix d'argent sur écu rouge. Il a fêté son avancement avec les pilotes de son groupe et le *Moscato d'Asti*[48] a coulé à flots. Il l'a aussi annoncé, par courrier, avec fierté, à ses parents et à Nicolete. Elle a reçu la nouvelle avec satisfaction, mais elle ne déborde pas d'enthousiasme. Lieutenant ou sous-lieutenant, cela n'a pas beaucoup d'importance pour elle. Tout ce qu'elle souhaite, c'est que son Alessandro revienne. Six mois déjà se sont écoulés depuis leur seconde rencontre, pendant laquelle, encore une fois, la *signora*, avec beaucoup de tact, a assisté à leurs retrouvailles. À présent, ils aspirent tous deux à plus d'intimité, et Alessandro a convenu en lui-même que la seule solution était d'officialiser sa relation avec Nicolete. Il a pris sa décision et lui a annoncé de prochaines fiançailles. Il en a informé les *signori* Di Carolis et ses parents qui, pour l'heure, ignorent tout de sa fréquentation.

La nouvelle procure une joie immense à Nicolete. Letizia partage son bonheur. La *signora* est contente pour sa protégée, mais elle sait que le mariage suit les fiançailles et qu'inévitablement, un départ

---

47 *I falconi* : les faucons

48 *Moscato d'Asti* : vin blanc doux et pétillant, originaire de la province du Piémont.

se profile. Elle s'inquiète, Luciana a encore tellement besoin d'elle. Pour Nicolete, l'année s'annonce radieuse. Elle se souviendra de ce début d'été 1932. Enfin, la vie s'annonce merveilleuse. Elle s'imagine au bras de son bel officier, à la promenade du dimanche après-midi, sur le *stradone* de Corato, et se plaît à penser aux regards envieux des autres jeunes filles.

La lettre d'Alessandro, annonçant à ses parents sa relation et ses projets, les a surpris quelque peu. Ils se doutaient bien que cela arriverait tôt ou tard, et à l'extrême, ils souhaitaient qu'il cesse de papillonner pour entamer une véritable idylle. Mais ils espéraient une jeune femme de la bonne société et non une employée de maison. Dans tous ses états, la *signora* Di Lorenzi apostrophe son mari :
— Je vais aller chez les Di Carolis. Je veux en discuter avec la *signora* Emma.

Reçue à la villa, elle questionne sur la personnalité de Nicolete, ses fonctions exactes et surtout ses origines. Elle veut savoir également combien de fois son fils l'a rencontrée et comment se sont passées ces entrevues.

À son retour, elle interpelle à nouveau son époux.
— C'est une fille du popolino[49]. Son père est journalier. Elle n'a rien de commun avec nous. Alessandro ne peut pas s'allier avec une telle famille. De toute façon, il n'y a rien eu entre eux et il n'a rien promis. Il peut rompre sans difficulté. Nous allons attendre qu'il revienne et nous lui parlerons.

L'accueil que lui réservent ses parents déstabilise Alessandro. Persuadé de répondre à leurs attentes en annonçant une liaison stable, il ne s'attendait pas à une telle réaction. Il a beau mettre en avant les qualités intrinsèques de Nicolete, sa mère ne veut rien entendre, elle bute sur sa condition sociale et rejette l'idée qu'il poursuive cette relation.
— Il n'y aura pas de fiançailles et encore moins de mariage. C'en est assez !

---

49 *Popolino* : le petit peuple, les petites gens, la populace.

Elle met un terme à la discussion. Alessandro, qui espérait au moins le soutien de son père, comprend vite, devant son mutisme, qu'il n'a aucun secours à attendre de sa part. Il n'a jamais connu de situation conflictuelle avec ses parents. Il cède. Il quitte Corato et rejoint directement sa base. À Grazzanise, il apprend qu'un appel à volontaires circule parmi les officiers, en vue d'un départ vers la Corne de l'Afrique. À l'instar de l'Allemagne, de l'Angleterre et de la France, le *Duce* veut son empire colonial. Il a décidé la prochaine invasion de l'Éthiopie. Dans cette perspective, l'état-major veut au préalable masser des troupes au nord, en Érythrée, et au sud, en Somalie italienne. Alessandro n'hésite pas un instant. Il se porte volontaire, comptant sur l'éloignement et le bruit des armes pour oublier sa déconvenue. Juste avant son embarquement dans le port de Taranto pour gagner le canal de Suez, la mer Rouge et le golfe d'Aden, il adresse une lettre sommaire à Nicolete, sans chercher à se justifier, juste pour l'informer de son renoncement et expliquer l'attitude de sa mère et de son père. Nicolete s'effondre. Elle ne comprend pas. Elle a su par Letizia, qui a obtenu l'information d'une servante des Di Lorenzi, qu'Alessandro était revenu à Corato et reparti précipitamment. Elle a cru à des obligations militaires. Jamais elle n'aurait soupçonné un tel comportement.
— Le lâche ! Au moins, il aurait pu venir me parler.

De rage, elle monte dans sa chambre, ouvre son armoire et extirpe la boîte de bonbons Perugina enfouie sous son linge. Elle arrache le ruban rouge, prend le contenu et se précipite à la cuisine où elle sait trouver encore quelques braises dans le foyer. Sans hésiter, elle jette le tout sur la sole et attend que le papier s'embrase. Rapidement, les flammes montent jusqu'à la voûte et dévorent les enveloppes, les lettres, l'encre, les mots doux et les promesses. Toute sa passion se consume et s'évapore en fumée. Elle en veut à Alessandro et à la terre entière. Elle jure de ne plus jamais faire confiance à un homme. Elle envisage, désormais, de se consacrer uniquement à Luciana. Au fond d'elle-même, la *signora* Di Carolis ne regrette pas complètement cet échec. Il lui permet de garder Nicolete à son service et surtout auprès de sa fille. Elle pense qu'elle s'en remettra. Le temps viendra pour elle de rencontrer le grand amour. Elle s'emploie tout de même à la consoler. Teresa, Valeria et Letizia font de même.

Une visite inattendue vient atténuer l'amertume qui submerge Nicolete. Michele, son frère aîné, libéré de ses obligations militaires, est de retour. Il lui a réservé sa première sortie. Ils sont heureux de se retrouver. Les deux années d'absence dues au service n'ont pas réduit le lien d'affection qui les unit. Ils passent en revue le temps écoulé et les événements qui ont frappé la famille, en s'attardant sur le décès du petit frère. Le perdre prématurément et n'avoir pas pu assister à ses funérailles a beaucoup peiné Michele. Elle se confie à lui et avoue sa déception amoureuse tout en exprimant son ressentiment à l'égard des hommes. Bienveillant, il la réconforte, l'incite à garder espoir et lui assure qu'elle rencontrera, un jour, quelqu'un de confiance. Avant de la quitter, il lui raconte qu'à l'armée, il s'est lié d'amitié avec un certain Ernesto Pulito, originaire du village voisin, Ruvo di Puglia. Il lui apprend que ce dernier s'apprête à quitter le pays pour émigrer en France, rejoindre un grand frère et une sœur plus jeune, qui y résident depuis plus d'un an.

— Nous en avons discuté longuement. Moi, j'ai beaucoup réfléchi et j'ai pris ma décision. Ici, il n'y a aucun avenir. Je travaillerai toute ma vie avec la zappa pour gagner quoi ? Il paraît que là-bas, il y a plein d'usines et du travail bien rémunéré pour tout le monde. Je vais partir avec lui. J'ai de quoi payer mon billet de train.

— Tu viens donc pour me dire adieu. Tu en as parlé au père ?

— Je lui ai dit que je ne voulais pas d'une vie comme la sienne. Il m'en veut un peu. Je l'ai calmé. Je lui ai promis d'envoyer de l'argent de temps en temps. À vingt-deux ans, je n'ai plus de comptes à rendre à personne.

— Alors, c'est décidé, tu pars ! Je ne te verrai plus. Dis-moi au moins où tu vas exactement. La France, c'est si grand !

— Ne t'en fais pas. Je t'écrirai. Et puis quand je serai installé, tu me rejoindras. La ville s'appelle Homnecourt[50], je ne suis pas trop sûr de la prononciation et la province, Lorrena[51] je crois. Ernesto

50 Homnecourt : commune de Homécourt, département de Meurthe-et-Moselle, arrondissement de Briey.

51 *Lorrena* : Lorraine.

m'a dit que c'était situé aux confins du pays, près de la Belgique, du Luxembourg et de l'Allemagne.
— Mon Dieu, que c'est loin ! Fais attention et ne m'oublie pas !

Encore une déchirure. Ils ne savent quand ils se reverront. Ils s'étreignent une dernière fois. Nicolete laisse libre cours à ses larmes. Elles coulent de ses yeux, pleins de tristesse pour la perte de son fidèle soutien. Elles débordent aussi de son cœur, encore empli du chagrin de l'amour déçu.

À nouveau, des imprévus vont détourner Nicolete de son tourment. Bien involontairement, Don Luigi, encore une fois, va estomper son chagrin et favoriser l'oubli. Il obtient l'avancement qu'il convoitait depuis longtemps : la direction de la *Banca di Roma* à Taranto. Satisfait, il l'est et bien plus. Ce poste constitue la dernière marche avant d'accéder au sommet. Quatre ou cinq ans à faire ses preuves et à patienter dans cette succursale et, ensuite, Bari, pour terminer sa carrière. Le cursus est tracé. La famille Di Carolis déménage donc, pour quelque temps, dans la capitale de l'ancienne *Magna-Greca*[52]. Pippo, le bouvier bernois, est resté à Corato, il garde la villa et Bernardo vient le voir tous les jours. Nicolete a expliqué à Luciana, sans la convaincre, que cela valait mieux pour lui. Un grand appartement de fonction, avec vue sur le golfe, au premier étage d'un *palazzo umbertino*[53], à proximité du chenal d'accès à la rade, constitue la nouvelle résidence. La *signora* ne cache pas son plaisir de vivre en ville. L'installation terminée, elle organise des promenades avec Luciana et Nicolete et parfois Letizia. Ensemble, elles découvrent les vestiges du temple de Poséidon, la cathédrale San Cataldo, le Château Aragonais et le pont tournant. Elles ne dédaignent pas de fréquenter le *corso* Umberto où déambulent une multitude de gens de toutes sortes, sans que l'on sache qui ils sont, d'où ils viennent et où ils vont. Elles croisent de nombreux marins en uniforme de la *Regia Marina*, la marine royale. Ils portent tous la fameuse cravate noire à double nœud, mémoire de la sévère

52 *Magna-Greca* : Grande-Grèce, nom donné par les anciens Grecs aux colonies fondées en Italie méridionale.

53 *Palazzo umbertino* : pendant italien des immeubles haussmanniens.

défaite infligée à l'escadre italienne par la flotte autrichienne, au large de l'île de Lissa en mer Adriatique, au cours du siècle précédent. Plusieurs bâtiments de guerre – un cuirassé, un croiseur, un destroyer et un torpilleur – mouillent au port et les équipages entendent mettre l'escale à profit pour se donner du bon temps. Letizia n'est pas insensible à la prestance des beaux officiers en habit gris-vert, chemise blanche et casquette à galon doré. Elle ne peut s'empêcher de taquiner Nicolete.

— Ça ne te dirait pas, un beau marin, pour remplacer ton aviateur ?

— Il vaudrait mieux que tu évites ce genre de plaisanterie.

La réponse sèche de Nicolete a dissuadé Letizia de revenir à la charge. Elle ne veut pas gâcher leur amitié et décide d'en rester là. Elles aiment aussi flâner à l'ombre des grands arbres du parc municipal où palmiers, hêtres, tilleuls et cyprès luttent à qui touchera le premier le ciel, tout en offrant aux promeneurs leur ombre salutaire. Quand Teresa et Valeria les accompagnent, la destination ne varie guère, la *via* d'Aquino, l'artère commerçante, où elles s'adonnent à une de leurs occupations favorites, marquer une halte à chaque vitrine des boutiques de mode et des bijouteries. Nicolete goûte particulièrement ce séjour dans cette cité au bord de la mer Ionienne et qui, avec Lecce et Brindisi, se partage le Salento, le talon de la « Botte ». Elle prend conscience de l'existence d'autres paysages, d'autres us et coutumes, d'autres styles de vie, d'autres types de personnes. Elle s'ouvre à un autre monde. Elle apprécie. Progressivement, les souvenirs s'effacent. Elle retrouve la paix intérieure.

Les années s'écoulent calmement, elle savoure les menus plaisirs d'une grande ville balnéaire. Mais brutalement, au printemps 1935, le temps s'accélère. La radio diffuse de plus en plus fréquemment des dépêches alarmistes en provenance de l'est de l'Afrique où sont massées de nombreuses troupes de l'*esercito*[54]. Nicolete entend ces informations et, contre son gré, ne peut s'empêcher d'avoir une pensée pour Alessandro. Elle le sait sur ce théâtre d'opérations. Elle n'a plus jamais eu de nouvelles de sa part et n'a pas cherché à en obtenir. Mais Letizia a maintenu le

54 *Esercito* : armée italienne.

contact avec la servante de la famille Di Lorenzi et, de temps à autre, reçoit quelques bribes, qu'elle s'empresse aussitôt de glisser dans l'oreille de Nicolete. En septembre, Radio Bari dénonce des attaques répétées de la part du régime du Négus, Haïlé Sélassié Ier. Perplexe, Don Luigi s'interroge sur l'accélération des événements et redouble de circonspection. Quelle est la fiabilité des informations diffusées dans la presse écrite et sur les ondes ? De fait, appliquant une stratégie arrêtée depuis longtemps, le *Duce* invoque des agressions délibérées, se saisit du prétexte, et déclare la guerre à l'Éthiopie début octobre. Ce sera la guerre d'Abyssinie. L'armée éthiopienne ne peut résister à l'aviation et aux blindés. Elle est rapidement défaite et le pays occupé. Le pouvoir fasciste fête la victoire avec faste. Toutefois, ayant rompu le pacte de non-agression entre pays membres, l'État italien doit quitter la Société des Nations. L'Italie se rapproche de l'Allemagne. Le *Duce* se rapproche du *Führer*. L'euphorie, orchestrée, gagne une partie de la population, incapable de mesurer les répercussions de ces enchaînements.

Côté professionnel, au printemps 1937, Don Luigi décroche enfin le poste de directeur de l'agence de la *Banca di Roma* à Bari. Son objectif est atteint. Sa famille retrouve la demeure *piazza* Mentana à Corato. Lui organise ses navettes journalières avec le chef-lieu des Pouilles par chemin de fer. Il a mené sa carrière de main de maître. Son épouse est radieuse et, avec l'aide de Bernardo, gère au mieux le domaine de Corcciuno devenu très productif. Valeria va épouser un fils de bonne famille. Teresa dit à ses parents qu'elle a le temps pour ça, reporte les propositions d'alliance en provenance de familles amies, et en elle-même, considère qu'elle n'est pas faite pour le mariage. Luciana se porte bien, autant que faire se peut. Son père sait qu'il peut compter sur l'affection et le dévouement de Nicolete et n'a aucun doute sur l'attachement sincère qu'elle porte à la petite malade. Pippo a rendu l'âme, dans sa onzième année. Luciana l'a cherché quelques jours, puis ne l'a plus réclamé. Son remplacement n'a donc pas été jugé indispensable. Une belle harmonie règne dans la maison. Comme tant d'autres, Don Luigi fête la seconde victoire de Gino Bartali au Giro d'Italia. L'avenir s'annonce radieux.

Comme lui, peu de compatriotes entendent le bruit du réarmement décrété par le Grand Conseil Fasciste. Rares sont ceux qui se soucient de l'axe Berlin-Rome et du pacte anti-Komintern. Le feu vert du *Duce* à l'*Anschluss* programmé par Hitler n'atteint pas les consciences.

Intermède

Andria, Castel del Monte. Le soleil aspire à se coucher. Il achève sa courbe vers le ponant. La ligne d'horizon s'enflamme. Des reflets ocrés fardent la muraille blanche du château. Le récit de *zio* Michele a duré plusieurs heures. À court de salive, le pauvre a dû se désaltérer plusieurs fois, au point de vider la fiasque d'eau remplie à la fontaine.

— Je crois qu'on va en rester là pour aujourd'hui. Il est l'heure de prendre le bus pour retourner à Corato. Qu'est-ce que tu en penses, Tony ?

— Oui Tonton. D'ailleurs, je commence à avoir faim.

— En rentrant, on s'arrêtera chez le boucher pour acheter des saucisses de cheval au fenouil. Tu aimes bien. On se fera des frites pour accompagner. D'accord ?

— On va se régaler.

Le caroubier, au tronc duquel je me suis adossé, nous a offert placidement sa ramure pour préserver notre peau des brûlures solaires. Lui aussi a tout entendu. Mais je ne l'ai pas senti réagir. Les arbres perçoivent-ils les sons ? Ont-ils de la mémoire ? Je n'ai pas de réponse. Mais je me promets de revenir un jour, ici même, de poser à nouveau ma main contre son écorce et d'y déceler, peut-être, un frémissement. Sur la route du retour, bercé par les mouvements de l'autocar, mon oncle se laisse gagner par le sommeil. Il mérite bien de se reposer. Je remets mes questions à plus tard et le laisse somnoler. Le lendemain, au petit déjeuner, sans attendre, je l'entreprends :

— Merci Tonton pour tout ce que tu m'as raconté hier ! Quelle histoire ! Comment fais-tu pour te rappeler tout ça ?

— C'est facile, j'ai vécu toutes ces péripéties. Tout est vrai. Les épisodes auxquels je n'ai pas participé moi-même, Nicolete, Domenico et tous les autres me les ont rapportés, plusieurs fois, presque à chacune de nos rencontres. Tous ont éprouvé le besoin de dire et de redire ce qu'ils avaient subi durant ces années d'affrontements et de bouleversements qui ont marqué la première moitié de ce siècle. À l'école et au collège, les professeurs t'ont certainement déjà parlé des deux guerres mondiales. À l'époque, les hommes ont enclenché des mécaniques infernales dont l'ampleur les a dépassés. Nicolete et Domenico n'ont pas pesé sur « l'Histoire », évidemment. Mais ils ont enduré tant d'épreuves que leurs vies méritent de s'inscrire dans une mémoire collective, quelle que soit son échelle, fût-elle circonscrite uniquement au cercle familial. Ils n'ont jamais attribué de caractère exceptionnel à leurs parcours, reconnaissant que tant d'autres, comme eux, avaient subi les affres de la misère. Ils tenaient simplement à livrer un message de résilience face aux difficultés de l'existence.
— J'ai bien écouté, Tonton, et je te promets de conserver en moi tout ce que tu m'as confié.
— Je compte sur toi, Tony. Retiens les mots, les noms, les faits, les personnes, les lieux, les couleurs, les odeurs. Range tout ça dans ta tête et plus tard, si tu veux, tu les transmettras à ton tour ou tu en feras ce que tu voudras. Aujourd'hui, nous déjeunons chez Giacinto. Lui aussi a beaucoup de choses à te raconter. Prochainement, je t'emmènerai auprès de la *signora* Emma Di Carolis. Nous devons impérativement la rencontrer.

De la place Cannizzaro à la *via* Brunelleschi, nous sommes contraints de marcher sur la chaussée, en évitant les tas d'écales d'amandes. Presque tous les trottoirs, habillés de toiles de jute, servent de séchoir aux fruits, dans leurs coques. La cueillette bat son plein et il faut maintenant que le soleil fasse son œuvre. Même mesure chez Giacinto. Sa maison occupe un angle. Alors d'autorité, il s'approprie deux portions de trottoir, façade et pignon. Je l'aperçois, installé devant sa porte, un billot de bois entre ses cuisses, un marteau à la main. Il termine d'écaler sa récolte.

Dès mon arrivée à Corato, j'avais souhaité lui rendre visite en premier. Je tenais à lui exprimer en priorité mon respect et mon

affection. Cette première rencontre avait provoqué une véritable émotion, totalement partagée. Il m'avait fixé intensément de son regard pénétrant, au point que j'eus le sentiment qu'il fouillait en moi, à la recherche de souvenirs lointains. Après m'avoir scruté, il avait posé sa main sur ma tête et m'avait alors gratifié d'un surnom que, sur l'instant, j'avais trouvé simplement sympathique :
— *Minguccio piccio*[55].

Bien plus tard, j'ai compris combien il y attachait de sens, et comment, par ces mots, il me signifiait qu'il m'avait adopté. D'emblée, j'ai aimé sa stature, sa force, sa rudesse, sa grosse moustache blanche, ses mains solides, sa peau basanée et, tout naturellement, je lui ai décerné, à lui aussi, le titre de grand-père.

Il m'aperçoit et son visage s'éclaire d'un large sourire. Il se lève de son tabouret et m'accueille d'une accolade sonore en me disant :
— *Ciao Minguccio piccio*. Tu tombes bien, tu vas m'aider.

Joignant le geste à la parole, il me montre comment frapper l'enveloppe verte, sans se taper sur les doigts, et recueillir la coque. Il me précise que j'ai le droit d'en manger une de temps en temps et me tend une belle amande décortiquée, fraîche, bien blanche, au goût subtil et d'une délicate finesse. Je m'installe à sa place et commence la tâche. Sa femme Assunta nous a entendus. Elle nous rejoint à l'extérieur, embrasse mon oncle et me fait une bise sur le front. Elle me prend aussitôt par la main, me jette un clin d'œil et me tire à l'intérieur. Sur le bahut, je découvre une panière garnie de feuilles de vigne, pleine de figues, dont les pédoncules suent un liquide blanc, collant.
— Mange, Tony, mange. Giacinto les a rapportées pour toi, en fin de matinée, en rentrant de la campagne. Tu vois comme elles sont fraîches ? Elles crachent encore le lait. Tiens, je vais t'apprendre quelque chose. Tu sais à quoi sert ce lait qui s'échappe des figues ou des feuilles du figuier ?

Devant ma mine dubitative, elle poursuit :
— On l'utilise pour cailler le lait des brebis, des chèvres, des vaches et faire le fromage. C'est mieux que la présure qui est d'origine animale.

---

55 *Minguccio piccio* : petit Domenico.

Je la remercie pour ces explications et je puise avec plaisir parmi les fruits, au milieu desquels, surprise, je découvre en plus quelques baies rouges de mûrier platane. Un véritable délice. *Zia* Assunta – elle tient à ce que je l'appelle ainsi – a dressé la table. Un grand plat commun pour elle et Giacinto et des assiettes individuelles pour mon oncle et moi. Elle a cuisiné un menu de fête : le *timpano*[56], mais accommodé à sa manière. Un lit de *penne rigate*[57], une couche de pommes de terre en rondelles, des tomates, de la mozzarella, quelques boulettes de viande de cheval, du *pecorino*[58] râpé, une rasade d'huile d'olive, de l'ail, du persil et une volée de chapelure. Le tout gratiné dans le four à feu de bois. Elle m'en sert une bonne ration fumante et odorante que je m'empresse de savourer. J'ai à peine terminé, qu'elle se saisit de mon assiette et me ressert une nouvelle part, malgré mes récriminations. En même temps, Giacinto prend mon verre et, récupérant d'une main la dame-jeanne placée sous la table, me verse du vin blanc moelleux de sa propre production, me tape sur l'épaule et me dit :
— *Uagna, manj, bev*[29 page 46].

Inconsciemment, j'ai l'impression d'avoir déjà entendu ces paroles.

Après le *timpano*, en guise de dessert, une grosse tranche de pastèque. Puis les hommes fument leur cigarette en sirotant un bon café. L'heure est propice aux confidences. Je tente d'orienter la conversation.
— *Zio*, la nuit, tu les rentres, les amandes ?
— Mais non. Je m'allonge sur le trottoir et je passe la nuit dehors. Je ne tiens pas à ce qu'un voleur me dérobe le fruit de mon travail.
— Et *zio*, tu me racontes Nicolete et Domenico ?
— Écoute, *Minguccio piccio*, cette après-midi, nous allons nous promener en ville, entre hommes, zio Michele, toi et moi. Nous ferons le giro du stradone. Ce soir, tu dors chez moi ; et demain

---

56 *Timpano* : timbale italienne de pâtes et pommes de terre, montée en couches avec de la viande hachée, des légumes, de la sauce tomate, du fromage et variant suivant les différentes régions du pays.

57 *Penne rigate* : pâtes en forme de tubes striés, aux extrémités biseautées. Elles peuvent être lisses.

58 *Pecorino* : fromage à pâte dure confectionné avec du lait de brebis.

matin, de bonne heure, nous nous rendrons sur ma terre. Là, tranquillement, nous pourrons discuter et alors je te raconterai.
— C'est entendu *zio*.

Le jour à peine levé, nous nous dirigeons vers une étable située à proximité de l'habitation. Nous y récupérons une charrette à laquelle Giacinto attelle une mule. Je suis surpris par la hauteur de l'animal. Hormis ses longues oreilles, c'est un cheval. Une petite traction sur les sangles de cuir, un claquement de langue et elle se met en route. Une fois à la campagne, au milieu d'une immensité d'oliviers, Giacinto me tend les rênes en me disant :
— Ne crains rien, elle connaît le chemin. Mène-la avec douceur.

Je saisis les courroies et sens la force de traction de la mule dans mes mains. Elle trotte gaillardement ; et moi, je suis fier de conduire l'attelage. Au bout d'une heure, Giacinto reprend les rênes et s'engage dans une allée bordée d'amandiers qui débouche sur une longue bande cultivée. Il stoppe la charrette, enlève ses chaussures, récupère sa pioche et un arrosoir et nous nous engageons au milieu des plants de tomates, d'aubergines, de poivrons, de melons verts, de melons jaunes et de pastèques. Je lui fais part de ma surprise de le voir marcher pieds nus. Il me confie qu'il aime ce contact avec sa terre et qu'en plus, ainsi, il économise ses semelles. Il m'emmène d'abord vers un petit muret circulaire à l'extrémité du potager et je découvre qu'il enceint un puits. Il me montre comment puiser l'eau avec le seau attaché à une corde, en prenant appui sur la margelle de pierre, tout en me recommandant de ne pas tomber au fond du trou. Il me demande d'utiliser l'arrosoir pour abreuver généreusement le pied des plantes, sans mouiller les feuilles. Nous nous mettons au travail. Lui pioche et désherbe, et moi, j'arrose méticuleusement. De temps à autre, il se redresse, s'éponge le front avec son mouchoir, regarde derrière lui, voit la tâche accomplie, et son visage exprime sa satisfaction. La matinée bien entamée, parvenu au dernier rang de légumes, Giacinto pose son outil contre un figuier et me fait signe de le rejoindre.
— Puise encore un seau d'eau, il faut faire boire la mule.

Une fois la bête soignée, il se saisit du panier resté sur la charrette et nous retournons vers le figuier. Assis à même le sol, Giacinto

pose une serviette entre nous. Il en extrait deux *panini* fourrés de *pancetta*[59] et de *cacciocavallo*[60]. Il a placé à côté un bouteillon d'eau. En me tapant sur l'épaule, il me lance :
— Mange, Minguccio piccio, prends des forces, il nous reste encore à ramasser quelques amandes sous les arbres. De quoi remplir un ou deux sacs. Puis nous nous installerons et nous pourrons converser jusqu'à midi. Après, nous reprendrons le chemin du retour. Assunta nous attend vers une heure.

Le glanage terminé, Giacinto cueille quelques *fiorone*[61] qu'il rafraîchit dans l'eau du puits et m'invite à les déguster. Je ne lui laisse pas le temps d'insister. Pendant que je savoure les fruits, il me fait profiter de sa connaissance empirique de la nature :
— Sais-tu ce qui fait mûrir la figue ?

Je dois avouer mon ignorance et je lance à tout hasard :
— Le soleil.
— Oui, le soleil y est pour quelque chose, mais c'est surtout un moucheron, le blasofago[62]. Il pique le cul de la figue et c'est cette piqûre qui la fait mûrir.

Incrédule, je reste pantois devant ce qu'il vient de m'apprendre. Il va ensuite vers un olivier et je le vois passer lentement sa main sur le tronc. Il me semble qu'il attrape quelque chose. Il revient et me demande mon mouchoir. Il l'étale à plat sur sa main et y dépose un gros insecte noir au milieu. Il noue les quatre coins et me demande ensuite de porter le tout à mon oreille. Au bout de quelques minutes, je sens une vibration et j'entends des stridulations. C'est une cigale. Reposés, désaltérés, rassasiés, nous pouvons entamer la discussion. Giacinto veut savoir ce que *zio* Michele m'a déjà rapporté de la vie de Nicolete et Domenico. Je fais rapidement le point avec lui et, pendant le restant de la matinée, pressé par mes questions, il poursuit le récit :

---

59 *Pancetta* : poitrine de porc roulée.

60 *Cacciocavallo* : fromage de lait de vache, en forme de grosse poire, typique de l'Italie méridionale.

61 *Fiorone* : figue fleur, première production des figuiers bifères.

62 *Blasofago* : guêpe blastophage.

— À peu près à ton âge, orphelin, privé aussi de ses grands-parents, Domenico nous a rejoints, Assunta et moi, et il a vécu avec nous. De mon neveu, il est devenu quasiment mon petit frère ou mon fils, ou les deux à la fois. Un lien très fort, dès lors, nous a unis. C'est en ces temps-là qu'il a commencé son apprentissage chez Don Marzanno. Il a fait preuve de sérieux et d'assiduité et, au fil des ans, il a acquis une véritable compétence dans le métier de peintre-décorateur. Tant et si bien qu'en 1936, l'année de ses vingt ans, son patron en a fait son premier ouvrier, juste avant son départ pour le service national.
— C'était un garçon sage, alors ?
— Oh, ce n'était pas un enfant de chœur. Il a commis quelques méfaits comme tous les jeunes. Mais, au moins dans son activité professionnelle, il était méticuleux.

Ne souhaitant pas écorner l'image de son cher neveu, Giacinto se garde bien de dévoiler certains faits. Il se dit qu'au fond, ce n'était pas bien grave et que les malheurs endurés dans son enfance lui accordaient de larges circonstances atténuantes. Tout en causant, il revoit le jour où il l'a récupéré à la caserne des carabiniers. Au cours d'une patrouille, ils l'avaient surpris avec un autre garnement, en train de dégonfler les pneus du vélo du garde champêtre. Il se rappelle bien sa posture, tête baissée, les bras levés, prêt à parer la gifle qu'il s'attendait à recevoir. Mais il s'était contenté de lui tirer l'oreille en lui demandant fermement de ne plus recommencer. Il se souvient aussi qu'un de ses collègues régisseurs, l'ayant pincé à dérober des nèfles à la campagne, l'avait ramené *manu militari* à la maison. Là, il avait reçu une bonne volée. Il l'estimait méritée. Manquait-il de fruits à la maison ? Ne lui avait-il pas inculqué ses valeurs : respect de la propriété et du travail des autres ? Plus tard, il n'a pas oublié non plus son intervention, pour calmer un couple de notables de la ville, qui reprochaient à Domenico d'avoir fait un brin de cour à leur fille, à l'occasion d'un chantier à domicile. Il avait dû réagir rapidement et s'engager personnellement à réprimer le coupable, pour écarter de possibles représailles. Il évite également d'évoquer le jour où, s'apercevant avec un certain émoi que Domenico était devenu un homme, il l'a conduit auprès de

La Quag[63], installée au bout de la *via* Cuoco, ainsi nommée à la mémoire du célèbre écrivain Vincenzo Cuoco, auteur de *L'histoire de la révolution de Naples*. Quelque temps auparavant, il avait remarqué un changement de comportement. Il ne l'appelait plus *zio*, mais *fra*[64]. Il consacrait beaucoup plus de temps à sa toilette, au rasage, apportait un soin particulier à sa coiffure. Parallèlement, il avait constaté que le contenu de son flacon de brillantine, comme de sa boîte de gomina ou de son pot de talc, baissait bien rapidement. Il avait aussi noté chez lui un regard différent, plus appuyé, vers les jeunes filles, lors de la promenade hebdomadaire du dimanche après-midi sur le *stradone*. Aussi, un samedi soir, après plusieurs tentatives d'approche sur la question des relations hommes-femmes et quelques explications hasardeuses, comprenant à ses mimiques et à ses exclamations qu'il avait déjà exploré le sujet avec ses copains, il s'était alors décidé à l'accompagner pour sa première expérience sexuelle. Il l'avait confié à cette jeune femme, connue pour sa bienveillance à l'égard des jeunes puceaux. Sa gentillesse, sa chevelure abondante et claire, sa petite taille, mais avec des formes plantureuses, et sa voix nasillarde lui avaient valu ce surnom de volatile. Non, il ne parlerait pas de tout cela. Abandonnant ses souvenirs, il revient à son propos.

— En juin 1936, Minguccio rejoint la base aérienne de Piacenza en Émilie-Romagne et plus précisément le *13° stormo della Regia Aeronautica*[65]. Il y effectue son service militaire dans les troupes au sol, affecté à l'entretien des pistes et des bâtiments. Les avions, qu'il voit évoluer à longueur de journée, à terre et dans le ciel, sans jamais pouvoir les approcher réellement et encore moins les toucher, demeureront toujours pour lui un rêve inaccessible. Il y passe deux ans. Cette affectation et ce long séjour, dans une grande ville du nord du pays, loin des siens, dans un contexte de confrontation avec des gens de diverses origines géographiques et sociales, vont faire de lui un autre homme. Nouvel environnement, expériences inédites, discipline vont gommer ses préjugés, affermir son

---

63 *La Quag* : en dialecte, la caille.

64 *Fra* : diminutif de *fratello*, frère.

65 *13° stormo della Regia Aeronautica* : unité n° 13 de l'armée de l'air italienne.

caractère, façonner ses manières, en épargnant toutefois sa joie de vivre naturelle et son caractère jovial. Avec l'aide de camarades plus instruits, il améliore sa connaissance de l'italien et perfectionne un tant soit peu sa pratique de la lecture et de l'écriture. C'est à partir de cette période qu'il a commencé à lire le livre de l'Arioste, *Orlando il Furioso*[66], qui ne le quittera plus. Naîtront alors en lui l'esprit chevaleresque et la volonté de respecter l'égalité homme-femme, très peu en vogue dans ces temps et dans ces régions.

— Mais, zio, il a participé à la guerre ?

— Durant les deux années de son service militaire de 1936 à 1938, la seconde guerre mondiale n'avait pas encore éclaté. Toutefois, son unité a participé à l'intervention en Espagne pour soutenir l'armée franquiste. On t'a certainement parlé de la guerre civile espagnole à l'école. Simple appelé, n'appartenant pas aux unités combattantes, Domenico est resté à la base. Il est rentré à Corato en mai 1938, différent, plus mûr, animé d'une volonté farouche de vivre et d'une envie forte de fonder une famille. Sans perdre de temps, il a retrouvé sa place chez Don Marzanno.

Bon, *Minguccio piccio*, à ma montre, il est presque midi. Il va falloir prendre le chemin du retour. On ne va pas faire attendre Assunta. Je suis sûr qu'elle a préparé quelque chose de délicieux. Hier, je lui ai apporté des aubergines. Je ne serais pas surpris qu'elle nous fasse déguster une *parmigiana*[67]. On aura certainement l'occasion de reparler tous les deux une autre fois et je sais aussi pertinemment que *zio* Michele se fera un plaisir de poursuivre avec toi.

Quelques jours après, en début de matinée, alors que nous sommes de passage chez cousine Anna, celle-ci nous invite à déjeuner. *Zio* Michele lui propose alors de nous rendre au petit marché, d'acheter des cigales de mer, pour les joindre à une bonne sauce tomate qui accompagnerait parfaitement quelques spaghettis. J'en ai déjà le fumet aux narines. Anna acquiesce en nous demandant, un peu confuse, de rapporter aussi du pain, pour lui éviter de sortir. Elle me tend en même temps quelques pièces que je refuse, sous le

66 *Orlando il Furioso* : Roland le Furieux

67 *Parmigiana* : préparation composée de tranches d'aubergines grillées, accompagnées de tomate et de mozzarella, et gratinée au four.

regard approbateur de mon oncle. Occupée à la toilette des deux enfants de sa sœur, Rina me déclare alors avec un sourire narquois que Maria est passée deux fois, la veille et l'avant-veille, et que constatant mon absence, étonnamment, elle s'en est allée sans aucun commentaire, mais avec un air attristé. S'ennuierait-elle de moi ? À l'approche du poissonnier, dont j'entends déjà les hurlements avant même de l'apercevoir et alors que ses cris se mêlent à ceux du marchand de fruits dans une véritable cacophonie, j'entends derrière moi une petite voix qui m'appelle par mon prénom. Je me retourne et vois apparaître Maria.
— Eh bien, où t'étais parti ? Ça fait quatre jours qu'on ne te voit pas. Tu viens avec moi ?

Zio Michele devance ma question.
— Vas-y, mais n'oublie pas, à midi chez Anna.

Maria n'a pas attendu la fin de sa phrase. Déjà, elle m'agrippe par le bras, me tire, et je ne peux faire autrement que de la suivre en courant. Chemin faisant, je lui explique que j'ai rendu visite à de la famille, que je suis allé à la campagne, qu'ensuite, j'ai passé une journée à Ruvo di Puglia et qu'enfin, je suis allé au pèlerinage de la *Madonna del Pozzo*[68] à Capurso.
— Mais pourquoi toutes ces questions, je t'ai manqué ?
— Manqué, pour qui tu te prends ? C'est juste pour savoir ce que tu as fait.
— J'ai aidé zio Giacinto à la campagne, sur sa terre, route de Andria, et il m'a laissé conduire la mule. C'était bien.
— Et à Ruvo, qu'est-ce que tu as vu ?
— La grande place au centre du bourg ancien où se trouvent les vestiges du château médiéval, le musée archéologique au palais Jatta où j'ai pu admirer des amphores étrusques, l'ancien beffroi, la cathédrale où le prêtre m'a parlé de l'art roman apulien et enfin quelques-unes des onze églises que compte la ville.
— Tu as de la chance, de pouvoir te promener, de découvrir de belles choses et en même temps d'apprendre. Et à Capurso, c'était comment ?

68 *Madonna del Pozzo* : Madone du Puits.

— Je suis descendu dans le puits avec mon oncle pour voir le cadre de la Madone. J'ai vu l'endroit où autrefois un prêtre l'a découvert, en cherchant à comprendre comment l'eau qu'il y avait puisée l'avait guéri. On a dû attendre notre tour pour pénétrer dans l'excavation. Beaucoup de monde s'y pressait. Puis on a mangé sur l'esplanade voisine, de l'agneau grillé sur les braises, comme la plupart des gens en grand nombre qui se trouvaient là. C'était un peu la fête.

Nous nous retrouvons dans la rue de ma cousine Anna et à proximité de l'habitation de Maria. Sans hésiter, elle m'emmène dans l'écurie des mules du quartier. À l'intérieur, il fait chaud. L'air est saturé des odeurs d'animaux et surtout de crottin. Maria ne semble pas incommodée. Elle a l'habitude. Nous nous asseyons sur le haut d'un tas de gerbes de paille. Toute proche de moi, elle me dit :
— Parle-moi de ton pays.

Je lui décris alors les collines, les forêts, les rivières, les pâturages, les vaches, les champs de blé, les vergers de pommes, de mirabelles et de prunes, mais aussi les usines, les lueurs, les poussières, les sirènes qui rythment la vie des milliers d'ouvriers. Elle me regarde intensément et m'écoute lui conter un aperçu de la Lorraine.
— J'aimerais aller là-bas avec toi. Tu veux bien venir me chercher quand tu seras plus grand ?
— Si tu veux.
— Non, pas comme ça. Promets-moi de revenir me chercher. Jure-le.
— Je te le promets. Je reviendrai pour toi. Croix de bois, croix de fer, si je mens, je vais en enfer.

Tout en prononçant ces paroles, je lève la main droite et je crache vers le sol, à la grande surprise de Maria.
— Mais qu'est-ce que tu fais et qu'est-ce que tu dis ?

Je lui explique que l'on pratique de la sorte en France et que mes mots et mon geste donnent de la force à mon engagement. Elle me remercie tout en m'honorant d'un magnifique sourire de ses dents blanches et brillantes, contrastant avec la peau sombre de son visage. S'avançant un peu plus vers moi, elle m'annonce :
— Je vais t'offrir un cadeau. Ferme les yeux.

Je m'exécute. Je sens aussitôt sa main derrière ma nuque exercer une légère pression. Je me retrouve tout près de son visage. Je ne le vois pas, mais je le devine par le rapprochement de son souffle. Soudain, pendant un court instant, j'ai la sensation d'un contact chaud et légèrement humide contre ma bouche. Je suis surpris, mais je ne bouge pas, de peur d'y mettre fin. Ce sont ses lèvres contre les miennes. Je le sais, les grands s'embrassent comme ça. Je l'ai vu au cinéma. Quelques secondes d'une intensité que je ne connais pas. Puis elle s'écarte en m'invitant à rouvrir les yeux. Elle pose ses mains bronzées sur les miennes à peine halées et me déclare :

— Tu es le premier garçon à qui je donne un baiser. Tu as promis de revenir me chercher. Alors moi, je te promets de t'attendre. Tu seras mon Tony.

Dans un dernier élan affectueux, elle m'enlace, me plaque un bisou sur la joue et se sauve en courant. Je demeure un long moment sur place, immobile, interloqué. L'atmosphère chargée de l'écurie me rappelle bientôt à la réalité. Je sors à la lumière et me dirige vers la maison d'Anna.

Ce matin-là, *zio* Michele a tenu à se raser et à s'habiller de ses vêtements du dimanche, costume gris à rayures, chemise claire et cravate bigarrée à prédominance amarante. Pour moi aussi, la mise s'impose impeccable, culotte courte bleu marine, chemisette bleu ciel, socquettes propres et sandalettes brossées. Nous rencontrons aujourd'hui la *signora* Emma Di Carolis. En milieu de matinée, nous nous présentons au portail de la villa, *piazza* Mentana. Mon oncle actionne la cloche et une dame en petit tablier blanc, sans marquer d'hésitation, manifestement informée de notre visite, vient nous ouvrir et nous introduit aussitôt auprès de la *signora* Emma. Elle nous reçoit seule dans un grand salon, plein de lumière pénétrant par deux larges portes-fenêtres donnant sur le jardin. Don Luigi, son époux, est décédé l'hiver précédent, emporté par une pneumonie à soixante-huit ans. Assise dans un fauteuil de cuir marron, elle gratifie mon oncle d'un chaleureux bonjour et nous invite à nous asseoir face à elle, en désignant de la main les deux chaises que l'employée de maison a avancées. Ses vêtements foncés me paraissent stricts. Elle doit sûrement porter encore le deuil. Elle

tourne son regard vers moi, m'examine de haut en bas, m'accorde un léger sourire et me dit :
— C'est donc toi, le petit Tony qui veut me connaître.
— Si *Signora*.

Mon oncle m'a recommandé politesse et déférence.
— Comment trouves-tu la Puglia ?
— La Puglia est belle. J'aime cette région et j'aime les gens d'ici.
— Alors tu vas rester à Corato avec ton oncle ?
— Non, j'aime beaucoup ce pays, mais je vis en France avec ma famille.

Nous sommes interrompus par l'entrée de la dame au tablier blanc qui avance un guéridon près de nous et y dépose un plateau avec deux verres de limonade. La *signora* nous invite à boire et m'interpelle à nouveau :
— Je suppose que tu as des questions à me poser à propos de Nicolete.
— Si *Signora*, j'aimerais que vous me racontiez sa vie avec vous.
— Je veux bien. Je n'ai plus grand-chose à m'occuper, maintenant. Je peux te consacrer un moment. Ton oncle t'a déjà certainement expliqué que Nicolete a été à notre service. Si je me souviens bien, de 1921 à 1939. Elle avait huit ans quand son père l'a amenée et elle nous a quittés à vingt-six ans. Quand je dis à notre service, il faut que je précise, au service de notre fille Luciana, atteinte de trisomie. Je ne devrais même pas du tout utiliser cette expression « au service », plus vraiment d'usage de nos jours. Il est vrai qu'au début, elle l'a été, et souvent, elle a participé aux tâches ménagères. Mais Luciana grandissant sans progresser et son état requérant de plus en plus de temps et d'attention, elle a dû s'y consacrer totalement. Elle l'a fait avec beaucoup de patience, de dévouement, de générosité et de compassion. De mon côté, j'ai complété son éducation scolaire en améliorant sa pratique de la lecture, de l'écriture et du calcul. Je lui ai inculqué les bonnes manières. Je lui ai enseigné la cuisine et appris à tenir un foyer. J'ai aussi veillé à élever son esprit en l'amenant progressivement à la culture, à l'art et notamment au chant lyrique. Nous lui avons permis d'écouter de la musique classique et souvent nous l'avons emmenée au concert ou à l'opéra. Elle a occupé une place particulière dans notre maison. Je l'ai beaucoup appréciée, je

crois même pouvoir dire aimée. Progressivement, pour moi, elle est devenue un peu comme ma fille.
— Pourquoi est-elle partie ?
— Pour se marier pardi ! Luciana nous a quittés au mois de mars 1938. Elle s'est éteinte brutalement d'un problème cardiaque. Nicolete en a souffert énormément. Elle avait beaucoup de sentiments pour Luciana et la petite lui témoignait aussi, à sa manière bien sûr, beaucoup de sympathie. Quelque temps après le décès, nous avons convenu, Nicolete et moi, qu'il fallait qu'elle s'en aille, se marie, fonde une famille et qu'elle vive sa vie.
— Et ses parents, et ses sœurs ?
— Du fait de son placement ici, elle a eu peu de contacts avec sa famille, hormis son frère Michele, avec lequel elle a entretenu une correspondance régulière, excepté pendant la guerre. De toute façon, nous n'y étions pas favorables et elle n'en avait guère le temps. Au fil des années, un écart s'est creusé entre elle et eux et il valait mieux qu'il en soit ainsi. Je sais que le malheur a frappé plusieurs fois. Ton oncle t'en a peut-être déjà parlé, en tout cas, il pourra confirmer.
En février 1935, il me semble bien que c'était à cette époque, ma mémoire ne me fait pas défaut, pas encore, le père, Peppino-u-rosso, occupé à tailler un olivier plusieurs fois centenaire, a malencontreusement chuté de l'arbre et sa tête a heurté une pierre. Le choc lui a fait perdre connaissance. Il ne s'est pas rétabli et la mort l'a emporté quelques jours plus tard. Un an après, ce fut au tour de sa jeune sœur Philomena. Une épidémie de typhus a sévi alors dans la région et, bien sûr, elle a frappé les couches sociales les plus démunies, porteuses de poux, vecteurs de cette terrible maladie. Elle a souffert plusieurs jours d'une forte fièvre et le médecin, sans remède efficace en ces temps-là, n'a pu entreprendre une quelconque thérapie pour la sauver. À cette époque, nous résidions à Taranto et Nicolete a appris ces tristes nouvelles bien tardivement. Elle n'a pu assister aux funérailles, ni de son père ni de sa sœur Philomena. Sa sœur cadette Rosa a été victime d'un accident. Alors qu'elle cheminait dans la rue, une pierre, venue d'on ne sait où, l'a frappée à la cheville droite. Il n'a jamais été possible d'identifier le coupable. La blessure infectée et mal soignée a entraîné une déformation de l'articulation, provoquant une légère claudication. Elle a gardé cette

infirmité *ad vitam aeternam*. Elle a quand même épousé le *stagnaro*[69] ambulant de Bitonto, Antonio Petrone. Il effectuait régulièrement une tournée à Corato et dans les autres villes et villages du secteur et, à plusieurs reprises, avait manifesté de l'intérêt pour elle.

Sa sœur aînée, Vincenza, a fini par se marier avec son prétendant, Savino Lasorsa. Le couple s'est installé avec la mère devenue veuve et a conservé la maison après le décès de celle-ci. Nicolete m'a toujours témoigné du respect et de l'affection. Elle a maintenu en permanence le contact avec moi. Du temps où elle demeurait à Corato, elle venait me voir par intermittence et, après son départ, elle m'a régulièrement écrit. Je crois pouvoir dire qu'elle a eu une vie mouvementée et qu'elle n'a guère goûté au bonheur. Voilà ! Je pense que ton oncle pourra te raconter la suite sans difficulté.
— Merci *Signora*.

Je réalise qu'elle entend mettre fin à cet entretien. Peut-être est-elle fatiguée. *Zio* Michele se lève et je l'imite. Nous inclinons légèrement la tête tout en prononçant un *arrivederci*[70] *Signora* et nous nous retirons, accompagnés par la dame au tablier blanc qui nous emboîte le pas jusqu'au portail. Une fois à l'extérieur, mon oncle m'explique qu'il ne fallait pas attendre davantage de la *signora* et s'engage à me conter la suite au cours de la prochaine escapade.

J'aurai peu à attendre. Le surlendemain, nous prenons le train régional pour Bari. Nous visitons la basilique Saint-Nicolas, parangon de l'architecture romane apulienne, qui abrite les reliques du saint éponyme, protecteur de la ville et des enfants, réceptacle de la ferveur religieuse des habitants et des prières des jeunes femmes en attente d'un mari. Nous parcourrons le centre historique et ses dédales de ruelles étroites et tortueuses, remarquables par la blancheur des constructions en tuffeau. Les grandes avenues de la ville plus récente nous dévoilent de longs alignements de *palazzi*[71] fastueux, aux ouvertures encadrées de pilastres et aux balcons richement décorés d'atlantes ou de cariatides. Au détour de l'une d'elles,

69 *Stagnaro* : soudeur, étameur, qui à l'époque travaille le zinc et le cuivre.

70 *Arrivederci* : au revoir.

71 *Palazzi* : immeubles cossus.

je découvre en m'extasiant la façade imposante du théâtre-opéra Petruzelli, ses murs rouges et son pinacle statuaire, coiffé de lions ailés défendant une version atypique des Trois Grâces. À peu de distance, nous nous arrêtons pour admirer le splendide musée-théâtre Margherita, comme posé sur l'eau, ses murs ocrés et ses deux tours chapeautées de lanternons, mélange surprenant de style baroque et d'Art nouveau.

Nous déjeunons de moules, palourdes et autres coquillages consommés crus, directement à l'étal des pêcheurs, dans l'espace communal André La Lanza, aménagé à cet effet. L'après-midi, nous arpentons nonchalamment la promenade du bord de mer et, lorsque nous parvenons à la rotonde, mon oncle me propose de nous asseoir et de reprendre le fil de son histoire. Nous choisissons un banc face à l'Adriatique et nous nous y installons commodément pour revivre ses souvenirs.

Chapitre V

CORATO, 20 juin 1938

Depuis le début de la matinée, les journalistes sportifs de la station Rai Radio 1 s'époumonent à couvrir d'éloges la *Squadra azzura*[72]. La veille, l'équipe nationale a remporté pour la seconde fois la coupe du monde de football qu'elle détenait depuis 1934. Et cette fois-ci, excusez du peu, elle l'a gagnée à Paris. Elle a disputé la finale contre la Hongrie battue quatre à deux. La France, pays organisateur, n'a pas brillé dans cette compétition, l'Allemagne non plus. Les commentaires sur la supériorité fasciste et la pureté de la race italienne vont bon train, alors que le pouvoir s'apprête à faire promulguer par le roi Vittorio Emanuele III des lois raciales à visées essentiellement antisémites. Dans l'atelier de Don Marzanno, occupé à préparer ses teintes, Domenico entend la radio d'une oreille distraite. Il ne prête pas véritablement attention aux propos des commentateurs manifestement inféodés au pouvoir. Il a côtoyé des nationalistes, des irrédentistes, des centristes, des socialistes, des communistes, sans jamais se laisser embrigader. Lui veut rester libre et n'entend pas se soumettre à une quelconque idéologie. Pour l'heure, une autre préoccupation l'anime : gagner de l'argent, en prévision de son installation personnelle et professionnelle. Le patron le tire de ses pensées :

---

72 *Squadra azzura* : équipe nationale italienne de football, de la couleur bleue des maillots.

— Domenico, tu dois te rendre piazza Mentana, à la villa des Di Carolis, le banquier. Ils veulent un faux marbre en soubassement dans la montée d'escalier. Tu vas sur place tout de suite, ils t'attendent. Vois ce qu'ils veulent exactement, réalise le métré, prévois le matériel nécessaire et évalue le nombre d'heures requises. Ne parle pas de prix. Dis que je passerai les voir.
— Entendu patron, comme d'habitude. J'y vais.

Domenico sifflote. Il ne sait pas pourquoi. Dès le réveil, il s'est senti de bonne humeur. La journée s'annonce agréable. Pas impressionné par la qualité du client, sûr de son savoir-faire, il se rend chez les Di Carolis. Don Luigi le reçoit. Dans l'entrée, il désigne l'escalier de pierres qui conduit à l'étage en expliquant qu'il souhaite donner du caractère à cette montée, déjà dotée d'une belle rambarde en fer forgé présentant un entrelacement de volutes agrémentées de feuilles de vigne et de grappes de raisin stylisées. Il voudrait habiller le mur à hauteur d'homme avec un apprêt en trompe-l'œil, imitant le marbre blanc. Domenico approuve et conseille d'y ajouter un léger veinage composé de filets colorés, beige, ocre, terracotta ou terre de Sienne. Don Luigi demande à voir les différents tons. Il consulte son épouse qui les rejoint un bref instant et opte pour l'ocre. Domenico inspecte le mur, prend les mesures, explique comment il va procéder, prévient qu'il lui faudra protéger les marches et interdire l'accès pendant la journée. Ils conviennent d'entamer les travaux au plus vite et s'accordent pour le lundi suivant. Sur le point de quitter les lieux, Domenico voit passer une jeune femme qu'il salue poliment. Celle-ci répond aimablement à son salut sans lui prêter plus d'attention. Don Luigi s'adresse à elle :
— Nicolete, c'est l'ouvrier qui va intervenir pour l'escalier. Ne sois pas surprise de le voir dans la maison à partir de lundi prochain.
— C'est entendu.

Domenico prend congé. Une fois dehors, il doit se ressaisir, constatant qu'il a été troublé. En lui-même, il pense :
— Quelle femme ! Ce n'est pas une bambola[73], mais quelle classe ! Ce doit être leur fille.

---

73 *Bambola* : poupée.

De retour à l'atelier, il en parle à Don Marzanno.
— J'ai vu une jeune femme, chez les Di Carolis. Apparemment, elle s'appelle Nicolete. C'est leur fille ?
— Domenico, tu ne me parles même pas des travaux. Calme-toi. Explique-moi d'abord ce qu'il y a à faire et, après, on verra.
— C'est bon, j'ai vu le chantier. On a tout le matériel. Je me suis mis d'accord avec le *signore* Di Carolis. Je commence lundi prochain. Alors, la jeune femme, qui est-ce ?
— Les Di Carolis ont deux filles. Elles ont déjà quitté la demeure des parents et vivent en Lombardie. Nicolete est une employée, à leur service depuis très longtemps. Elle a commencé toute gamine. Elle s'occupait de leur dernière fille, une pauvre fillette mongolienne qui est décédée en début d'année. Elle appartient aux Olivieri de la rue Orsini. Des gens du peuple qui ont connu beaucoup de malheurs. Elle a pris de la distance avec les siens. Ses patrons l'apprécient. Pourquoi, elle t'intéresse ?
— On verra.

Le soir même, encore tout excité, il parle de sa rencontre à Giacinto qui, tout en lissant sa moustache, sourit aux paroles de son neveu.
— Mais ma parole, Minguccio, tu es amoureux !
— Fra, ne te moque pas de moi. J'ai vu cette jeune femme et elle m'a plu tout de suite. C'est vrai. Mais c'est tout. Je la reverrai certainement la semaine prochaine. J'essaierai de faire sa connaissance.
— Bon, ne t'emballe pas. Parle avec elle et essaie d'en savoir un peu plus sur sa personnalité. De mon côté, je tâcherai d'avoir des renseignements sur la famille.

Zia Assunta s'en mêle :
— Tu es un beau jeune homme. Tu as de l'argent. Ton oncle est le régisseur de Don Coriliano. Tu peux prétendre à une jeune fille de bonne famille. Ne te précipite pas sur la première venue. Je vais me renseigner sur elle, moi aussi.
— *Zia*, ne t'en fais pas. Je suis maintenant assez grand pour décider seul.

Le jour prévu, dès sept heures, juché sur son vélo, un escabeau de bois posé sur l'épaule, le ballot de chiffons et les bidons fixés au porte-bagages, les outils dans une caisse amarrée au guidon, Domenico arbore un large sourire lorsqu'il se présente à la villa des

Di Carolis. La femme de ménage lui ouvre le portail et le mène dans l'entrée de la villa, au bas de l'escalier où il doit intervenir. Il couvre aussitôt les marches et commence l'ouvrage en attaquant par le lessivage du mur puis le rebouchage des fissures. Vers onze heures, il s'accorde une pause. Il s'installe côté jardin, à l'arrière de la villa, et dévore le casse-croûte que lui a préparé, avec une tendresse toute maternelle, sa tante Assunta. Elle le chouchoute, son *Minguccio*. Depuis longtemps, elle l'a assimilé à ses propres enfants, ses trois filles – Lucrezia, Biagina, Giuseppina – et son garçon, Tony, le petit dernier. Elle les aime également tous les cinq. Aucune jalousie n'est apparue, Giacinto ne l'aurait pas toléré. Pour la fratrie, Domenico est le frère aîné.

Il profite un instant du soleil, avale une dernière lampée de café froid coupé d'eau, puis retourne au labeur. Sa bonne humeur naturelle accuse un petit fléchissement. Au cours de la matinée, à plusieurs reprises, il a entendu dans son dos le bruit caractéristique de talons féminins frappant le dallage et il s'est retourné avec un sourire béat. Mais par deux fois, c'était la *signora* Di Carolis qu'il a saluée de loin avec beaucoup de déférence. La troisième fois, il s'agissait de la servante. Il n'a pas vu Nicolete de la journée et il n'ose pas poser de questions. Il poursuit son travail, termine la journée, gagné par l'amertume. Le soir, il se confie à son oncle et lui fait part de sa déception. Dissimulant un sourire dans sa moustache, celui-ci le console en lui assurant qu'il la reverra certainement le lendemain.

Le mardi matin, Domenico retourne *piazza* Mentana. À peine entre-t-il qu'il aperçoit Nicolete. Il a pensé à elle une bonne partie de la nuit et ne s'attendait pas à la revoir dès l'entrée. Confus, intimidé, il baragouine presque en bégayant :
— Buongiorno *Signorina*.

Elle répond à son salut, tout en percevant son embarras. Elle y lit de la timidité. Cela ne lui déplaît pas. Elle a horreur des effrontés et des sans-gêne, tant chez les hommes que chez les femmes. Elle lui rend son bonjour sur un ton amène et esquisse un sourire. Il n'en faut pas plus à Domenico. L'amabilité de son interlocutrice provoque en lui un élan de gaieté et il recouvre aussitôt son assurance et sa vivacité d'esprit.

— Je ne vous ai pas vue, hier ?

Un peu surprise par la question, elle lui répond tout de même qu'elle a passé la journée à Bitonto où elle a visité sa sœur Rosa qui venait d'accoucher d'un petit garçon. Domenico s'enhardit à lui demander l'état de santé de sa sœur et de l'enfant. Elle lui répond qu'ils vont bien tous deux. L'arrivée de la *signora* Emma met fin à l'échange courtois. Nicolete se retire. Domenico sort ses couteaux à enduire et commence à étaler sa préparation sur le mur.

Le restant de la semaine, Nicolete et Domenico se voient à plusieurs reprises de manière impromptue et, à chaque fois, échangent quelques mots. Elle apprécie son humeur joyeuse et son savoir-vivre. Lui, goûte son élégance, dans ses tenues vestimentaires bien sûr, dans son attitude, son comportement, sa façon d'agir également. Arrive le vendredi, dernier jour sur place. Domenico a déjà dessiné le veinage et là, il doit appliquer le glacis pour donner du brillant et fournir à l'ensemble une couche dure et protectrice. Il s'affaire à son travail et lisse uniformément le produit en croisant ses balayages horizontalement et verticalement. Il entend prouver sa compétence au maître de maison et surtout à Nicolete avec laquelle il veut à tout prix une dernière conversation pour tenter une invitation. Par la suite, il ne pourra pas se représenter à la villa sans motif valable, son patron revenant seul habituellement pour l'encaissement. Alors qu'il commence à ranger son matériel, ses vœux sont exaucés. Nicolete passe de nouveau au pied de l'escalier. Elle le félicite pour la qualité de son travail. Flatté de son compliment, il la remercie. Prenant son courage à deux mains, il lui avoue qu'il serait très heureux de la revoir. Avant qu'elle ne se ravise, il poursuit en lui proposant un *giro* du *stradone* le dimanche après-midi. Il sent qu'elle hésite et insiste en lui déclarant qu'il en serait très honoré. Elle accepte. Ils conviennent alors qu'ils se retrouveront vers seize heures devant la villa.

La journée du samedi s'avère très longue. Qualifier Domenico d'impatient serait réducteur, eu égard à son état d'excitation. Il en parle à son copain Carlo avec lequel il entretient une solide amitié depuis l'école primaire et surtout depuis l'école buissonnière. Ils se revoient régulièrement après le travail en semaine pour boire un verre. Ils ont mis fin aux sorties du week-end depuis que Carlo

fréquente sérieusement une jeune fille et que le mariage est programmé. La façon dont Domenico évoque Nicolete ne laisse aucun doute à son ami :
— Mon vieux, tu es foutu. Tu es amoureux !
— Tout comme toi !
— Si elle correspond réellement à la description flatteuse que tu m'en as faite, tu n'as pas à hésiter. Tâche de la conquérir et amène-la jusqu'à l'autel.
— Ne nous emballons pas. Je la verrai demain pour le premier rendez-vous.

Le dimanche matin, dès le lever, Domenico fait chauffer de l'eau et procède à un lavage corporel dans les règles. Giacinto l'a vu se frotter et il se moque un peu de lui :
— Fra, tu vas t'arracher la peau !

Puis passage chez le barbier-coiffeur. Rasage de près à la lame et retouche des cheveux. Il veut absolument soigner sa présentation et ne néglige rien. Il a décidé de mettre un costume bleu foncé à rayures et une chemise claire. Il a longuement ciré et brossé ses chaussures de ville. Elles brillent à faire pâlir d'envie un marbre portor. Depuis le déjeuner qu'il a simplement survolé – il n'a pas faim, d'après ce qu'il dit –, il marche de long en large dans la pièce principale au point d'énerver Assunta.
— Domenico, basta[74] ! Tu ne feras pas tourner plus vite les aiguilles de la montre. Assieds-toi, calme-toi, je vais te servir un café.

À quinze heures trente, il part vers la *piazza* Mentana. Dix minutes après, il s'arrête à distance du portail de la villa. Il ne veut pas se montrer et dévoiler son impatience. Il a juste pris un peu d'avance au cas où elle serait sortie plus tôt. Il n'imagine pas la faire attendre. Seize heures. Elle apparaît sur le perron et s'avance vers le portail. Elle porte une robe légère, bleu foncé à motif floral. Domenico s'approche. Elle note qu'il est bien habillé.
— Buongiorno *Signorina* Nicolete !
— Je vois que vous connaissez mon prénom, alors que moi, j'ignore le vôtre.

---

74 *Basta* : assez, ça suffit.

— C'est vrai, je ne me suis pas encore présenté à vous. Je m'appelle Domenico.

— Piacere[75] !

— Tout le plaisir est pour moi.

Côte à côte, sans toutefois se toucher, ils se dirigent lentement vers le *corso* Garibaldi où ils rejoignent un flot de promeneurs endimanchés. Ils se mêlent à la foule et poursuivent sur le *corso* Cavour. Prolongeant leur marche sur le *corso* Mazzini, ils réalisent à ce moment-là qu'ils ont déjà effectué un tour de *stradone*. Avides de se connaître un peu plus, pris dans leur discussion et surtout leurs questions respectives, ils n'ont pas considéré le chemin parcouru et involontairement ignoré les personnes déambulant dans le sens inverse. Sans doute ont-ils rencontré des connaissances qu'ils n'ont pas saluées.

— Tant pis, nous nous excuserons à notre prochain passage.

Domenico invoque ce prétexte pour l'inciter à continuer. Elle en sourit et ils repartent aussitôt pour un second *giro*. À hauteur de la *via* Duomo, il lui propose d'arpenter cette rue commerçante, qui partage en deux le centre-ville. Il sait y trouver un bon glacier.

— Je peux vous offrir une glace ?

Elle accepte en lui avouant sa gourmandise pour tout ce qui est glaces, sorbets ou granites. Ils ont évoqué leur passé, leurs occupations, leurs projets, et pourraient continuer. Ils viennent de découvrir tous deux qu'ils apprécient la compagnie de l'autre et ils ont tant de choses à se raconter. Mais plus de deux heures se sont écoulées et ils doivent se séparer. La *signora*, informée de la sortie, a invité Nicolete à revenir à une heure raisonnable. Il la raccom pagne. Ils se quittent en se serrant la main. Domenico a obtenu un nouveau rendez-vous pour le dimanche suivant. Il ne cache pas sa satisfaction et, le soir même, partage sa joie avec sa famille, Giacinto, Assunta et les enfants. Nicolete conte son après-midi à sa patronne et décrit Domenico comme un jeune homme avenant et correct. Elle précise qu'elle le reverra.

---

75 *Piacere* : enchanté, très heureux.

Plusieurs dimanches se succèdent avec à chaque fois le rituel de la promenade et l'arrêt chez le glacier. Ils sont heureux de se retrouver. Quelques mois plus tard et de nombreux tours de *stradone* après, entrecoupés d'une sortie à vélo à la campagne, d'une escapade en catimini à Trani pour goûter aux joies de la baignade et une autre à Bari pour profiter des plaisirs de la ville, ils constatent l'un et l'autre que leur relation a manifestement franchi une étape décisive. Enthousiaste, Domenico n'a aucun doute : c'est la femme de sa vie. Nicolete n'a pas complètement gommé les douloureux souvenirs de sa première déconvenue et hésite encore un peu. Elle a bien perçu le sentiment que Domenico éprouve à son égard, mais elle a besoin de se rassurer. Elle pense aussi qu'elle a déjà vingt-cinq ans et qu'à son âge, la plupart des jeunes filles sont sinon mamans, au moins mariées. Elle sait qu'elle ne peut se permettre d'attendre très longtemps et n'a pas du tout envie qu'on l'affuble du qualificatif de vieille fille. Enfin, elle n'oublie pas l'engagement pris auprès de la *signora* depuis la disparition de Luciana. Une nouvelle conversation avec sa patronne va emporter la décision.
— Il m'a l'air bien, cet homme. Il m'a fait bonne impression pendant qu'il travaillait ici. Tu sais, je ne suis pas aveugle, j'ai bien vu qu'il te regardait. J'ai apprécié sa retenue. J'ai cru comprendre qu'il avait un peu d'argent et qu'il voulait s'installer comme artisan. Il m'a l'air d'être travailleur, il devrait réussir. Toi, tu le trouves bien et tu me dis que tu l'estimes. Alors, ma fille, qu'est-ce que tu attends ?

Les paroles d'encouragement venant de la *signora* vont vaincre ses derniers atermoiements. Elle n'a d'ailleurs personne d'autre à qui se confier ou auprès de qui solliciter un avis. À présent elle s'estime prête. Elle sera très attentive à la prochaine allusion de Domenico à des fiançailles.

L'aigue-marine bleu ciel, enchâssée dans le chaton de sa bague en or jaune, capte un trait de lumière et renvoie une palette de rayons irisés. Nicolete admire le bijou à son doigt, le caresse délicatement et s'étonne elle-même de la vague de bonheur qui la submerge. Heureuse, enfin ! Elle n'a pas le temps de rêver. À nouveau, on lui demande de lever son verre. À son tour, Carlo porte un toast en l'honneur des fiancés. La dame-jeanne à la main, Giacinto refait un

tour de table pour remplir les verres de son vin blanc au caractère suave qui ravit les palais, fait pétiller les yeux et colore de rose les joues des dames. Assunta apporte un nouveau plat de lasagnes et, de son écumoire, prélève de belles portions qu'elle dépose dans l'assiette de chaque convive. Nicolete proteste, son assiette déborde. Elle n'a pas l'habitude de manger autant. Assunta la sermonne :
— Tu es maigre. Tu dois manger. Il faut que tu prennes des forces. Bientôt il te faudra tenir une maison et élever les enfants !

Domenico approuve et lui rappelle qu'ils ont annoncé leur mariage pour juillet prochain. Il ne reste que six mois. Elle a en effet dit oui. Oui aux fiançailles et oui au mariage. Les trésors d'attention, les petits cadeaux réitérés de Domenico l'ont profondément touchée. Elle a capitulé devant le dernier artifice. Un soir d'automne, alors qu'elle s'est retirée dans sa chambre, elle entend un chant et de la musique en provenance de l'extérieur. Intriguée, elle s'approche d'une fenêtre donnant sur la cour. Elle aperçoit alors, devant le portail de la villa, trois inconnus éclairés d'un lampion et portant guitare, flûte et tambourin. Les trois compères entonnent une chanson d'amour. Ils lui font signe de descendre. Elle s'avance vers eux. Ôtant leurs bérets, ils la saluent en s'inclinant et lui annoncent une sérénade offerte par Domenico qui la demande en mariage. L'émotion la gagne. Ils égrainent alors toutes les ritournelles du répertoire populaire : *Al di là – Piccolissima serenata – Aprite le finestre – La piu bella del monde – O paese del sole – Tango del mare – Vorei bacciarti*[76] – sans omettre : *O sole mio.* Puis le guitariste effleure les cordes de son instrument en plaquant quelques accords mélodieux. Alors Domenico sort de la pénombre, s'approche de Nicolete, et lui murmure :
— Dis-moi oui.

Nicolete n'a pas résisté.

Assunta a pris la direction des opérations. Elle tient à préserver les intérêts de son neveu. Par l'intermédiaire de Nicolete, elle sollicite une entrevue avec la *signora.* La question porte sur les apports

---

76 *Al di la* et autres titres : *Au-delà – Petite sérénade – Ouvrez les fenêtres – La plus belle du monde – Ô pays du soleil – Tango de la mer – Je voudrais t'embrasser.*

respectifs. Domenico dispose d'une somme rondelette. Autant sa grand-mère que son oncle ont épargné la pension qu'il a perçue au titre de pupille de la nation, depuis sa naissance et jusqu'à sa majorité. En prévision du mariage, il a acquis au comptant une petite maison au numéro 1 de la rue Cuoco. La rue lui rappelle une soirée particulière où l'avait conduit son oncle, mais bouche cousue. Ils ont cherché, avec Giacinto et avec ses amis, mais n'ont pas trouvé d'autre logement à vendre. Pour l'heure, il a nettoyé les deux pièces et le petit réduit, reblanchi les murs et s'affaire à meubler le logis. Nicolete ne le découvrira que la nuit de noces. Auprès d'un tailleur, le futur marié a fait confectionner sept complets, pour lesquels il a acquis sept chemises et sept paires de chaussures. *Zia* Assunta exige donc que la future mariée dispose également d'une garde-robe de sept tenues différentes avec escarpins assortis et qu'elle apporte dans la corbeille tout le blanc, draps, couvertures, nappes, serviettes, etc., en sept exemplaires également, et en plus, le matelas du lit matrimonial. La discussion s'avère un peu âpre. La *signora* n'entend pas se prêter à un marchandage indigne de sa condition. Elle accepte tout. Une fois Assunta retirée, elle se confie à Nicolete :

— Dis donc, elle est coriace. Sois prudente avec elle, à l'avenir. Pas commode, la dame, une vraie maréchale. Avec sa moustache naissante, ce surnom lui sied comme un gant.

— *Signora*, vous pouvez prélever sur mon pécule pour acheter le trousseau.

— Pas question. Le pécule t'appartient. C'est la rétribution de ton travail et tu en auras certainement besoin dans l'avenir. Dieu seul sait ce qui nous attend. En ce moment, j'entends des nouvelles inquiétantes à la radio. Je n'aime pas ce qui se trame entre le Duce et le Führer. Donc, garde tes économies pour l'avenir. Pour le reste, à présent, tu es un peu comme notre fille et nous nous comportons un peu comme tes parents.

Aujourd'hui, samedi 29 juillet 1939, en fin de matinée, les cloches de l'église San Domenico sonnent à la volée. Les mariés sortent de la nef et s'arrêtent un instant sur le parvis, le temps de quelques félicitations et embrassades. Nicolete porte une robe blanche en taffetas, longue, laissant à peine apercevoir la pointe de ses souliers blancs. Un voile de mousseline fixé à sa coiffure par un diadème garni de fleurs d'oranger traîne jusque sur le sol. Elle tient un bouquet de roses blanches entourées de quelques lisianthus et freesias blancs. Domenico a une posture de conquérant, fier de tenir le bras de son épouse. Il se sent beau avec sa chemise blanche, sa cravate gris clair, sa longue veste sombre, son pantalon gris rayé de noir et ses gants blancs. À côté de lui se tiennent son ami Carlo et sa femme, témoins pour cette cérémonie. Giacinto, Assunta et les enfants ne sont pas loin. Don Marzanno a accepté avec plaisir l'invitation de son premier ouvrier.

Du côté de Nicolete, il n'y a que sa sœur Rosa et son mari Tonino. Son autre sœur Vincenza lui a expliqué qu'elle n'était pas en mesure de supporter des frais d'habillement, ni de faire un cadeau. Son mari n'a pas beaucoup de journées de travail en cette période. De plus, elle est enceinte de six mois, sa grossesse est difficile, elle ne se sent pas capable d'affronter la fête et le monde. Nicolete l'a excusée, évidemment. Famille et amis se rendent à la salle où les attend le traiteur. Domenico n'a pas lésiné sur la dépense. Il a aussi prévu un petit orchestre pour faire danser la mariée et ses invités. Grand seigneur, il ne supporte pas la mesquinerie et applique le dicton populaire :
— Bagnato per bagnato, mi piscio nelle mutande[77].

Après les mises en bouche – mortadelle et jambon cru accompagnés de *focaccia*, aubergines, courgettes et poivrons grillés à l'huile d'olive –, arrive le premier plat – les gnocchis à la sauce tomate –, puis le second : les roulades de bœuf avec des boulettes de riz. Avant les pâtisseries, Nicolete voit servir des coupes de granite au citron. Elle regarde Domenico avec tendresse, il a offert un excellent repas, sans rien oublier. Plusieurs heures à table et les danses successives ont éreinté tout le monde. La fête se termine. Les jeunes mariés se retirent. Un cabriolet, affrété chez un voiturier proche de la salle, les conduit *via* Cuoco. Nicolete découvre la maison. Chevalier servant jusqu'au bout, Domenico la prend dans ses bras pour entrer.

---

77 *Bagnato per bagnato, mi piscio nelle mutande* : Mouillé pour mouillé, je me pisse dans la culotte.

Certes, ce n'est pas la villa de la *piazza* Mentana, mais, ici, elle est chez elle. Elle n'a plus qu'à se laisser aller à sa nuit de noces.

Le lendemain matin, Nicolete s'attend à une visite impromptue de la part d'Assunta. Mais la matinée s'écoule sans que personne vienne. Surprise, elle interroge Domenico.
— Je ne voulais pas de cette coutume que je juge idiote. Je n'ai rien à prouver et toi non plus. Aussi, j'ai demandé à Giacinto de parler à ma tante et de lui demander de s'abstenir. Je crois que c'est chose faite.

La seconde quinzaine d'août s'achève. Les processions et les festivités pour honorer le saint patron de la ville, San Cataldo, se terminent également. Un matin, dès le lever, Nicolete se plaint de douleurs violentes au bas-ventre. Elle décide de consulter un médecin. Celui-ci l'examine et diagnostique une irritation sévère et un début d'infection. Il recommande au mari de calmer ses ardeurs pendant quelque temps et prescrit des lavements pour elle. À l'issue de la consultation, ils passent chez Giacinto. Il travaille à la campagne. Assunta les reçoit et leur propose un café. Domenico lui raconte le problème et le passage chez le médecin. Elle réagit vivement et surprend Nicolete, à qui elle s'adresse sur un ton plutôt réprobateur :
— À peine mariée, et déjà tu es allée « ouvrir le livre » devant un inconnu !

Décidément, la *signora* avait raison. Elle n'est pas commode, la maréchale. Son affection pour son neveu lui semble quelque peu envahissante. Quelques mois plus tard, tout rentre dans l'ordre, l'incident oublié. Cette fois-ci, le couple apporte une bonne nouvelle à *zia* Assunta : un heureux événement se profile pour septembre. Elle saute au cou de Domenico et embrasse chaleureusement Nicolete en répétant :
— Brava, brava ! Giacinto sera content.

Manifestement, Nicolete est remontée dans son estime. Tout s'annonce bien. Domenico a enchaîné les chantiers durant les premiers mois de cette année 1940. Mais depuis début avril, plus rien. Don Marzanno s'inquiète. Il a entendu des bruits de guerre entre la

France et l'Allemagne et se demande ce que va décider le *Duce*. Il s'en ouvre à Domenico :

— Comment veux-tu que les gens fassent repeindre leur maison ou leurs meubles avec un risque de guerre ? Il y a trop d'incertitude. Tu vas rester chez toi en attendant que les affaires reprennent. Dès qu'il y a quelque chose, je te fais signe.

Ce repos forcé contrarie Domenico qui s'apprêtait à s'installer à son compte. Mais, à présent, il estime la situation peu opportune. Il n'a pas le choix, il doit reporter sa décision. Il traîne un peu dans les cafés avec l'espoir de dénicher au moins un mur à chauler. Rien. Il en parle à son copain Carlo qui lui annonce avoir vu une affiche sur la façade de la mairie, à propos de travaux sur *l'acquedotto pugliese*[78]. Il s'y rend aussitôt, lit succinctement le placard, entre et interroge le factotum somnolant sur sa chaise dans le hall. Il s'agit bien de la Compagnie assurant la distribution d'eau potable dans toutes les Pouilles. Elle recherche de la main-d'œuvre pour une opération de nettoyage de l'aqueduc, entre Foggia et Gioa del Colle. L'employé lui précise qu'un ramassage par camion aura lieu le lundi matin, à cinq heures, devant la gare ferroviaire. Il ne perd pas un instant. Il rentre chez lui et prévient Nicolete. Elle n'apprécie pas trop qu'il s'en aille, mais elle n'aime pas non plus le voir tourner comme un félin en cage. De plus, gagner quelque argent profitera au ménage. Elle se résout à le laisser partir.

À quatre heures trente, il parvient devant la station où attendent déjà quelques personnes munies de musettes en toile. À l'heure prévue, un bruit de moteur pétaradant se fait entendre. Un camion s'arrête à hauteur du groupe. Un homme descend de la cabine. Sur un carnet, il note aussitôt les noms et prénoms de chacun d'eux et les invite à monter dans la caisse bâchée où ont déjà pris place, sur des bancs, d'autres ouvriers récupérés plus tôt. Ils s'aident entre eux en se passant les sacs. Les nouveaux arrivants grimpent et s'installent au mieux pour le voyage. Après une heure de route en direction de Foggia, le véhicule quitte la nationale et roule sur un petit chemin. Quelques minutes et quelques grosses secousses plus

78 *Acquedotto pugliese* : aqueduc des Pouilles.

tard, il parvient au pied de l'aqueduc en pierres dont la hauteur amène des sifflements admiratifs de la part des arrivants. Le contremaître ne leur laisse pas le temps de s'ébahir. Reprenant la liste du chauffeur, il procède à un appel, forme illico deux groupes de six et place à leur tête deux chefs d'équipe. En termes comptés, il explique qu'ils devront accéder au canal couvert situé dans la partie supérieure de l'ouvrage, au-dessus des arcades, s'y introduire par les trous d'homme et évacuer tous les décombres, terre, cailloux, branches, que l'eau a déposés. Pour cela, ils disposent de seaux, de pelles, de pioches et de balais de cantonnier. Les deux équipes travailleront en sens opposés, à partir du milieu du tronçon prévu, une en descente, l'autre en montée, de manière à boucler la section retenue en fin de journée. Il précise que la Compagnie fournit le gîte et le couvert et qu'ils seront rémunérés à la semaine à raison de quinze lires par jour. Personne ne réagit. Le contremaître en profite pour démarrer la journée sans perdre de temps :
— Au travail, au travail !

Le labeur s'avère rude. Le plafond bas contraint à travailler dos courbé. La largeur limitée du canal réduit l'amplitude des gestes et freine les progressions. Le manque de clarté, le faible courant d'air et la chaleur qui monte au fil des heures compliquent la tâche. De l'eau persiste au fond du conduit et trempe les chaussures, les chaussettes et le bas des pantalons. Du coup, certains ont enlevé leurs souliers qu'ils ont accrochés autour de leur cou à l'aide des lacets, et à l'intérieur y ont placé leurs chaussettes. Le bas du pantalon relevé jusqu'aux genoux, ils travaillent pieds nus. Domenico les a imités. Il a hérité d'une pelle et il remplit les seaux, qu'un compagnon emporte jusqu'au trou d'homme, par où ils ont pénétré. Là, un autre le vide au bas de la construction. Ils ne se connaissent pas entre eux. Au bout de quelques heures, les langues se délient et les questions fusent :
— Tu viens d'où ? – Tu es marié ? – Tu as des enfants ? – Tu as déjà fait ça ?

Plusieurs s'inquiètent d'un retour inopiné de l'eau. Le chef d'équipe les a entendus et les rassure en leur disant que l'adduction est dérivée et que seul le contremaître peut ouvrir les vannes, le soir, pour provoquer un effet de chasse et rincer la portion nettoyée.

La première semaine touche à son terme. Les chefs d'équipe distribuent les salaires juste avant l'arrivée du camion pour le retour. Domenico parvient à Corato en soirée. Il embrasse Nicolete, s'inquiète de sa grossesse et puis, tout de suite, il étale sur la table les soixante-quinze lires gagnées.

— Tu vois ce que je te rapporte ? Tu pourras acheter ce dont tu as besoin pendant mon absence ; et en plus, regarde, je me suis arrêté chez l'épicier et je t'ai pris une mozzarella et du lait. Tu vas boire le lait et manger la mozzarella. Cela te fera du bien, à toi et au bébé. Je suis sûr que tu n'as pas dû manger grand-chose pendant la semaine. On va se rattraper samedi et dimanche. Je repars lundi matin. Je continue à l'aqueduc tant qu'ils me gardent.

— Domenico, j'ai pensé à toi tous les jours. J'imagine que le travail est très dur. Ce n'est pas ton métier. Es-tu obligé de repartir ? Tu sais, nous avons encore des économies. Nous pourrions nous arranger en faisant attention. Tiens, tu vois, par exemple, ce soir, je mange la mozzarella et je garde le lait pour demain.

— Non, tu fais comme j'ai dit !

Mais non. On fait comme je dis.

— Tu fais comme je dis ou je passe tout par la fenêtre !

— Ne t'énerve pas. Je vais tout consommer. Je ne te savais pas aussi nerveux !

— Ne m'en veux pas. Je suis fatigué. Et puis, Assunta pourra te le dire, lorsque j'étais petit, ma grand-mère m'a administré beaucoup de papagne[79] pour me faire dormir. Je confondais le jour et la nuit. La pauvre, elle était âgée, et à l'époque, les vieilles femmes pratiquaient ainsi. Je crois que l'absorption excessive de ce soporifique m'a rendu un peu irritable. Il est bon que tu le saches.

Elle a enregistré. Les premiers jours de juin s'accompagnent d'une vague de chaleur inédite. Les travaux de curage dans l'exiguïté du boyau deviennent éreintants. Domenico a attaqué sa troisième semaine. Certains de ses collègues ont abandonné. D'autres ont été recrutés. Il pense au retour, à sa femme, au gain, cela le renforce et lui permet de tenir. Le vendredi, en début d'après-midi, alors

79 *Papagne* : décoction de graines de pavot.

que son équipe avance lentement dans le chenal, il entend comme un bourdonnement qui s'amplifie et ressent un fort courant d'air. Il constate alors que le filet d'eau résiduel à ses pieds gonfle. Puis, brusquement, le courant s'intensifie et l'eau monte. Elle monte rapidement et lui arrive déjà aux genoux. La panique gagne. Tous se mettent à courir et crient :
— L'acqua ! L'acqua ! Aiuto ! Aiuto[80] !

C'est la bousculade, pour regagner les trous d'homme et s'extraire de ce piège. La course semble interminable. Les parois accrochent épaules et bras. Les têtes cognent la voûte. Le flot dépasse maintenant le ventre et la sensation froide accentue la perception du danger. Vite, il faut s'enfuir ! Des orifices de sortie, des mains pendent. Les hommes placés à l'extérieur ont compris et aident leurs collègues. Dès qu'ils saisissent une main, ils tirent vers le haut et sauvent les malheureux. Trempés, tremblants, écorchés, ils se regardent, hébétés, enfin à l'air libre. Il n'y a plus de cris. Les chefs d'équipe comptent leurs hommes. Pas un ne manque. Tous sains et saufs respirent. La peur laisse la place à la rage. Ils maudissent le contremaître et descendent de l'ouvrage, déterminés à lui faire un sort à son arrivée. Des couteaux sortent des poches, menaçants. Les chefs d'équipe calment leurs hommes, tentent de trouver une explication. Ils ne veulent pas de drame. C'est peut-être un employé de la Compagnie qui a anticipé l'ordre d'ouverture des vannes ou simplement un geste accidentel. Identifier le responsable paraît difficile.
— Reposez-vous ! C'est terminé pour aujourd'hui et pour la semaine. Attendez le camion et, pendant ce temps-là, nous allons vous remettre votre solde.

Le poids des pièces dans les poches ramène un tant soit peu le calme, mais l'accident a marqué les esprits. Domenico se dit qu'il a échappé à la mort de justesse et craint que cela ne se reproduise, avec moins de chance. Dorénavant, il se méfiera de l'eau. Il décide de laisser passer les deux jours de repos avant de prendre la décision de revenir ou non.

---

80 *L'acqua* ! *L'acqua* ! *Aiuto* ! *Aiuto* ! : L'eau ! L'eau ! Au secours ! Au secours !

Nicolete a pris de l'embonpoint. Elle a attaqué le cinquième mois de sa grossesse. Comme le lui assure Assunta, ce sera un garçon. Forcément, le ventre pointe vers l'avant. Heureux de se retrouver, les jeunes époux se tiennent les mains et se racontent mutuellement la semaine écoulée. Domenico relate ses péripéties dans l'aqueduc, avec moult détails. Nicolete s'alarme.
— Tu te rends compte, tu aurais pu mourir et me laisser toute seule avec notre enfant. Tu n'y vas plus. C'est trop dangereux !
— Je vais y réfléchir. Nous en reparlerons demain soir.

Plus tard, après le souper, Nicolete l'interpelle sur les rumeurs de guerre. Elle lui demande s'il a appris quelque chose pendant la semaine sur le chantier. La réponse négative l'incite à poursuivre. Elle lui dit avoir vu des affiches appelant à la mobilisation, à plusieurs endroits sur le *stradone*, et entendu des appels par haut-parleur, depuis une voiture, qui a circulé plusieurs jours de suite, en appelant les hommes de dix-neuf à trente ans à se faire recenser à la caserne des carabiniers.
— Ils peuvent toujours m'attendre.
— Qu'est-ce que tu dis ?
— Je dis qu'ils aillent se faire voir. Tu ne crois pas que je vais m'enrôler ? Ils peuvent toujours m'attendre.
— Moi, je ne veux pas que tu partes à la guerre. Sûrement pas.
— Écoute-moi bien. Mon père a été mobilisé en 1915 alors que ma mère était enceinte de moi. Il n'est jamais revenu. Il n'a pas connu son fils ; et moi, j'ai été privé de père. Là, nous venons de nous marier, tu es enceinte, et moi, je devrais te quitter et reproduire le même scénario. Je te jure qu'il n'en est pas question. Qu'ils viennent me chercher. Je ne partirai pas. Le devoir, la patrie, ce sont des mots que je ne connais pas. Personne ne me les a appris. Un héros ! Je ne veux pas devenir un héros. Tu vois sur ma tombe « Ici repose un héros » ? Je ne veux pas mourir comme mon père, mort au champ d'honneur pour la gloire de la patrie. Qui se soucie de lui aujourd'hui ? J'ai peur ? Oui, j'ai peur, des balles, des bombes, des éclats, j'ai peur du sang et de la boue des combats, j'ai peur que mon fils ne me connaisse pas. Le Duce, il veut nous envoyer à l'abattoir comme des bestiaux. Pas question. Je serai déserteur. Je m'en fiche. À chacun son honneur. Je veux vivre. Je veux

prendre mon enfant dans les bras et pas seulement l'entrevoir depuis l'au-delà. Je me moque de la guerre. Un mort de moins n'en changera pas le résultat. Je m'enfuirai. Je me cacherai. Ils ne me retrouveront pas. Je suis prêt à tout affronter. Rien n'y fera. Je ne partirai pas. Dès d'aujourd'hui, je me mets au ban de la société, je deviens un hors-la-loi.

— Mon Domenico, je suis avec toi.

— Je te préviens, ce sera dur. Même certainement très dur. On ne sait pas combien de temps durera la guerre. Nous n'aurons pas de ressources.

— Nous nous débrouillerons, nous avons encore un peu d'économies. Le plus dur pour moi serait que tu partes. J'aurais trop peur que tu ne reviennes plus.

— Tu m'approuves, alors ! Je te promets que je veillerai sur toi et notre enfant. Bon, à partir de maintenant, il faudra garder quelques provisions et commencer à se méfier de tout le monde, confiance uniquement à la famille proche. Je ne retourne donc pas à l'aqueduc lundi matin. Je vais rester à la maison et ne sortir que la nuit. Si quelqu'un vient demander après moi, tu diras que je suis parti travailler, sans autre précision. Si besoin, j'ai une cachette. Il y a un creux dans le mur, derrière le lit, avec une ouverture pour y pénétrer, un peu au-dessus du sol. Je m'en suis aperçu, quand j'ai repeint les pièces avant notre mariage. Si les carabiniers viennent à l'improviste, je m'y glisserai. Rappelle-moi d'y donner un coup de balai, il doit y avoir des toiles d'araignées.

— J'accepte entièrement ta décision et ne crains pas pour moi. L'important, c'est que nous soyons tous les deux. Ensemble nous serons forts.

— Nous sommes d'accord et résolus. Je préviendrai juste Tchachin.

Le 10 juin 1940, les bellicistes l'emportent sur les non-belligérants. Le *Duce* va au bout de son exaltation colonialiste, persuadé que seule la participation à la guerre permettra à son pays de s'asseoir à la table des « Grands » et de récolter quelques gains territoriaux. L'armée italienne intègre les forces de l'Axe. L'Italie déclare la guerre simultanément à la France et à l'Angleterre, dont les troupes coalisées sur le sol français reculent inexorablement devant l'armée allemande. Elle frappe « la nation sœur », dans le Sud, en lorgnant vers Nice et la Savoie : c'est « le coup de pied de l'âne ». Ces visées impérialistes laissent de marbre Domenico et Giacinto. Eux, ils se préoccupent de ravitaillement. L'entrée dans le conflit a généré la crainte de manquer et chacun s'emploie à stocker des denrées alimentaires, provoquant ainsi la pénurie et l'augmentation des prix. Par nature, peu enclins à respecter les circuits officiels, les Italiens s'adonnent naturellement au marché noir. Giacinto a recours à ses propres filières. La farine commence à manquer dans tout Corato. Il en parle à Domenico et tous deux organisent une expédition de nuit à bicyclette. Ils visent un moulin qu'ils connaissent, isolé dans les collines, entre Gravina et Altamura, en direction de Matera, distant d'une bonne cinquantaine de kilomètres. Il faut fractionner le parcours en deux parties et emprunter uniquement les chemins à l'écart des routes fréquentées. Se cacher le jour et ne rouler que la nuit, sans connecter la dynamo. Surtout ne pas attirer l'attention avec la lumière. Ils ont prévu de charger deux sacs de 50 kilos sur chaque vélo, d'en revendre un chacun, avec un petit bénéfice au passage, et de conserver l'autre pour leur propre usage. Le départ a lieu en fin de soirée. Nicolete a rejoint Assunta, le temps de l'absence des hommes. Elles se rassurent mutuellement. Elles craignent surtout pour eux une rencontre inopinée avec les carabiniers ou, pire, une attaque de brigands.

L'aller à vide ne demande pas un effort trop important. À l'aube, les faubourgs de Gravina apparaissent à l'horizon. De loin, ils entrevoient les quatre arches du pont romain qui franchit la longue et large ravine bordant la cité. Un peu en retrait du chemin, deux chênes pédonculés et un pistachier ombragent les vestiges d'un ancien refuge manifestement déserté. Ils y pénètrent, tapent du pied pour chasser aspics et scorpions et s'installent pour quelques heures de repos. Ils entrent dans la ville en fin d'après-midi à l'heure où, la sieste terminée, les journaliers envahissent les rues, à la recherche d'une hypothétique embauche pour le lendemain. Mêlés à la foule des travailleurs, ils passent inaperçus. Ils doivent calmer leur faim et leur soif et remplir leurs bouteilles d'eau pour la suite du trajet. Une cantine fait l'affaire. Ils remisent leurs vélos dans l'atrium et descendent au sous-sol, au milieu des énormes fûts adossés aux murs de chaque côté de la cave. L'odeur du vin sature l'atmosphère.

L'hôte comprend qu'ils souhaitent uniquement consommer sur place, leur tend deux verres et une bouteille de vin rouge et leur propose des tranches de pain légèrement humidifiées, arrosées d'huile d'olive, parsemées de morceaux de tomates et saupoudrées d'origan. Le plat est englouti rapidement. Ils savourent le vin plus lentement. Deux hommes de haute taille, vêtus à la montagnarde, pénètrent dans l'établissement et s'installent eux aussi pour boire et manger. Giacinto prévient Domenico qu'il sort un instant pour pisser. Dès qu'il disparaît au haut de l'escalier, les deux individus, qui avaient commencé à se restaurer, se lèvent subitement, s'approchent de Domenico et l'apostrophent assez rudement :
— C'est à vous deux, les vélos, là-haut ?

Surpris, Domenico ne répond pas.
— Ces vélos ne vous appartiennent pas. Vous nous les avez volés, il y a deux mois, ici même.
— Hé ! Ne nous traitez pas de voleurs, mon frère et moi !

Il se lève, la main droite dans la poche de son pantalon pour se saisir de son couteau, et fait front. Les deux énergumènes s'avancent. Domenico s'écarte de la table et se plante devant eux, la lame apparente, prêt à frapper. Au même moment, Giacinto revient. Il voit Domenico aux prises avec les deux individus. Il fonce, les saisit à l'arrière, par le haut de leur gilet en peau de mouton, et tire violemment en les secouant. Ils perdent l'équilibre et sont obligés de reculer. Il hurle en même temps, en exigeant des explications. Domenico, qui en a profité pour venir au contact, crie que c'est à propos des vélos. Giacinto les relâche, leur intime l'ordre de reculer et de s'expliquer. Décontenancés, surpris par la réaction de leurs adversaires, ils racontent alors qu'ils sont fermiers sur les collines des Murge et viennent régulièrement s'approvisionner à Gravina. Lors de leur dernier passage au même endroit, quelqu'un a dérobé leurs vélos identiques aux leurs. Giacinto les invite à bien regarder les bécanes.
— Examinez-les bien, vous verrez que ce ne sont pas les vôtres. Nous ne sommes pas des voleurs. Je suis régisseur, et mon frère, peintre-décorateur. Nous aussi, nous venons pour des provisions.

Le cantinier a vu la scène. Il ne veut pas de bagarre chez lui et surtout pas d'histoire. Il intervient en prétendant qu'il connaît ces

clients et que ce sont des honnêtes gens. Les deux montagnards se calment, admettent qu'ils se sont trompés et retournent à leur table. Giacinto tire par le bras Domenico, encore sur le qui-vive et, au bas de l'escalier, lui murmure :
— Il faut que l'on s'en aille tout de suite. Je me méfie de ces gaillards. Ils sont capables d'ameuter du monde ou d'aller quérir les carabiniers.

Ils enfourchent leurs vélos et se dirigent aussitôt vers la sortie de la ville.
— Appuie sur les pédales, il vaut mieux s'éloigner d'ici au plus vite.

Ils reprennent leur chemin en direction du moulin, sans s'arrêter. Les mollets bien durs, ils y parviennent aux premières lueurs du jour. L'aube nimbe la bâtisse d'une clarté orangée.
— Il est trop tôt. Il n'y a personne.

Domenico s'est laissé abuser par le silence trompeur et l'absence de lumière aux fenêtres de l'édifice. Giacinto a reconnu le ronronnement régulier de la meule de pierre en rotation. Son chant couvre à peine le piaillement des étourneaux qui saluent l'aurore, mais surtout, il signale que le meunier s'affaire déjà à l'ouvrage.
— Écoute, écoute, Minguccio, c'est le plus beau bruit que je connaisse. Le frottement de la courante sur la gisante et l'écrasement du froment. Ici, il y a de la vie. Depuis l'Antiquité, la meule à farine en est le symbole.

La négociation avec le maître des lieux ne prend que quelques instants. Il consent à fournir quatre sacs de farine blanche, de blé tendre, mais il ne lâche rien sur le prix. Il sait pertinemment que les acheteurs vont se succéder. Seule concession, il accepte, pour une somme modique, de leur céder une miche de pain, un morceau de fromage, deux verres de vin blanc, une réserve d'eau, et il les autorise à se reposer dans sa grange pour qu'ils puissent redémarrer en fin d'après-midi. Affaire conclue. Ils emballent les sacs dans les toiles cirées qu'ils ont apportées. Placent le premier sur le guidon en l'amarrant bien serré avec une cordelette et le second sur le porte-bagages arrière, tout aussi bien ficelé. Ils s'installent côte à côte pour le frugal repas, puis s'allongent à même le sol, les vélos et leurs précieuses charges liés à une cheville, au cas où, et se laissent

aller à quelques heures de sommeil. Réveillé le premier, Domenico s'aperçoit que le soleil commence à décliner. Il estime raisonnable de repartir à l'instant. Il réveille Giacinto. Ils se rafraîchissent le visage avec un peu d'eau et reprennent la route du retour.
— On va éviter Gravina, c'est préférable. Nous passerons près de Altamura en prenant la direction de Ruvo, puis Terlizzi et Corato. En tenant bien l'allure, nous pouvons y être vers sept heures du matin. Tu te sens de faire le retour en une traite ?
— Fra, tu me vexes. Tu as oublié que je suis un bon cycliste. Je pourrais me mesurer à Fausto Coppi.
— Qui c'est, celui-là ?
— Comment ? Tu ne connais pas Coppi ?
— Eh non. Moi, je connais Bartali. C'est lui, le champion.
— Coppi a déjà gagné des courses. Tu verras, bientôt, il détrônera Bartali. Tout le monde le dit.
— Bon, si tout le monde le dit. Maintenant, trêve de parlottes, la route est longue et, rappelle-toi, on ne s'arrête pas, pour qui que ce soit.

Le *stramurale* est encombré des charrettes des maraîchers qui arrivent des campagnes environnantes pour vendre légumes et fruits sur les petits marchés, ou à la criée, en déambulant dans les rues de la ville. Giacinto et Domenico ont tenu la distance. Ils déboulent dans Corato au petit matin. Ils évitent le *stradone* et foncent directement *via* Brunelleschi. Les femmes les accueillent à bras ouverts. Elles ont tremblé pour leurs hommes. Les enfants de Giacinto lui font fête. Ils déchargent aussitôt les sacs de farine, sauf celui fixé au guidon de Domenico, qu'il va emporter chez lui. Giacinto s'occupera de la revente. Après un bon café, Nicolete et Domenico ne s'attardent pas, ils sont impatients de se retrouver tous les deux dans leur maison. Ils cheminent l'un près de l'autre, elle donne le bras à son mari, et lui, tient sa bicyclette à la main. Une fois devant leur porte, au numéro 1, *via* Cuoco, ils remarquent leur voisine à la réputation de « mauvaise vie », *La Quag,* postée devant chez elle au numéro 4. Dès qu'elle les aperçoit, elle leur fait signe et les rejoint, tout excitée.
— Je vous attendais. Vous avez bien fait de vous absenter. Les carabiniers ont frappé fort à votre porte, ce matin vers six heures.

Ils ont attendu un peu puis sont partis. Il m'a semblé qu'ils glissaient un papier à travers vos volets. Vous verrez bien ce qu'ils vous veulent. Soyez prudents.

Nicolete la remercie et ne s'attarde pas. Elle n'aime pas beaucoup cette femme et son activité particulière. Domenico se montre plus chaleureux, et pour cause.
— Ne t'en fais pas. Je n'en veux pas à ta femme. Je sais très bien que les épouses ne m'aiment pas. Toi, Minguccio, tu m'es sympathique. S'ils reviennent, je te préviendrai.
— Un grand merci, La Quag. Je n'oublierai pas.

Nicolete a récupéré la missive glissée par les carabiniers à travers les volets à claire-voie qui protègent la porte d'entrée. Elle en prend aussitôt connaissance. Domenico a déchargé la farine et remisé son vélo. Il rejoint son épouse qui termine la lecture du document.
— Qu'est-ce qu'ils veulent ?
— Tu dois te soumettre à l'ordre de mobilisation générale et te présenter à la caserne au plus tôt. Ils t'accordent un délai de quarante-huit heures. Après quoi tu seras signalé déserteur.
— Bon, j'ai encore deux jours de répit. J'en ai parlé avec Tchachin pendant notre escapade et nous avons convenu qu'il était préférable de retarder la rupture totale. Je vais m'y rendre et il sera toujours temps de m'enfuir par la suite en fonction des événements.
— Comme tu veux, mon mari. Du moment que tu ne nous abandonnes pas, je suis d'accord avec toi.

Ce qu'il cache à son épouse, c'est son intention de se mutiler pour obtenir une dispense. Pendant qu'il travaillait à l'aqueduc, un compagnon lui a raconté qu'au cours de la Grande Guerre, des soldats n'avaient pas hésité à se blesser pour se faire réformer. Cela a germé en lui. Vu qu'il ne dispose pas d'arme à feu, il pense agir autrement. Il se souvient d'un liquide dangereux, visqueux, à l'odeur de goudron, utilisé par son patron pour traiter une vieille poutre de bois, faisant office de linteau de porte, dans une grange antique. Il n'a pas oublié la démangeaison au niveau des yeux et de la gorge pendant l'application. La créosote. Voilà, c'est ça. Sans perdre de temps, invoquant un achat de cigarettes, il quitte Nicolete et se rend aussitôt à la droguerie. Il se fait remettre une petite bouteille de produit en prétendant vouloir se débarrasser de cafards dans

un placard. Puis, déterminé, il prend la direction de la campagne. Une fois à l'abri des regards, il s'assied à même le sol, le dos appuyé contre le tronc tourmenté d'un olivier vénérable. Il débouche le flacon et le pose à terre entre ses jambes. Il sort son mouchoir et, de sa main gauche, le place sous le pavillon de l'oreille droite. Il penche la tête sur le côté gauche, puis sans hésiter, de la main droite, il récupère la fiole et l'introduit dans l'oreille. Il lève le bras et la créosote coule lentement dans l'orifice. Il n'a pas le temps de vider la totalité du produit. Sa bouche s'ouvre brutalement et un cri de douleur épouvantable s'en échappe. Il ne contrôle plus rien. Il s'agite dans tous les sens. Ses jambes et ses bras sont pris de secousses. Il se retrouve allongé, la face contre terre. Il vomit le contenu de son estomac et a l'impression de rendre aussi son âme. La brûlure intérieure atteint un niveau insupportable. Il appuie ses mains sur ses tempes avec la sensation que sa tête va éclater. Après de longues minutes, l'action térébrante s'estompe. La souffrance régresse. Il recouvre ses esprits. Il crache une salive jaunâtre mêlée de traces de sang. Son nez coule. Ses yeux pleurent. Il renifle. Il se tamponne le visage avec son mouchoir, se redresse et secoue la poussière de ses habits. Il se dit :
— Je crois que je me suis tué l'oreille droite. Je suis bon pour la réforme.

Il retourne en ville. À la première fontaine, il se rince la figure et essaie d'introduire de l'eau dans son oreille. Il sursaute, la douleur le reprend, heureusement un peu moins fort. Il rentre chez lui. Nicolete tressaille en le voyant.
— Qu'est-ce qu'il t'arrive ? Tu es tombé ? Tu es malade ?
— Attends, je vais t'expliquer.

Elle avance une chaise. Il raconte. Elle est incrédule.
— Mais tu es fou ? Tu te rends compte du risque que tu as pris ? Tu aurais pu te détruire le cerveau !
— C'est pour rester avec vous deux.

Elle le prend dans ses bras et pleure. En soirée, Domenico passe chez Giacinto. À la tête de son neveu, il voit tout de suite qu'il a un problème. Domenico lui parle de son expérience. Ils partent aussitôt chez Pina. L'accoucheuse examine son oreille, puis le regarde dans les yeux en hochant la tête.

— Mon pauvre Domenico ! Qu'est-ce que tu as fait ? Tu as massacré ton oreille interne. Vu l'état où elle se trouve, je ne peux plus grand-chose. Je vais y appliquer une crème à base de consoudes, de calendulas et de miel et obturer avec un coton. Ça favorisera la cicatrisation. Tu diras à ta femme qu'elle répète cela pendant deux jours. Je vais te donner un peu de ma préparation. Je ne peux rien faire de plus.

Le surlendemain, rendu à la caserne des carabiniers, il constate qu'il n'est pas le seul retardataire ou réfractaire. D'autres civils attendent comme lui. Un carabinier vérifie leur identité et, à tour de rôle, les introduit auprès d'un gradé. Domenico explique son absence en raison d'un chantier à la campagne où il n'a pas entendu parler de la mobilisation et de l'appel aux réservistes. Puis il évoque un problème d'audition. Son interlocuteur fait mine de le croire et lui remet une feuille de route pour se rendre sans délai au 139e régiment d'infanterie de Bari.

— Tu présenteras cet ordre aux contrôleurs du chemin de fer. À l'arrivée, à la gare à Bari, il y aura des militaires du régiment qui te réceptionneront et te conduiront en camion. C'est compris ? N'essaie pas de te soustraire à tes obligations. Nous te retrouverons toujours. Pour ton prétendu handicap, tu en parleras au médecin du régiment.

— J'ai au moins le droit de repasser chez moi, de prendre quelques affaires et de dire au revoir à ma femme ?

— Bien sûr. Mais ne perds pas de temps. Il y a un train demain matin. Ne le rate pas. C'est un conseil.

Nicolete a l'habitude de voir partir son homme, même pour plusieurs jours de séparation. Mais d'ordinaire, c'est pour le travail. Là, elle est face à l'inconnu. Où, combien de temps, dans quelles conditions ? Elle ne sait pas. Elle ne peut retenir ses larmes et ne parvient pas à relâcher son étreinte. Ils s'embrassent une dernière fois sur le perron. Domenico tient à la main, ostensiblement, une petite valise marron, vestige de son service militaire. Il veut que les voisins constatent son départ, à l'instar des autres couples dont les maris ont déjà rejoint l'armée. En ces temps difficiles, mieux vaut éviter toute jalousie. Le moral au plus bas, il intègre le 139e régiment d'infanterie. Il passe aussitôt par le circuit d'incorporation :

vérification d'identité, douche, coiffeur, vêtements, chaussures, masque à gaz. Le second jour, visite médicale. Au médecin qui l'ausculte sommairement, il parle de sa perte d'audition en évoquant un accident dans l'exercice de son métier. Celui-ci examine son oreille, lui pose la main sur l'épaule et, d'un ton paternel, lui dit :
— Être sourd d'une oreille ne t'empêchera pas de te servir de ton fusil. Écoute, mon gars, je ne sais pas exactement ce que tu as mis là-dedans, mais tu as fait un sacré dégât. Tu sais ou tu ne sais pas, mais l'automutilation, en temps de guerre, ça vaut la cour martiale. Alors, je te donne un conseil : tais-toi et rentre dans le rang ! Compris ?

Domenico acquiesce en inclinant la tête. Il n'échappe pas aux trois semaines de remise à niveau : marcher au pas, courir, manier les armes, s'exercer au combat, reconnaître les uniformes et les armes de l'ennemi... Des informations disparates circulent au sein de la troupe. Les officiers ne laissent rien transparaître : direction la frontière française ? Non ! Embarquement pour la Grèce ? Non ! Pour la Libye ? Personne ne sait. Début septembre, la nouvelle tombe par une proclamation officielle du patron du régiment, lors du rassemblement matinal pour la levée des couleurs : embarquement imminent pour la Sicile pour défendre les côtes et prévenir toute incursion étrangère. En prévision de ce départ, sans aucune information de durée, les commandants de compagnie accordent une permission de vingt-quatre heures à ceux qui ne demeurent pas trop loin, pour leur permettre de prévenir les familles et les saluer. Domenico est parmi les premiers à solliciter le sésame. Il ne peut rater cette opportunité. Il saute dans le train et débarque à Corato. Il porte sa tenue militaire. Nicolete déborde de joie à le retrouver. Ils s'enlacent et se tiennent serrés l'un contre l'autre, un long moment.
— Tu es beau, en militaire. Cela te va bien. Raconte-moi.
— Ils nous préparent à la guerre. Dis donc, ton ventre a pris du volume. Tu vas bientôt accoucher.
— Il n'y en a plus pour très longtemps. J'ai vu l'accoucheuse que m'a recommandée Assunta. C'est Pina, tu la connais bien. Elle dit que ce sera vers le 10 et, vu la forme de mon ventre, elle est persuadée que ce sera un garçon. Tu seras là ?

— Ils nous envoient en Sicile. Nous devons partir lundi matin en train jusqu'à Regio di Calabria, puis nous embarquerons à Villa San Giovanni pour Messine. À partir de là, nous serons vraisemblablement dispersés, le long du littoral. Les gradés nous ont prévenus qu'on garderait de grands fûts de pétrole, pour les percer, vider leur contenu dans la mer et y mettre le feu, au cas où se présenteraient des navires anglais.
— Que comptes-tu faire ? Moi, je ne conçois pas de mettre au monde notre enfant hors de ta présence.
— Nous avons une journée pour réfléchir et prendre une décision.

Ne supportant pas l'idée de manquer la naissance de son fils, Domenico ne rejoint pas son régiment. Il se terre chez lui et ne sort que sporadiquement avec uniquement l'espoir d'une rencontre susceptible de lui proposer un petit chantier. Il se désespère de ne pouvoir travailler et de ne plus assurer la subsistance du couple. Depuis avril, il n'a perçu aucun revenu et pas la moindre solde de l'armée. Leurs économies ont fondu comme neige au soleil. Le strict nécessaire est devenu la règle et, de plus, il faut préparer l'arrivée du bébé. Dans la matinée du 13 septembre, Nicolete ressent les premières douleurs annonciatrices. Elle n'a pas d'expérience préalable, mais elle en a tant parlé avec son ancienne patronne qu'elle sait à quoi s'attendre. Un peu paniqué, Domenico part chercher Assunta. Elle le renvoie tout de suite au chevet de sa femme et elle court prendre au passage Pina, avant de les rejoindre. Pleine d'expérience, l'accoucheuse examine la parturiente et annonce une naissance imminente. Elle met Domenico dehors et lui demande d'attendre qu'on lui fasse signe. De l'extérieur, il entend les cris de la maman et triture ses doigts, d'exaspération de ne pouvoir l'aider. Fort heureusement, l'enfantement se déroule rapidement et sans complications. Fatiguée et surtout très émue, Nicolete accueille son petit avec amour et fierté. Son angoisse, relative au risque de mongolisme qui l'a accompagnée tout au long de sa grossesse, réminiscence douloureuse de son expérience chez les Di Carolis et du souvenir prégnant de Luciana, s'apaise enfin. Elle a mis au monde un beau garçon. Pina et Assunta avaient raison sur la forme évocatrice du ventre. Celle-ci, dans son rôle assumé de grand-mère et à sa grande satisfaction, a le privilège de couper le cordon. Très imprégnée de traditions, sans rien dire, elle récupère le placenta pour le confier à Giacinto qui, à son retour de la campagne en fin de matinée, se chargera de le mettre en terre. Le rite sera accompli. Le petit ne peut prétendre au prénom du grand-père paternel, déjà pris par son père, alors il reçoit celui de l'arrière-grand-père : Mario.

Soucieuse de favoriser sa lactation, Nicolete observe méticuleusement les conseils alimentaires des aînées. Elle absorbe à profusion les aliments galactogènes dont elle dispose : fenouil, anis, cumin, basilic, fenugrec, amandes, ail, châtaignes, réputés propices à la production de lait maternel, et elle proscrit ceux qui pourraient la réduire : artichauts, sauge, persil ou menthe que, pourtant, elle aime bien. Le régime adopté ou les dispositions naturelles de la maman, ou les deux à la fois, profitent à Mario, qui tète autant et aussi souvent qu'il réclame. Très vite, le volume et la couleur de ses joues témoignent de la richesse du lait qu'il engloutit. Domenico s'extasie devant son fils. Il prononce son prénom avec emphase en insistant sur la première syllabe. Il a et aura un père. Pas comme lui.

Par deux fois, *La Quag* a prévenu de l'arrivée imminente des carabiniers. Elle les a vus rôder dans le quartier et sait bien qu'ils viennent pour son *Minguccio*. À la première alerte, il parvient à sortir subrepticement de chez lui et à se fondre parmi les passants. La fois suivante, trop tard pour s'enfuir, ils frappent déjà à la porte. Il a juste le temps de se faufiler sous le lit et de se hisser dans la cavité du mur. La position n'est pas confortable, le dos calé contre la paroi et les pieds en appui sur le mur en face. Il a vu des maçons utiliser cette technique dans une citerne. Sauf qu'il a oublié de débarrasser cette fausse cheminée de ses habitants habituels. Les arachnides et leurs toiles empoussiérées s'accrochent à ses cheveux, touchent son visage, et non seulement lui procurent une sensation plutôt désagréable, mais en plus lui chatouillent les narines et menacent de le faire éternuer. De son index à l'horizontale, il pousse sous son nez et tente de retenir l'énorme atchoum qui se forme dans ses poumons. Il entend tout près les carabiniers. Ils questionnent Nicolete. Où se trouve son mari ? Elle répond qu'elle ne sait pas. Il sent monter dans sa poitrine le souffle brutal qui, cherchant à rejoindre l'orifice naso-buccal, va révéler sa présence. Il tremble. Il serre les dents et pousse plus fort sous son nez. Ouf, l'air redescend. Nicolete a eu le réflexe de poser Mario sur le lit et de lever un peu le couvre-lit pour dissuader les militaires de se baisser et découvrir l'entrée de la cachette. Ils partent bredouilles. Aussitôt après, Domenico sort de chez lui, de crainte qu'ils réitèrent leur passage. Il n'entend pas du tout fanfaronner, mais il lit la stupéfaction mêlée de jalousie dans le regard des voisines.

Fin septembre, rassuré pour son enfant et voyant que sa femme a repris quelques forces, il pense que l'heure de réintégrer la caserne a peut-être sonné. Nouvelle déchirure pour Nicolete. Mais aujourd'hui, elle n'est plus seule.

À nouveau au 139e régiment d'infanterie à Bari, il ne réussit pas à attendrir l'officier de service, avec son récit d'orphelin de guerre se refusant à répéter l'histoire. Sans ménagement, il se retrouve mis aux arrêts et conduit au cachot où attendent déjà une vingtaine de détenus, qualifiés de « retardataires » comme lui. Pour l'heure, le haut commandement ne veut pas entendre parler de désertion qui, en temps de guerre, justifie la cour martiale et le poteau d'exécution. L'absence d'hygiène et la pitance peu ragoûtante, se résumant à une soupe de fèves ou de haricots secs, lui pèsent. Mais c'est surtout la privation de liberté qui l'insupporte. Lui, si indépendant, habitué depuis toujours à aller et venir à sa guise, vit très mal cette incarcération. De même que ses codétenus, il n'a droit qu'à la promenade journalière dans la cour de la caserne, accompagné de deux soldats armés. De plus, enfermé dans une enceinte militaire, il ne peut avoir de visites. Les trente jours écopés lui paraissent une éternité. À l'issue, après avoir bénéficié d'une douche, d'un rasage, d'une coupe de cheveux et perçu un nouvel uniforme, il est affecté à un groupe de corvées en attente d'un départ pour une zone de combats, en Afrique du Nord ou au Moyen-Orient. Il n'attend pas longtemps pour apprendre sa destination. Ce sera le nord-est de la Libye. Incorporé dans une unité spéciale, il doit d'abord rejoindre Tobrouk, puis à proximité, le fort de Capuzzo, point stratégique dans le dispositif de l'armée italienne, se préparant à une offensive générale contre les forces armées britanniques et celles de la France libre basées en Égypte. Dans la matinée du 11 novembre 1940, un train les emmène, lui et son unité, de Bari au port de Taranto. Avec des centaines d'autres, ils sont parqués à même les quais, en attendant les cargos de transport de troupes. L'appareillage est prévu sous quarante-huit heures. Les navires escorteurs sont déjà au mouillage, au milieu des fleurons de la *Regia Marina*, des cuirassés dont les mastodontes le *Vittorio Veneto* et le *Littorio*, des croiseurs lourds, le *Bolzano*, le *Fiume*, le *Gorizia*, le *Trieste*, et plusieurs contre-torpilleurs et torpilleurs, venus se mettre à l'abri dans la rade, prêts à intervenir en mer Ionienne ou Tyrrhénienne et en Méditerranée. À l'aide d'un porte-voix, un capitaine s'adresse aux derniers arrivants et annonce qu'une permission de vingt-quatre heures est accordée à ceux qui demeurent près de Taranto. Il invite les intéressés à lever le bras. Domenico est le premier à s'exécuter. L'officier lui demande où il demeure. La réponse, Corato, le fait pouffer, sarcastique. Il lui rétorque que c'est bien trop loin et l'invite à attendre sur place comme les autres. Domenico ne rigole pas, profondément déçu. Il a cru un instant que la chance allait lui sourire à nouveau. Cela fait deux mois qu'il n'a pas vu sa femme et son petit Mario. Il prend illico la décision de fuir. Il possède quelques morceaux de pain au fond de sa musette, un restant de vin largement coupé d'eau dans la gourde accrochée à son ceinturon, un paquet de quatre cigarettes *Nazionale* et une petite boîte de *fiammiferi*[81] dans la poche de poitrine de sa chemise. Il est paré. Une pagaille innommable règne sur le port. Une pluie fine complique la situation. Les officiers, regroupés, ont obtenu des autorités portuaires la mise à disposition d'un entrepôt de l'arsenal où sont stockés pièces de rechange et éléments d'artillerie. Les hommes du rang, eux, s'attellent à dénicher de quoi améliorer l'ordinaire et un coin au sec pour dormir. Un va-et-vient général anime la fourmilière. Les gardes placés en périphérie du port n'ont aucune illusion sur leur utilité. Les conditions idéales pour Domenico. Personne ne s'intéresse à lui, même pas son chef de section. Il pose sa carabine Carcano entre les béquilles d'un affût de batterie antiaérienne, comme le ferait un servant de pièce, se défait de son masque à gaz pendu au côté et se faufile au milieu des véhicules blindés, des camions, des

81 *Fiammiferi* : petites allumettes en papier ciré.

amoncellements de caisses de matériels, de tous ces impédiments qui accompagnent les armées. Il doit absolument s'éloigner de ce secteur et se dissimuler, au moins jusqu'au moment de l'embarquement de toutes les troupes. Puis, il prendra la route pour Corato. Une obscurité compacte a enveloppé le port. Il regarde sa montre, presque vingt-trois heures. Il est parvenu à s'extraire de l'enceinte navale en longeant les bassins de carénage désertés à cette heure de la nuit. Il marche précautionneusement en rasant les murs des premiers immeubles civils, en évitant de faire crisser ses chaussures cloutées sur le sol dur. Il détecte un bruit sourd, comme un grondement, qui graduellement emplit tout l'espace. Il lève les yeux. D'abord, il ne voit rien. Soudain, de puissants projecteurs éclairent le ciel et là, il découvre des avions, plein d'avions, qui virevoltent au milieu des ballons de barrage et des câbles qui les maintiennent captifs. Brusquement, il entend des sifflements, des explosions, des tirs de canons, des crépitements, des rafales de mitrailleuses, des sirènes, des cris, des plaintes, des pleurs. Des lueurs rougeâtres illuminent des panaches de fumée noire. Les traits rouges des balles traçantes balayent l'espace dans tous les sens. Le fracas des bombes se mêle au bruit terrible du métal qui se déchire, des coques qui s'éventrent sous l'impact des torpilles. Il comprend. Les Anglais attaquent. L'aéronavale britannique effectue un raid aérien pour endommager et paralyser la flotte ennemie. La Royal Navy entend conserver sa liberté de mouvement en Méditerranée. Dépourvue de radars, la défense du port n'a pas détecté l'approche des navires anglais et notamment d'un porte-avions. Atterré par ce drame dantesque, auquel il assiste impuissant, Domenico s'arrête. Abasourdi, presque paralysé, il met un genou à terre et se prend la tête dans les mains. Il sait qu'en cet instant, des soldats meurent atrocement. Dans une rage réprimée, une kyrielle de jurons s'échappent de sa bouche et il maudit les dirigeants de tous les pays à l'origine de cette guerre. En même temps, il remercie Dieu et tous les saints de l'avoir épargné et se dit que les nombreuses victimes, brûlées, mutilées, méconnaissables, tombées à l'eau, vont lui permettre de figurer parmi les non identifiables et les disparus. Progressivement, les avions s'éloignent. Le vacarme baisse d'intensité. Les navires incendiés et les entrepôts en flammes jettent une lumière mouvante sur cette scène d'horreur qui le conforte dans ses intentions. Il n'y retournera plus jamais. Alors qu'il marche d'un pas décidé, il n'a plus à prendre de précautions dans l'immédiat, à nouveau le bruit sourd des avions reprend. C'est une seconde vague de bombardiers qui vient terminer la besogne. Il se met à courir. Il veut partir de là au plus vite et prendre la direction du nord.

Avancer, avancer et avancer encore. Depuis quatre jours, il marche, en se cachant dès qu'il entend au loin un bruit de moteur. Le pain, même rationné, n'a duré que peu de temps. Ses doigts ont beau farfouiller contre le tissu de sa musette et dans les poches de son pantalon, ils ne trouvent rien. Même plus une miette. Par chance, il a trouvé, oubliées sur des arbres isolés, quelques gousses de caroubiers et quelques figues rabougries qui ont calmé sa faim. Deux têtes de fenouil récupérées dans une parcelle cultivée ont rafraîchi son gosier complètement sec. Il a évité les zones habitées et le grand axe rejoignant Bari, en privilégiant les voies secondaires passant par Laterza, Altamura et Ruvo, qu'il a déjà empruntées avec Giacinto. À deux reprises, gagné par la fatigue et le manque de sommeil, il n'a pas réagi au tapage annonciateur d'un tombereau attelé, tiré par une mule et arrivant sur lui. Les vieux charretiers compatissants, sans poser de questions, lui ont proposé de le transporter sur quelques kilomètres et lui ont offert à boire. Grâce à eux, il a pu se reposer, regagner en détermination et surtout croire à nouveau à un restant d'humanité parmi ses compatriotes qui pour une grande part, il en est convaincu, comme lui, n'entendent rien à ce conflit. Là, il approche de Corato, presque endormie sous la faible lumière crépusculaire. Il va rejoindre sa demeure, retrouver sa femme et son fils. Il n'y a âme qui vive dans la *via* Cuoco. Quelques petits coups répétés aux volets rabattus et, plaquant son oreille sur les lames de bois, il entend le pas caractéristique de Nicolete sur le pavage. Il distingue la petite clarté de la lampe à pétrole qui se rapproche. Elle vient. La clé tourne dans la serrure, la porte s'ouvre.
— Qui c'est ?
— Nicolete, c'est moi.
— Domenico, Domenico !

Elle n'en croit pas ses oreilles ! Vite, elle soulève le crochet qui bloque les persiennes et se précipite dans ses bras. Il l'enlace et la

tire vers l'intérieur. Il ne s'agit pas de se faire remarquer. Ils demeurent longtemps l'un contre l'autre, des larmes de joie dans les yeux.
— Sans nouvelles de toi, je ne savais plus quoi penser. Crois-moi, je me suis fait du mauvais sang. Je t'imaginais en prison au milieu des rats ou à l'étranger en train de te battre.
— Je vais tout te raconter. Mais d'abord, tu n'aurais pas quelque chose à manger ?
— Si, si. Assieds-toi, je te prépare la table.
— Avant toute chose, montre-moi le petit.
— Viens, il dort dans notre lit. Regarde comme il est beau, ton fils !

Tout ému, Domenico l'observe un instant. Comme par hasard, juste à ce moment-là, le petit Mario actionne ses lèvres dans un mouvement naturel de succion et émet le son caractéristique du bébé qui tète. Ils en rient tous les deux. Une belle miche de pain, une *scamorza*[82], une bouteille de vin blanc, quelques olives. Domenico écarquille les yeux et se jette sur les victuailles. Rassasié, sa soif étanchée, il interroge Nicolete.
— Mais comment as-tu acheté ces produits ?

Elle avoue alors qu'elle a vendu des choses. À peine a-t-elle terminé sa phrase qu'il constate qu'elle ne porte pas sa bague de fiançailles avec l'aigue-marine. Il prend sa main et pose sur elle un regard interrogateur.
— Je n'avais plus rien pour le petit. Moi, je supporte la faim, mais lui, il ne doit manquer de rien. J'ai croisé La Quag dans la rue. Elle m'a apostrophée en me demandant si j'avais des informations à ton sujet et elle m'a proposé son aide. J'ai fait taire mon antipathie et, finalement, je me suis rendu compte qu'elle n'était pas si mauvaise. Elle regrette que les femmes du quartier l'ignorent complètement. Moi, je lui ai avoué mes difficultés et nous avons bien discuté. Elle m'a parlé du bijoutier de la via Duomo qui rachetait les bijoux. Je n'ai pas hésité une seconde. Il m'a donné un bon prix de la bague et du camée que la patronne m'avait offert.

---

82 *Scamorza* : fromage de lait de vache ou de bufflonne, de pâte filée, typique du sud de l'Italie, en forme de goutte.

— Si cela ne t'a pas trop coûté, tu as bien fait. Je te promets, un jour, je te rachèterai tout. Dès demain, je vendrai moi aussi des affaires personnelles. Il n'y a pas de raison.

— Il faut que je te dise que j'ai rendu visite à la *signora* Di Carolis, pendant ton absence. Je tenais à lui montrer Mario. Elle a vraiment apprécié notre venue. Moi aussi, j'ai eu beaucoup de plaisir à la retrouver ainsi que Letizia. Je ne les avais plus vues depuis notre mariage. Nous avons bien discuté, du petit, de toi, des difficultés actuelles, de la guerre. Elle ne m'a pas laissé repartir les mains vides. J'ai eu droit à un panier avec des fèves, des haricots, des amandes, des olives et une miche de pain. Letizia m'a longuement gardée dans ses bras au moment de mon départ. J'ai eu l'impression qu'elle voulait me dire quelque chose.

— Bon, maintenant, si on se couchait ? Je ne sais plus ce que c'est qu'un lit, un matelas et des draps.

— Et une femme !

— Évidemment.

Il y avait bien un événement que Letizia avait envie de partager. Mais elle a préféré se taire, par crainte de raviver une ancienne blessure. De plus, ses hésitations, dire ou ne pas dire, ont cessé dès qu'elle a aperçu Nicolete, son petit dans les bras, sa posture lui évoquant l'icône de la *Vierge à l'Enfant*. L'émotion ressentie à cet instant l'a incitée à garder le secret. Cela valait mieux. Quelques jours avant ces retrouvailles, au marché, elle a rencontré comme à l'accoutumée la servante de la famille Di Lorenzi, avec laquelle elle maintient un contact régulier depuis l'idylle inachevée entre Nicolete et le fils Alessandro Di Lorenzi. Celle-ci lui a alors confié une funeste nouvelle : la mort du jeune homme. À la mi-novembre, au-dessus de la Manche, en partance pour un raid sur les villes côtières britanniques, son escadrille, composée de six chasseurs Fiat 42, et la vingtaine de bombardiers BR20 Cicogna qu'ils escortaient ont été accrochés par un groupe de Spitfire de la Royal Air Force. Son avion, abattu en vol, comme la quasi-totalité des appareils de sa formation, s'est abîmé en mer, sans espoir de survie pour le pilote. Faute de présence de la marine italienne en Manche et en mer du Nord, aucun secours n'a été apporté aux équipages naufragés et aux éventuels rescapés. Son groupe de combat, intégré au *Corpo Aero Italiano,* basé en Belgique occupée par la *Wehrmacht*, était venu renforcer la *Luftwaffe*, peinant dans sa bataille d'Angleterre à conquérir la maîtrise du ciel et à détruire les infrastructures maritimes. Toutes choses pourtant promises à Adolf Hitler, par Hermann Göring, chef de l'armée de l'air allemande, et objectifs indispensables pour envisager un débarquement sur les rivages anglais. Celui-ci n'aura pas lieu, la résistance opiniâtre des Britanniques tient ce projet en échec. Selon la domestique, les parents Di Lorenzi ont sombré dans une profonde détresse et vivent reclus dans leur villa. Letizia en a informé la *signora* Di Carolis qui a estimé préférable de garder le silence sur cette perte. Toutes deux n'en parleront jamais à Nicolete.

Dès le lendemain, Domenico apporte plusieurs de ses costumes, chemises et souliers, au tailleur qui a confectionné ses habits et lui propose une transaction. L'intéressé accepte et lui rend quelques billets. Il aura de quoi tenir plusieurs jours. Il rentre satisfait et tend l'argent à Nicolete.
— Voilà, nous fonctionnerons comme ça, maintenant. Nous avons aussi des meubles en trop. Si cela s'avérait nécessaire. Tenir. Il faut tenir. La guerre ne durera pas éternellement.

Les semaines et les mois se suivent sans grand changement, sinon une situation générale qui se dégrade, avec plus d'acuité pour les plus démunis. Les démarchages pour revendre des biens et gagner quelques lires se succèdent, mais avec de moins en moins de réussite. Les temps deviennent difficiles pour tout un chacun. Les courses au ravitaillement n'apportent pas toujours les fruits escomptés. Les denrées se raréfient. Beaucoup de maraîchers et d'ouvriers agricoles, enrôlés, se battent sur les différents fronts et les campagnes désertées donnent une impression d'abandon. Les prix du marché noir s'envolent. En situation de crise, il y a toujours des petits malins pour saisir l'opportunité de s'enrichir sur le dos des besogneux. Au moins chez Domenico, hormis les difficultés de subsistance, un point est positif : les carabiniers l'ont oublié. Sa présence, répertoriée parmi les troupes en attente d'embarquement lors de l'attaque du port de Taranto, lui a valu d'être porté disparu. Nicolete a reçu le courrier officiel provenant du haut commandement. Cela les a fait sourire. Pour l'heure, il n'est plus recherché et se doit juste d'éviter les contrôles d'identité. Pour subvenir aux besoins du ménage, il a mis en place une pratique de glanage qui lui est propre. Tous les deux ou trois jours, aux premières lueurs de l'aube, armé d'un sac de jute et de son couteau, il se rend à l'extérieur de la ville et prélève quelques légumes au sein des grandes propriétés délimitées par les murets en pierres sèches qu'il enjambe sans difficulté. Il doit juste se méfier des gardes champêtres qui n'hésitent pas à tirer et veiller à rentrer avant que les carabiniers ne commencent à patrouiller. Fèves, petit pois, pois chiches, haricots, choux-fleurs, courgettes, aubergines, cine-rape, catalogne, artichauts, blettes, chicorée, lentilles… tout y passe et finit dans son sac. Mais avec pondération. Il évite le gaspillage et prend juste ce dont il a besoin pour nourrir sa famille.

L'année 1941 se termine avec une nouvelle grossesse pour Nicolete. Elle s'ingénie à dissimuler un peu son ventre qui enfle. En théorie, son homme n'est plus là et elle ne souhaite pas donner prise aux cancans. Persuadée que l'allaitement la préservait, croyance répandue parmi les femmes de l'époque, elle a nourri Mario au sein, jusqu'à quatorze mois. Maintenant, elle sent de plus en plus les dents du petit vorace sur ses tétons. Elle ne peut plus continuer. Juillet 42 voit la naissance d'un deuxième garçon, Giuseppe. En second rang, il a hérité du prénom du père de Nicolete, tradition oblige. Bénéficiant d'une lactation toujours aussi généreuse, elle décide de nourrir simultanément un autre enfant. Elle en parle à *La Quag* qui, sans délai, lui trouve une jeune mère anémiée, incapable d'allaiter. Celle-ci lui confie son bébé de quatre mois, pour trois tétées par jour, moyennant le paiement de cinq lires la journée. Nicolete s'en satisfait. Cela lui permettra d'assurer au moins une partie du pain journalier. Elle se désespère de ne disposer jusqu'alors d'aucune entrée d'argent et de ne pouvoir satisfaire parfois les suppliques de Mario réclamant à manger. Résolue à tout tenter pour ses enfants, elle se rend en mairie pour faire valoir son statut de veuve de guerre et percevoir la pension afférente. L'employé municipal lui oppose un délai d'attente d'un an, instauré pour les « portés disparus », avant de pouvoir ouvrir un dossier de demande. Puis, posant sur elle un œil concupiscent, d'une voix doucereuse, il lui laisse entendre qu'il y a des possibilités, si elle se montre compréhensive. Outrée, choquée, outragée, Nicolete le foudroie du regard et s'en retourne chez elle. Chemin faisant, elle reprend ses esprits, offusquée par l'attitude de l'homme cherchant à profiter de la situation. Elle se dit qu'elle n'en parlera pas à son mari, connaissant sa vivacité de réaction et par crainte qu'il ne vienne s'expliquer avec l'intéressé. Elle pense à toutes les conséquences possibles.

Domenico, lui, se démène comme un beau diable pour trouver du travail. Faute de décrocher le moindre chantier, il a élargi le cercle et la fréquence de ses expéditions matinales à la campagne. Il doit cependant faire preuve de plus de vigilance, car il n'est pas seul à procéder de la sorte et la concurrence devient rude. Des rencontres fortuites dans le même potager finissent bien souvent par des bagarres. Il y a également des bandes de brigands patentés qui procèdent à de véritables razzias, sans que les gardes interviennent, de crainte de prendre une balle, et il vaut mieux éviter de les croiser. Il se désole d'être contraint de vivre de rapines. Sa fierté en souffre, mais il n'a pas le choix. Dès la fin de la guerre, son métier lui permettra d'accéder à nouveau à une vie normale. Il en est persuadé. En attendant, il faut survivre. Le lait de Nicolete profite bien à Giuseppe, ainsi qu'à l'enfant en nourrice. Ils se développent harmonieusement tous les deux. Pour la dame, la bonne santé de son petit compense largement sa frustration liée à la privation de ce contact charnel mère-enfant. Aussi s'acquitte-t-elle régulièrement de son écot. De quoi arranger les affaires de Nicolete. À seize mois, le chérubin tète encore. Jusqu'à un matin où, las d'avoir dû attendre et certainement très affamé, le nourrisson se jette bouche grande ouverte sur l'organe convoité, engame le mamelon et serre si violemment les dents qu'il sectionne le téton. La douleur arrache un cri prolongé à Nicolete. Elle se défait de l'enfant et le pose sur le lit, à côté du sien. Les deux se mettent à pleurer. Du sang s'écoule de son sein atrophié. Elle humidifie une serviette, se tamponne délicatement et, du coup, détache le petit bout qui ne tenait plus que par un lambeau de peau. La douleur s'intensifie. Un haut-le-cœur la saisit et l'oblige à s'asseoir. Elle examine la blessure et entrevoit avec rage l'impossibilité d'allaiter provisoirement avec son sein droit. Elle doute même de sa capacité à proposer encore ses services. Elle pose un linge propre sur sa poitrine et attend son

mari. En milieu de matinée, Domenico revient au domicile avec quelques verdures. Avant même qu'elle ne parle, la crispation de son visage l'alerte et il devine un problème. Elle lui conte alors l'incident et lui montre les dégâts. Il sursaute à la vue de la plaie.
— Je vais prévenir la mère, qu'elle vienne chercher son cannibale de gosse et je cours chercher Pina. Ne bouge pas.

Moins d'une heure après, il est de retour accompagné de l'accoucheuse-guérisseuse. Il lui a expliqué et elle a apporté le nécessaire. Après un bref examen du sein mutilé, sa moue en dit long.
— Je t'ai apporté un onguent désinfectant et cicatrisant. Je vais en appliquer sur la plaie et tu recommenceras soir et matin jusqu'à épuisement du produit. Ma fille, je suis désolée pour toi, mais tu ne pourras plus jamais allaiter avec ton sein droit.

La sentence génère un véritable désarroi chez Nicolete. Elle perd définitivement ses cinq lires journalières et le pain de ses enfants. L'inquiétude lisible sur le visage de son épouse trouble profondément Domenico. Il ne peut rester inactif, il doit réagir. Lui reviennent en mémoire des paroles entendues sur le *stradone* les jours précédents, à propos d'un certain Salvatore Giuliano qui, en Sicile, vole aux riches pour donner aux pauvres. Il trouve le geste noble et intéressant. La journée et la nuit passent sur ces réflexions. Au matin suivant, sa décision est arrêtée. Il va rejoindre la bande à Giuliano. Convaincu qu'il pourra ainsi envoyer de l'argent à sa femme et que ses petits n'auront plus faim. En quelques mots, il explique son projet à Nicolete, remplit un sac avec quelques vêtements qui lui restent et prend la route. Les larmes de Nicolete n'ont pas suffi à freiner sa détermination. Abasourdie, elle reste assise un long moment puis, Mario à la main et Giuseppe dans les bras, elle va au plus près trouver un éventuel secours, chez *La Quag*. Elle lui annonce le départ de Domenico et ses intentions. Celle-ci réagit promptement.
— Rentre chez toi. Je vais prévenir son oncle.

Chez Giacinto, elle ne trouve qu'Assunta. Il n'est pas encore rentré de la Castalda. Elle lui explique ce qu'il se passe. Assunta promet d'en parler à son mari dès son retour. À la mi-journée, il arrive. Aussitôt informé, il lâche une litanie de jurons en pestant contre la guerre et la misère. Sans perdre une seconde, il enjambe son vélo

et part à la recherche de son neveu. Il a plusieurs heures d'avance, mais il se doute du chemin qu'il va suivre et prend la direction de la Calabre. Tout en pédalant, il pense à Domenico et ne peut s'empêcher de lui lancer, comme s'il était présent :
— Espèce de couillon, tu es en train de faire une belle connerie. Tu ne pouvais pas me demander de l'aide ? T'es trop fier, hein !

Il appuie de plus belle sur les pédales. À deux reprises, il croise des ouvriers agricoles et leur demande s'ils ont aperçu un homme à pied, tout en le décrivant sommairement. Par deux fois, la réponse est positive. Il a pris le bon chemin. Il accélère. En fin d'après-midi, il aperçoit sa silhouette au loin. Il continue jusqu'à arriver à sa hauteur. Il lui pose la main sur l'épaule et l'arrête. Il descend de son vélo.
— Où penses-tu aller comme ça ? Tu crois qu'ils t'attendent ? Tu n'es pas sicilien. Ils ne t'accepteront pas. N'écoute pas tout ce qu'on raconte.

Il accentue sa pression sur l'épaule. Domenico s'écarte et s'assied au bord du chemin.
— Fra, je ne peux pas continuer comme ça. Je ne supporte plus de me regarder dans la glace. Je n'arrive pas à nourrir ma famille. J'ai honte.
— Tu ne pouvais pas venir me voir ?
— Tu as toi aussi charge de famille et je sais que les temps sont difficiles pour tout le monde.
— On s'arrangera. Rejoindre les bandits, ce n'est pas la solution. Allez, viens, on rentre.

Ils prennent le chemin du retour en marchant côte à côte. Un lien indéfectible unit ces deux-là. Domenico réintègre sa maison. Nicolete l'accueille, bras tendus. Ils s'enlacent et éprouvent un long moment d'émotion intense.
— Ne pars plus jamais comme ça. Tu n'as pas à te sacrifier. Nous devons garder espoir et nous battre ensemble.
— Toi, tu as eu mal dans ta chair, et moi, dans mes tripes, dans mon amour-propre. Je me devais de trouver une solution.
— J'ai compris. Sache que j'ai épargné quelques petits sous obtenus grâce à mon lait et nous avons encore des petites choses à vendre. On s'en sortira.

L'été s'installe avec son cortège d'agréments sensoriels imprégnés d'une douce indolence. Pourtant, les heures chaudes, les floraisons multicolores, les parfums capiteux et, en fond sonore, les discours lénifiants des cadres du Parti fasciste ne parviennent pas à estomper les angoisses imputables aux échecs retentissants de l'armée italienne, en Grèce, en Yougoslavie, en Europe de l'Est ou en Afrique du Nord et même sur la Méditerranée. Le *Duce* y perd de sa superbe. L'effondrement de la production agricole et, en conséquence, les restrictions alimentaires imposées depuis plus d'un an renforcent le ressentiment du peuple à l'égard de ses dirigeants. Le pain manque. Des protestations accompagnées de violence émergent sur tout le territoire et les autorités les répriment durement. Le Sud n'y échappe pas. En Sicile, en Calabre, en Basilicate et dans les Pouilles, certains, exaspérés, entrent en résistance et commencent à souhaiter l'arrivée des Alliés, en écho aux rumeurs de débarquement qui circulent. Domenico et Nicolete ont entendu eux aussi et ils espèrent. Ils entrevoient une petite lumière, certes encore vacillante, mais sa lueur pointe à l'horizon. Pour l'heure, ils doivent se rendre à Bitonto au chevet de Rosa, la sœur cadette de Nicolete. Elle a subi une seconde fausse couche et souffre physiquement et moralement. Ils ont été informés de son état par son mari, Tonino Petrone, qui les a prévenus à l'occasion d'une de ses tournées de dinandier sur Corato.

Au départ, ils ne subissent aucun contrôle, ni à la gare ni pendant le trajet à bord du petit train régional, dont la locomotive, usée par des années de navettes, peine à tracter les quatre wagons. Dès la moindre montée, elle crachote par saccades des nuages de fumée noire, chargés de fines cendres incandescentes, obligeant les passagers à garder fenêtres closes. Parfois, faute d'élan suffisant avant la côte, les voyageurs doivent carrément descendre et pousser, s'ils veulent poursuivre le trajet et parvenir à destination. À l'arrivée à Bitonto, des camions militaires stationnent devant la gare et des soldats armés en descendent. Ils ont l'air bizarre. Leurs casques, leurs uniformes sont différents et ils arborent de drôles de croix noires. Des ordres claquent. Nicolete et Domenico découvrent une langue jamais entendue jusque-là. Ils réalisent. Des Allemands. Domenico sait bien

qu'ils ne sont pas ennemis, mais un doute l'assaille. Que font-ils là ? Il presse le bras de Nicolete.
— Il vaut mieux s'écarter au plus vite. Ils doivent rechercher des partisans. Un coup de feu est vite parti.

Ils hâtent le pas. Mario dans les bras de son père, Giuseppe au creux de ceux de sa mère. Étonnamment à cette saison, un vent violent souffle depuis le matin et il faut protéger les gamins. Une tempête agite la Méditerranée et la mer Ionienne. Un temps à ne pas se trouver en mer. Ils se dirigent vers le centre-ville ancien, au milieu d'un fouillis de ruelles et de bâtisses enchevêtrées, à proximité de l'église San Paolo, la cour de l'Ilderis, où les toits et terrasses imbriqués empêchent le soleil de percer et font régner l'ombre. Tonino attend ses visiteurs en fumant une cigarette à l'entrée de son logement. Il appelle sa femme et son garçon dès qu'il les aperçoit. Les deux sœurs s'embrassent chaleureusement et découvrent, heureuses, leurs enfants respectifs. Jusque-là, les joies de la sororité leur ont fait défaut. Nicolete console Rosa et la rassure sur ses prochaines grossesses. Les hommes se limitent à l'accolade et entament la conversation sur les difficultés présentes. Ils se retrouvent vite à table, les spaghettis à la sauce tomate ne doivent pas refroidir. Nicolete, Domenico et le petit Mario, aujourd'hui, se rassasient. Tonino leur explique qu'il travaille encore un peu. Il parvient à vendre quelques ustensiles de cuisine ou outils de jardinage de temps à autre et on lui demande encore quelques réparations. Mais il redoute l'arrivée prochaine du plastique sur le marché, qui reléguera dans l'oubli les objets en cuivre, en fer-blanc, en aluminium ou en zinc. Plus besoin de soudure, d'agrafage ou de martelage. Il sait qu'il lui faudra se reconvertir. Alors qu'ils discutent d'un avenir incertain, ils entendent frapper des coups répétés à la porte. C'est un voisin et ami, l'air passablement excité. Invité à entrer, il salue Tonino, écarte de la main le verre de vin proposé et annonce tout de go :
— Le débarquement ! Le débarquement ! Les Américains ont débarqué en Sicile ce matin. Je l'ai entendu à la radio. Il faudra s'en souvenir, de ce 10 juillet 1943. Mussolini est foutu.

Il ignore que les Anglais, les Canadiens et les Français participent à cette opération de grande ampleur qui commence l'invasion terrestre de l'antique Trinacria, nom donné à la Sicile par les Grecs anciens, du fait de la forme triangulaire de cette île. Les Alliés, qui ont maintenu cette attaque aéronavale à la date prévue, malgré une météo exécrable qui, au demeurant, a atténué la vigilance des forces italo-allemandes, prennent pied sur le sol italien et amorcent la conquête de toute la Péninsule. De quoi satisfaire enfin le chef suprême de l'URSS, Joseph Staline, qui réclamait depuis de longs mois, avec insistance, l'ouverture d'un nouveau front à l'Ouest, afin d'alléger la pression germanique sur le front de l'Est et lui permettre de lancer l'Armée rouge dans une contre-offensive générale. Tonino et Domenico ne cachent pas leur satisfaction et considèrent que la nouvelle vaut un autre verre de vin partagé cette fois-ci avec le visiteur.

— Mussolini est foutu !

Il ne croit pas si bien dire. Le jour même, désavoué, Benito Mussolini est suspendu de ses fonctions par le roi Vittorio Emanuele III. Il a entendu les récriminations du peuple et, surtout, il craint que son accointance avec le fascisme ne mette son règne en péril. Dans les jours qui suivent, le *Duce* est arrêté par les carabiniers et conduit sous bonne garde dans une île du Latium, puis en Sardaigne, et enfin mis en résidence surveillée sur la plaine d'altitude du Grand Sasso, sommet montagneux de la chaîne des Apennins. Quelques fidèles irréductibles de sa garde prétorienne le soutiennent et appellent au soulèvement contre les troupes régaliennes. Débutent alors la guerre civile et l'occupation du pays par la *Wehrmacht*. Ces événements éclairent Domenico sur la présence des troupes étrangères en ville. En fin d'après-midi, il faut s'en retourner à Corato. Mario tenu à la main et Giuseppe dans les bras, ils prennent, en sens inverse, le chemin parcouru le matin, accompagnés de Tonino qui, comme le veut l'usage entre familiers ou bons amis, donne le bras à son beau-frère, ce qui, dans le Sud, ne choque personne. Devant la gare, il n'y a rien d'anormal. Ils pénètrent dans le hall et là, stupéfaits, ils découvrent face à eux des soldats allemands, postés à deux coins consécutifs de la salle, à genoux derrière des mitrailleuses, et qui les mettent en joue. Brusquement, la porte d'entrée claque derrière eux et deux militaires armés de pistolets-mitrailleurs s'interposent. La souricière se referme, aucune issue possible. Domenico lève les

bras et s'écarte des siens pour les protéger. Il se doute bien de ce qui l'attend. Il intime à Nicolete de se taire et fait comprendre à Tonino qu'il doit s'écarter avec elle et les enfants. Apeuré, Mario se met à pleurer. Tonino le prend sur lui. Giuseppe s'y met lui aussi. Nicolete déploie toute sa tendresse maternelle pour les consoler et tout son sang-froid pour garder son calme, alors qu'elle a une envie irrépressible de crier. Elle aussi imagine ce qui va advenir. Un gradé s'avance et les interpelle :
— Papiere bitte !

Un civil s'approche de Domenico. C'est un interprète.
— Il te demande tes papiers.
— Je n'en ai pas.
— Résistant ?
— Non.
— Déserteur ?
— Appelle ça comme tu veux. Je me suis sauvé, c'est tout.

Le traducteur rapporte au gradé qui, d'une voix gutturale, lance aussitôt des ordres. Deux soldats accourent, empoignent sans ménagement Domenico, le plaquent face contre le mur, lui maintiennent les mains dans le dos et lui passent une paire de menottes aux poignets. Puis, ils le fouillent, trouvent son couteau dans la poche droite de son pantalon et s'en saisissent. Ils le tirent dehors. Tremblante, Nicolete tend son livret de famille tout en voyant son homme disparaître. Tonino présente sa carte d'identité. Ils sont en règle. Le gradé allemand leur fait signe de circuler. Tonino tente de questionner l'interprète sur le sort réservé à Domenico.
— À votre place, je n'insisterais pas. Il vaut mieux pour vous partir rapidement avant qu'ils ne changent d'avis.

Ils s'exécutent. Malgré l'invitation de Tonino à demeurer avec eux à Bitonto, Nicolete et ses enfants prennent le train du retour vers Corato. Elle considère qu'elle doit rejoindre sa maison. C'est là que son mari pourra la retrouver. Elle se refuse à envisager le pire. Il reviendra. Elle ne veut penser qu'à ça.

Emmené *manu militari*, dans une ruelle voisine, Domenico a dû monter dans un camion bâché, à l'intérieur duquel, sous bonne garde, attendent déjà plusieurs compatriotes. Le véhicule se met

en route et se dirige vers un hôtel particulier, réquisitionné pour le siège de la Kommandantur. À l'arrivée, ils sont immédiatement conduits vers les sous-sols pour y être interrogés. Les sbires de la Gestapo y officient déjà. Ils veulent identifier les Résistants et obtenir des informations. Les nouveaux venus, regroupés dans une pièce sombre, s'inquiètent de leur sort, alors qu'ils entendent des coups sourds et des cris en provenance d'un local voisin. Hagards, ils s'examinent les uns les autres, se dévisagent, cherchant des traits ou un regard connus, voire une parole de réconfort. Mais personne n'ose parler, un traître se trouve peut-être parmi eux. Deux gardes viennent chercher un homme au hasard et l'emmènent. Ils reviennent quelque temps après et en prennent un autre. Le manège continue pendant plusieurs heures. Aucun ne revient. Au tour de Domenico. Les deux nervis l'empoignent et l'amènent dans la pièce où se déroulent les interrogatoires. Une lumière forte éclaire les lieux. Ils l'asseyent de force sur un tabouret, devant une table, et le maintiennent fermement face à un énergumène en chemise brune, les manches retroussées, qui aussitôt dirige une lampe dans sa figure. Il parle italien avec un fort accent que Domenico attribue à ses origines allemandes.
— Ton nom ?

Il hésite quelques secondes. Un coup violent l'atteint dans le dos et lui coupe la respiration.
— Écoute, je ne crois pas que tu sois un Résistant. Sinon, tu aurais porté un pistolet et pas un couteau. Alors, ne nous oblige pas à utiliser la manière forte. Si je le veux, tu parles. Tu as saisi ? Alors, je recommence : ton nom ?

Domenico reprend à peine son souffle. Il donne son identité, reconnaît qu'il est déserteur et indique ses différentes affectations.
— Bon, c'est bien ! Pour nous, tu nous as évité une grosse perte de temps, et pour toi, un mauvais moment. Nous n'avons plus besoin de toi. Demain, nous te livrerons à l'armée du Duce. Attends-toi à être fusillé. C'est le tarif pour les déserteurs.

Il se retrouve seul, enfermé dans un réduit sans fenêtre. Ignorant l'heure, il n'a plus de montre, il l'a déjà vendue. Il s'affaisse sur le sol et se laisse aller au sommeil. Des heures après, il se réveille, tenaillé par la faim. Il n'a aucune idée du temps écoulé. La confusion em-

brouille son esprit. Il culpabilise de n'avoir pas pris de précautions à la gare. Il s'inquiète pour sa femme et ses enfants. Il s'interroge sur son devenir. Un bruit de pas et la coulisse d'un verrou le tirent de sa réflexion. La porte s'ouvre et un soldat lui fait signe de venir. Il le saisit par les menottes qui enserrent toujours ses poignets et, en exerçant une traction vers le haut, le contraint à avancer devant lui, presque sur la pointe des pieds. Ils traversent un long couloir, gravissent un escalier, franchissent un portail et arrivent dans la cour arrière de l'édifice, baignée de soleil, dans un espace clos de grilles. La lumière aveugle Domenico. Il voudrait porter sa main à son front. Il craint sa dernière heure arrivée et cherche des yeux le peloton d'exécution. Rien, à part deux carabiniers qui se dirigent vers lui et le prennent en charge. Ils le font monter à l'arrière d'un fourgon où attend un de leurs collègues. Le véhicule démarre.
— Où m'emmenez-vous ?
— Au centre pénitentiaire de Bari.

La conversation ne va pas au-delà. Une heure après, à la périphérie de la ville, en bordure des installations portuaires, après avoir longé un haut mur d'enceinte en pierres de taille, le fourgon s'arrête devant une porte cochère bardée de métal. Un coup de klaxon, et un portier s'avance pour ouvrir le large vantail et contrôler les arrivants. Ils accèdent à la cour intérieure. Domenico n'ignore pas la réputation de l'établissement : dureté et cynisme de la direction, sévérité et perversité des personnels, exiguïté et insalubrité des locaux, nourriture répugnante. Pour garder une contenance vis-à-vis de lui-même et tenter de surmonter le découragement qui le gagne, par un sursaut d'humour et d'insolence, il se dit qu'ils ne vont pas lui réserver une chambre dans un palace avant de l'envoyer *ad patres*. Les carabiniers le confient aux surveillants pénitentiaires et s'en vont. Un chef procède aux formalités administratives : état civil, condamnations, statut à l'égard de l'armée, date d'incorporation, régiment et caserne d'affectation, désertion. Puis fouille à corps et finalement installation dans un quartier réservé aux prévenus relevant de la justice militaire, à l'écart de ceux de droit commun. Il partage la cellule avec cinq autres détenus, sous le coup de poursuites pour désertion, mutilation volontaire, insoumission ou insubordination, en attente de comparution devant la cour martiale et sans grande illusion sur leur sort. Il partage également avec eux les poux, les punaises et les blattes. Domenico ne tarde pas à comprendre qu'il doit absolument se fermer au défaitisme de ses codétenus pour ne pas sombrer dans le désespoir. S'accrocher et durer, le plus possible. Pour cela, il concentre ses pensées sur les quelques moments heureux qu'il a connus et il les revit intérieurement, pleinement. Des jours et des jours passent, interminables, dans une routine exaspérante, dans cet univers de vermine, de faim et de confrontations avec les autres prisonniers. Mais il tient. Le plus difficile à endurer, c'est l'absence de nouvelles et de visites.

À l'extérieur, après le choc de l'arrestation, après la période d'abattement consécutif, après la phase de pleurs convulsifs, Nicolete a séché ses larmes et repris le dessus. Elle a réfléchi et abouti à une évidence : il lui appartient, à elle uniquement, d'agir, pour tenter de sauver son mari. Naturellement, elle a d'abord rencontré la *signora* Di Carolis qui lui a promis d'intercéder avec Don Luigi, auprès de personnes influentes au sein de leur cercle de relations. Le même jour, elle en a parlé à *La Quag*. Parmi ses clients, certains notables pourraient, s'ils le veulent, intervenir en faveur de Domenico. Elle lui a assuré qu'elle ferait le maximum pour *Minguccio*. À peine quarante-huit heures après, alors qu'elle s'apprête à quitter sa maison avec les deux petits, pour rendre visite à Assunta et Giacinto, Nicolete voit arriver Letizia. La *signora* a des éléments d'informations à lui communiquer : Domenico est vivant et incarcéré au centre pénitentiaire de Bari. Il doit répondre de poursuites pour désertion aggravée. Nicolete exulte :
— Vivant ! Il est vivant ! Merci mon Dieu ! À Bari, c'est très dur. Il faut faire vite.

Elle demande à Letizia de bien remercier la *signora* de sa part et se précipite chez *La Quag* pour lui transmettre l'information. Celle-ci lui annonce que, pour l'heure, ses différentes interventions n'ont pas eu d'effet.

À la demande pressante de Tonino, elle a accepté de revenir chez sa sœur Rosa à Bitonto quand bien même la vision de la gare lui serait devenue insupportable. Son beau-frère veut sincèrement l'aider et le fait que Domenico soit emprisonné à Bari le conforte dans son projet. Il a pensé à son ami d'enfance, Marcello Di Michele,

depuis plusieurs années régisseur de Don Alphonso Conti, riche propriétaire terrien, dont le frère, Alberto Conti, magistrat, préside le tribunal de grande instance de Trani. Une amitié solide lie les familles Di Michele et Petrone. Pour renforcer ce lien, Marcello a accepté de devenir le parrain du premier garçon de Tonino et, en plus, Luisa Di Michele, la première fille de Marcello, est d'ores et déjà promise à ce filleul. Tonino se propose donc d'intervenir auprès de Marcello, pour que lui-même en parle à son patron, et qu'à son tour, celui-ci saisisse son frère magistrat. La proposition ravit Nicolete.
— Écoute, Tonino, j'ai tout vendu, tout sacrifié. Il me reste encore une chose de valeur à laquelle je tiens énormément. Je ne voulais pas m'en séparer jusqu'à aujourd'hui et je la conservais si besoin pour les enfants.

Tout en parlant, elle fait glisser son alliance de son annulaire gauche et la pose sur la table.
— Voilà, soit tu la prends telle quelle, soit je la revends et je te remets l'argent pour Marcello.
— Ni l'un, ni l'autre. Pour l'instant, tu la gardes à ton doigt. Elle constitue un signal fort à destination des hommes que tu peux croiser, tu es mariée. En plus, cela vexerait Marcello.

Conscient de l'urgence, Tonino ne perd pas une seconde et se rend rapidement chez Marcello pour enclencher le processus. Son ami l'écoute raconter le parcours de Domenico sans l'interrompre. Quand Tonino s'arrête, il dit simplement :
— J'ai compris. Moi, je dois convaincre Don Alphonso qui doit persuader son frère Alberto. Je m'en occupe aujourd'hui même.

Don Alphonso estime particulièrement son régisseur. Ses qualités humaines et professionnelles l'ont amené à lui confier l'entretien et la gestion de ses propriétés à la campagne. Il n'oppose donc aucune réserve à la requête de son intendant et accepte de présenter le cas de Domenico à son frère.
— On va d'abord lui envoyer de quoi l'amadouer, une dame-jeanne de dix litres de notre bon vin blanc moelleux de l'année dernière fera l'affaire. Tu t'en charges. Tu lui apportes chez lui, en disant que c'est de ma part et que je vais passer le saluer très prochainement.

Le soir même, Marcello se rend au domicile du juge à l'heure de son retour du palais de justice de Trani. De lui-même, il a complété le présent de Don Alphonso par deux bouteillons de trois litres d'huile d'olive de sa propre production et d'un sac de cinq kilos de farine blanche. Il remet le tout au magistrat en transmettant les salutations du frère et en annonçant sa venue prochaine. Don Alphonso laisse passer trois jours et se rend chez Alberto, le dimanche en fin de matinée, à l'heure du retour de la messe. Ils se congratulent réciproquement sur leur bonne forme et sur leur réussite respective malgré les événements. Une fois les banalités épuisées, Alberto touche le bras de son aîné et l'interroge du regard et d'un mouvement de menton. Celui-ci fait mine d'être surpris :

— Quoi ?

— Alphonso, tu me prends pour qui ? Ta dernière visite date de trois mois environ. Tu m'envoies Marcello avec du vin, de l'huile et de la farine, alors que nous subissons une véritable pénurie.

— Que du vin ?

— Non, du vin, de l'huile et de la farine. Qu'est-ce que tu me veux exactement ?

— Sacré Marcello, il pense à tout. Bon, tu as raison. Offre-moi quelque chose à boire, asseyons-nous et je t'explique.

Il se livre alors à un véritable plaidoyer en faveur de Domenico, en employant les mots qui vont au cœur, les fléaux qui ont ponctué son enfance, la Grande Guerre et la grippe espagnole qui ont fait de lui un orphelin, son refus de la guerre, la misère actuelle, l'histoire de sa femme vendue à huit ans et contrainte de travailler à cet âge, ses deux pauvres enfants. Il connaît bien son cadet. Il sait qu'il va l'émouvoir.

— Je compatis, mais qu'est-ce que je peux faire ?

— Alberto, toi seul peut le sauver. Si nous n'intervenons pas, il sera fusillé, c'est sûr. Je me suis engagé envers mon régisseur. J'ai donné ma parole. Tu sais ce que cela veut dire. Il y va de ma notoriété et de celle de notre famille. Il faut profiter de la pagaille actuelle. L'Italie n'existe plus. Qui représente réellement le pouvoir ? Qui commande aujourd'hui ?

— J'entends bien, mais je ne peux agir seul. Je dois impliquer le procureur. Il doit lui-même ouvrir une information et désigner un

juge d'instruction, en prétextant la mise en cause de ce Domenico dans une affaire de droit commun, disons par exemple du brigandage ou des violences, afin de le soustraire à l'autorité militaire.
— Oui, voilà. Toi, tu sais comment il faut s'y prendre.
— Bon, tu m'as rallié à la cause de cet homme. J'espère qu'il le mérite et que nous ne le regretterons pas.
— Je t'assure, c'est une bonne personne. Il n'a rien commis de grave. Il rejette simplement la guerre, fermement déterminé à ne pas reproduire, à l'égard de ses enfants, ce que son père lui a involontairement infligé.
— Tu as gagné ! En venant à moi, tu t'es souvenu que ton petit frère ne te refuse jamais rien. Dès demain, je m'en charge. On va s'organiser. Dans un premier temps, il faut que je récupère son dossier, comme je te l'ai dit, avec l'appui du procureur. Puis je le fais déplacer de sorte qu'il soit un peu oublié. Une fois les choses calmées et à un moment propice en relation avec l'avance des Alliés, nous le récupérerons. Est-ce que cela te va ?
— Merci Alberto. Je te savais très humain. Tu me l'as prouvé encore une fois.

Le résultat de la démarche parvient rapidement à Tonino par l'intermédiaire de Marcello. Il informe sans délai Nicolete qui lui exprime toute sa reconnaissance.
— Je ne sais comment te remercier, mon beau-frère. Si j'avais des sous, j'irais à l'église allumer un cierge à saint Antoine, pour qu'il te protège. Je te promets que je réaliserai la chose dès que possible et je prierai pour toi.
— Invoque Santo Domenico pour ton mari. Il en a plus besoin que moi.

Ce dimanche 15 août, dans l'abside de l'église Santa Maria Maggiore à Corato, la statue en bois polychrome de saint Cataldo demeure impassible au creux de sa niche votive. Personne ne vient la vêtir de ses habits rouges d'apparat. Pas de promenade rituelle sous baldaquin, porté par les confréries, le long du *stradone*. Aucune procession, aucune fanfare, aucun char décoré, aucune festivité. Cette année, tant la prêtrise que les fidèles n'ont envie de célébrer le saint patron de la ville. La présence allemande et le couvre-feu imposé ont dissuadé les bonnes volontés. À Bari, dans sa cellule,

Domenico y pense. Allongé sur sa couchette, il trace un petit trait vertical sur le mur à l'aide de sa cuillère. Un bâton de plus au calendrier simpliste qu'il tient depuis plus d'un mois. Les yeux fermés, il se remémore les belles fêtes qu'il a connues dans son enfance, avec son *Tchachin*. Le souvenir éclaire un peu son visage hirsute, mangé par la barbe et les cheveux longs, et provoque inconsciemment l'esquisse d'un sourire. Il s'endort avec des images de feux d'artifice, oubliant presque le prurit que la vermine grouillante lui a inoculé sur tout le corps. Le lendemain matin, au réveil, il a encore des étoiles dans la tête et il n'assimile pas les paroles du surveillant qui lui annonce son transfèrement le jour même, en lui ordonnant de préparer ses affaires. Il ne réagit pas.
— Tu préfères rester ici ?
— Quoi ? Qu'est-ce qu'il se passe ? Où est-ce que je vais ?
— Dépêche-toi de sortir avec ton baluchon, je vais te conduire dans la cour.

À nouveau le fourgon Fiat SPA38 qui l'a amené, et les deux mêmes carabiniers qui le font monter à l'arrière où se trouve le troisième homme. Comme à l'aller, l'échange tient en peu de mots.
— Pourquoi suis-je déplacé ? Où me conduisez-vous ?
— Tu as de la chance, mon bonhomme. Nous t'emmenons à Barletta. Tu vas avoir une vie de château.

Le fonctionnaire se met à rire, content de son bon mot. Ils le transfèrent, en effet, au château de Barletta, joyau patrimonial de cette ville côtière au riche passé historique, distante d'une cinquantaine de kilomètres au nord de Bari. La forteresse, vestige de l'occupation normande, servant autrefois de refuge aux croisés en partance vers la Terre sainte et maintenue en site défensif stratégique pendant les longs siècles d'invasions successives, est devenue par la suite un dépôt d'armes, et enfin une prison, depuis l'instauration du régime totalitaire. Domenico découvre l'imposante construction en pierres blanches, de forme quadrangulaire, aux angles renforcés de tours bastionnées. Malgré son caractère militaire, il la trouve plus engageante que celle de Bari et, surtout, il remarque son positionnement pied dans l'eau, au bord de l'Adriatique. Il pourra entendre le clapotis de la mer. Il apprécie. Deux surveillants le réceptionnent, munis d'une pompe à main de DDT. Ils lui donnent l'ordre de se dévêtir. Il s'exécute et reçoit immédiatement une pulvérisation de pesticide sur tout le corps, afin d'éliminer les poux, les cancrelats, les puces, les punaises et autres parasites. La désinfection se poursuit par la douche, la coupe des cheveux, le rasage et la fourniture d'une tenue propre. Il retrouve figure humaine et un semblant de dignité. Au cours des formalités d'entrée, il apprend avec surprise qu'il est sous le coup d'une détention provisoire pour des faits de vol. Il ne comprend pas. Il dément. Les geôliers ne s'en soucient guère et lui conseillent de garder sa salive pour le juge. Ce juge, dont la manœuvre a atteint son but. Comme l'avait escompté son frère Alphonso, la confusion générale et le délitement de l'appareil d'État ont contribué à la réussite de ce tour de passe-passe. Les militaires n'ont plus la main sur le destin de Domenico. Ces mêmes militaires, défaits en Sicile, refluent à présent vers le nord, talonnés par les Alliés qui ont franchi le détroit de Messine et entamé la reconquête du continent italien. Alberto informe son frère du succès partiel de l'entreprise. Celui-ci avise Marcello, qui prévient Tonino, le jour même. Le lendemain matin, alors qu'elle s'apprête à sortir pour aller chercher de l'eau à la fontaine, Nicolete voit arriver son beau-frère. Au sourire qu'il arbore, elle comprend. Le processus a fonctionné. Tonino lui relate les derniers événements concernant son mari et l'invite à faire preuve de patience. Maintenant, il faut attendre.

Dans l'ignorance totale de l'action judiciaire qui a été menée pour le sauver et se croyant poursuivi pour vol, en plus du motif de désertion, Domenico a du mal à garder espoir. Bien que l'amélioration notable de ses conditions de vie carcérale ait quelque peu allégé sa peine, l'absence de visites et de courriers lui est insupportable. Il a beau observer, examiner, étudier, évaluer, rien, aucune possibilité d'évasion. Depuis trois semaines, il tourne en rond dans la cour du château et dans sa cellule. Toujours aucune convocation devant un juge. Il a beau interroger les surveillants, la réponse ne varie guère :
— Il a dû t'oublier. Ne te plains pas, c'est peut-être mieux pour toi. Tu ne sais pas ce qu'il se passe dehors.
— Dites-moi !

La tournure des événements et les incertitudes qui se profilent inclinent un des gardiens à lui parler :

— Depuis la destitution de Mussolini, le maréchal Pietro Badoglio a été nommé chef du gouvernement. Hier, 8 septembre, après quelques hésitations, il a finalement signé un armistice avec les Alliés. Nous ne sommes plus en guerre avec eux, mais à présent, comment agir avec les Allemands ?
— Qu'est-ce que ça change pour moi ?
— Pour toi en particulier, je ne sais pas, mais tout cela va provoquer de grands chambardements.

L'Armistice a placé les états-majors des armées de terre, de l'air et de la marine, devant un épineux dilemme : quelle attitude adopter ? Choisir la neutralité, s'associer aux Alliés ou maintenir la collaboration avec la *Wehrmacht* ? Le ton ferme de Winston Churchill et de Franklin D. Roosevelt ne laissant guère de place à l'hésitation, le 10 septembre, le haut commandement italien cède et diffuse la consigne : l'Allemand est l'ennemi. Dès lors, le commandant des forces basées à Barletta prévoit d'entraver le repli des troupes allemandes. Elles proviennent de Lecce et de Brindisi, pour opérer une jonction à Foggia, avec une partie de celles remontant de Sicile par la Calabre et le Basilicate, l'autre contingent marchant vers la Campanie et le Latium, vers Naples et Rome. S'il manque d'armes lourdes, il estime toutefois disposer de forces importantes en nombre et à même de défendre la cité. Le 12 septembre, une cinquantaine de Résistants, hommes et femmes, en provenance du Salento et du Basilicate, désireux de combattre les nazis et les fascistes, entrent en ville. Ils annoncent précéder de peu une colonne allemande. Les militaires sollicitent leur aide et proposent de les positionner au château, élément central dans le dispositif défensif. Saluant le revirement de l'armée, ils acceptent et investissent les lieux, découvrant les geôles et la vingtaine de prisonniers. Le chef des partisans, dont la froide détermination transpire de tout son être, tant dans l'apparence que dans le propos, et qui ne lâche jamais son pistolet-mitrailleur Beretta 1938A, questionne le directeur de l'établissement sur le type d'individus détenus. Apeuré et renonçant *ipso facto* à ses prérogatives, l'intéressé l'informe qu'ils sont tous de droit commun et, pour la grande majorité, condamnés pour vols ou en attente de jugement. Alors, d'autorité, le chef envoie un de ses fidèles ouvrir les cellules et rassembler les prisonniers dans la cour. Prenant

la parole, il propose à chacun d'eux de payer sa dette à la société, en s'enrôlant dans sa formation.
— Venez avec nous. Prenez une arme, défendez cette ville et vous aurez gagné votre liberté.

Un sonore hourra répond à l'invite et les prisonniers entourent leur libérateur en manifestant leur joie.
— Calmez-vous. Gardez vos forces pour le combat à venir. Mes lieutenants vont s'occuper de vous. Suivez-les.

Deux hommes se détachent de la troupe de combattants. Les prisonniers leur emboîtent le pas. Tous, sauf un. Domenico n'a pas bougé. Le chef des Résistants remarque sa présence et s'étonne de son attitude.
— Tu ne veux pas t'enrôler ?
— Non. Je refuse la guerre.
— Quoi ? Qu'est-ce que c'est que cette histoire ?
— Ce serait trop long à expliquer.
— Tu as peur ?
— Non, je n'ai pas peur.
— Mais qu'est-ce que tu veux que je fasse de toi ? Tu veux retourner en cellule ?
— Non.
— Tu me casses les brimborions.
— J'accepte de me joindre à vous, ici uniquement, et sans arme. Je ne tue personne.
— J'ai entendu parler de gens comme toi qui refusent de se battre. L'armée les met en taule.
— Pour moi, cela n'a rien de politique. Je suis orphelin de guerre. Je ne veux pas reproduire la même chose avec mes enfants.
— Bon, écoute, on ne va pas y passer la nuit, je te prends avec moi. Tu me serviras d'estafette et tu assureras la fourniture des munitions à mes hommes. Ça te va ?
— Ça me va. Je te remercie. Mais je te préviens, j'ai une femme et deux enfants qui m'attendent. Je m'en irai aussitôt la bataille terminée.
— Comme tu veux.

En évoquant ses enfants, Domenico vient de réaliser que le lendemain, 13 septembre, son petit Mario aura trois ans et qu'il ne pourra pas l'embrasser. Combien de jours, privé de sa famille ? Giuseppe a dû changer. Et Nicolete, comment va-t-elle ? Il ressent tellement de regrets et de remords.

À la tombée du jour, le convoi allemand qui regroupe plusieurs compagnies d'infanterie, une d'artillerie de campagne et un appui de panzers, chapeautés d'une section SS, stoppe sa progression aux premiers faubourgs. Un groupe d'éclaireurs, composé d'un side-car et d'un véhicule blindé de transport de troupe avec une douzaine d'hommes, se détache et pénètre en ville. Parvenus à hauteur du château, les deux engins s'arrêtent tout en laissant tourner les moteurs. Les fantassins descendent et commencent à se disperser pour déceler toute présence hostile. Un feu roulant en provenance du château les cueille tous. Pas un n'en réchappe. Les Résistants ont pris l'initiative, sans attendre les ordres des militaires. Des cris de victoire s'élèvent de la forteresse. Les officiers SS ont observé la scène à la jumelle et aussitôt donnent l'ordre d'avancer en ripostant. Une pluie d'obus tombe sur la ville. Au bruit assourdissant des explosions répond le fracas des immeubles qui s'écroulent, les cris des victimes, les plaintes des blessés. Des flammes, des lueurs, des fumées et des nuages de poussière s'élèvent du sol et créent une atmosphère irrespirable. Des rafales de mitrailleuses fauchent tout ce qui bouge. L'armement léger des Italiens ne pèse guère face aux moyens de l'ennemi. Au bout d'une heure, les tirs s'arrêtent et le commandement allemand envoie un émissaire muni d'un drapeau blanc pour proposer aux défenseurs de mettre fin aux combats. Faute de quoi, il promet de raser la ville et d'exterminer les habitants. Les militaires, qui souhaitent épargner les civils, constatant l'inanité de leur action, cèdent. Sachant le sort qui leur serait réservé, les Résistants, combattants sans uniforme, n'entendent pas se rendre. Ils décident de profiter de l'obscurité pour se faufiler à l'arrière du château et reprendre leur route discrètement. Les soldats italiens déposent les armes et se constituent prisonniers. Les Allemands investissent Barletta. Au lever du jour, au hasard, ils frappent à quelques portes, s'introduisent dans les maisons et emmènent de force le ou les hommes présents, indifférents aux cris et aux pleurs des femmes et des enfants. Ils s'arrêtent à treize otages. Les pauvres sont conduits *via* Duomo, sur le parvis de l'église Santa

Maria Maggiore, et là, fusillés, sans pitié, en signe de représailles et d'avertissement à quiconque oserait se soulever contre l'armée allemande.

Les Résistants ont réussi à s'éloigner de la ville. Après avoir longé la rivière Ofanto, ils ont pris la direction de Cerignola, en privilégiant les petits chemins. À proximité de Canosa di Puglia, le chef s'arrête et rassemble sa troupe. Il félicite ses hommes et les ex-prisonniers pour leur vaillance. Il invite ceux qui le désirent à poursuivre avec lui et sa bande. Une dizaine, parmi les plus jeunes, y consentent. Une fraternité de combat les lie désormais. Les anciens optent pour un retour auprès des leurs. Domenico s'approche du chef et lui confirme son départ.
— Tu as tenu parole. Tu t'es comporté avec discipline et courage. J'ai vu que tu n'étais pas un trouillard. Je respecte ta décision. D'ici, tu es à peu près à une quarantaine de kilomètres de chez toi. En marchant prudemment, tu peux y être dans deux ou trois jours. Je te souhaite bonne chance !

Ils se serrent la main chaleureusement. Domenico lance un *ciao* à tous et s'éloigne. La guerre fait se croiser des chemins qui se voulaient parallèles. Les événements rapprochent ou éloignent les hommes, souvent sous le coup d'émotions intenses. À l'échelle du temps, leur rencontre n'aura duré qu'un bref instant. Tout en marchant, Domenico pense à ce qu'il vient de vivre et il se surprend à tenter d'analyser les faits qui l'ont conduit sur cette route, à nouveau libre. Il n'a pas de réponse. Il avance. Il a déjà marché deux nuits en se reposant quelques heures durant la journée. En évitant villes et villages et leurs abords immédiats, il a écarté quelque peu son itinéraire et allongé la distance. À l'aube du troisième jour, il constate qu'il progresse plus lentement. Prévoyant, avant de quitter Barletta, il avait réussi à récupérer une musette, une gourde d'eau et la moitié d'un pain. Il n'a plus rien. Son estomac se noue. Ses forces s'amenuisent. Heureusement, *Dame Fortune* ne l'abandonne pas. Au bord du chemin, émergeant d'un mur de pierres blanches, un bouquet de figuiers de Barbarie, aux fruits rouges, jaunes et verts, s'offre à lui. Il défait sa chemise, et utilise une manche pour prélever les fruits en évitant les épines. Il n'a plus son couteau et le regrette. Il trouve une pierre plate avec laquelle il fend la peau des figues, les épluche et les avale presque entières. Il savoure et se gave, sachant très bien que ses boyaux vont réclamer, tant pis. Au moins, il récupérera des forces. Son repas terminé, il franchit le muret et s'y appuie pour un sommeil réparateur. Avant de clore les paupières, il regarde autour de lui et, intérieurement, remercie sa terre généreuse et déplore la folie des hommes, intolérants et égoïstes, avides de dominer et de s'approprier, au lieu de rechercher l'harmonie avec la nature. Au bout d'une heure, ses intestins se démènent et lui font entendre un drôle de gargouillis. Il s'en doutait. Il faut qu'il se libère. En fin d'après-midi, au débouché d'un sentier encaissé, il aperçoit une *masseria*. Il progresse encore un peu et, déjà, il entend des chiens qui aboient, des vaches qui meuglent et des chèvres qui bêlent. Sa présence a été détectée. Inutile de se cacher, il n'y a âme qui vive à plusieurs kilomètres à la ronde. Il prend un air détaché et s'avance vers le corps de ferme. Il franchit le portique d'entrée surmonté d'un arceau de bois rongé par les années, sur lequel figure l'inscription gravée au fer : *Masseria Troianelli.* Devant le bâtiment d'habitation, dont les pierres autrefois claires ont grisé sous l'effet conjugué du temps et du soleil implacable, assis sur une chaise, un homme âgé, ses cheveux blancs débordant de dessous son chapeau, les bras en avant, les mains croisées sur la poignée de sa canne, une *lupara*[83] posée à plat sur ses cuisses, deux braques couchés à ses pieds. Il n'a pas l'air surpris de voir un inconnu et son regard impavide n'exprime aucune interrogation. Derrière lui, au premier étage du logis, le rideau d'une fenêtre ouverte a bougé et Domenico devine, à l'intérieur, deux silhouettes de femmes dont l'une, manifestement, le tient en joue avec une carabine. Il s'arrête à quelques mètres, ses mains vides bien en évidence, et incline la tête en signe de respect.

— Il y a quelque chose qui me disait que l'on aurait de la visite aujourd'hui. Les merles ne chantaient pas comme d'habitude, ce matin.

Le vieil homme a parlé, sans animosité.

---

83 *Lupara* : fusil de chasse à deux canons lisses juxtaposés, souvent sciés, initialement destiné à tuer les loups, fréquemment utilisé dans les règlements de comptes de la mafia sicilienne.

— *Buongiorno Signore* !

Domenico répond avec déférence.
— Je suis Don Gaetano Troianelli, le maître de ces lieux. Qu'est-ce que je peux faire pour toi ?
— Un morceau de pain et un peu d'eau.
— Tu n'es pas exigeant !
— C'est tout ce dont j'ai besoin. Je marche depuis trois jours, sans rien à me mettre sous la dent.
— Tu marches depuis trois jours ! Tu ne viendrais pas de Barletta, par hasard ? Il paraît qu'il y a eu du grabuge, là-bas ?
— J'étais avec les Résistants.
— Tu aurais dû commencer par ça ! Viens, suis-moi !

Ils pénètrent dans l'habitation. D'un hochement de tête, Domenico salue les deux femmes qui, à présent, se sont positionnées dans la pièce principale, au rez-de-chaussée. L'une jeune, l'autre nettement plus âgée, vraisemblablement la mère et la fille. Toutes deux vêtues de noir. Il note au passage la carabine Carcano rangée sur un râtelier artisanal et où la rejoint la *lupara*. Le vieil homme l'invite à s'asseoir et demande qu'on les serve.
— Giulia, sors du pain, de la saucisse et du fromage. Valentina, ma fille, apporte du vin pour notre visiteur et mets un verre pour moi.

Ils trinquent. Don Gaetano laisse Domenico étancher sa soif et se rassasier puis lui demande quelques détails sur les événements survenus à Barletta. Il en a lui-même appris quelques bribes par le collecteur de lait qui passe de ferme en ferme, tous les jours en fin de matinée, récupérer la traite du soir et celle du matin, tout en colportant les dernières histoires du pays. Mais cette fois-ci, les nouvelles apportées avaient un goût de poudre, de cendre et de sang. Elles ont particulièrement attristé tous les gens de la contrée. Don Gaetano évoque les treize otages fusillés. Domenico, surpris par la violence de cette réaction envers des innocents, exprime sa révolte contre des faits ignobles qui ancrent encore plus, en lui, ce rejet inné de la guerre. Il s'ouvre à son interlocuteur, sur ses convictions et ses motivations. Le vieil homme approuve et lui dit respecter ses idées. Il se confie à son tour et raconte que depuis six mois, ses deux fils, âgés de vingt et vingt-deux ans, ont été incorporés et envoyés en Russie et qu'il n'a plus reçu de lettres de leur part

depuis fin juillet. Il ne sait que penser. Les échos du front russe sont alarmants. Ses deux gaillards lui manquent et leur absence handicape fortement la bonne marche de l'exploitation. Son épouse, sa fille et lui-même, d'un âge avancé, ont beaucoup de difficultés à poursuivre la tâche.
— Tu ne voudrais pas t'arrêter deux ou trois jours, histoire de nous donner un petit coup de main ? Tu n'aurais pas affaire à un ingrat. En même temps, pour toi, laisser passer un peu de temps permettrait que les choses se calment dans le secteur.

Le conseil lui semble sage et, par ailleurs, l'hospitalité déployée par ses hôtes ne mérite pas un refus. Retrouver sa famille, avec un panier de provisions, n'est pas non plus pour le contrarier. Il accepte, en précisant cependant qu'artisan peintre-décorateur, il n'a aucune connaissance des animaux et qu'il ignore tout des travaux de la ferme.
— Nous t'apprendrons. Bon, pour ce soir, on se couche tôt ; et demain matin, debout à cinq heures. On va te préparer un lit dans la remise, emporte une bougie. À partir de demain, à l'heure de la collecte de lait, dissimule-toi. Il vaut mieux que le préposé ignore ta présence. Il parle beaucoup. On ne sait jamais.

Les journées de labeur défilent. Bien nourri, Domenico a repris des forces et il ne rechigne pas à la peine. Nettoyer l'étable, évacuer le fumier, descendre le foin du fenil, alimenter les bestiaux, traire les vaches, étriller les veaux, gratter le poulailler, distribuer le grain aux volailles, curer la porcherie, rien ne le rebute. Il n'y a que l'odeur à laquelle il ne parvient pas à s'habituer. Il préfère de loin les senteurs d'huile de lin ou d'essence de térébenthine et, à tout prendre, il aime mieux manier le pinceau ou le couteau à enduire que la fourche ou la pioche. Au demeurant, son ardeur à la besogne a séduit le vieil homme qui lui témoigne à présent estime et sympathie.
— Domenico, tu ne voudrais pas t'arrêter un peu plus longtemps chez moi ? Tu es bien traité, n'est-ce pas ?
— Vous êtes un bon patron ! Je suis heureux de travailler pour vous ! Mais j'ai un métier. Je l'apprécie beaucoup et je suis impatient de m'y remettre.
— Et si je te disais que je pourrais t'accepter comme futur gendre ?

— Don Gaetano, ce que vous me dites, c'est de l'honneur. La main sur le cœur, je suis sincèrement touché. Mais je suis marié, j'adore ma femme et nous avons deux garçons. Ils me manquent tous les trois. Je sais qu'ils m'attendent et je suis impatient de les retrouver. Je n'ai pas compté les jours passés chez vous, mais j'ai bien dépassé la semaine. Aussi, je reprendrai la route après-demain. Il nous reste encore toute une journée à travailler ensemble.

Domenico tient à laisser les installations en état avant son départ. Il consacre sa dernière matinée à briquer une dernière fois l'étable, la porcherie et le poulailler. À l'arrivée du collecteur de lait, comme d'habitude, il demeure caché. Sans entendre ce qu'il rapporte, à sa gestuelle et à son agitation, il décèle des informations importantes. À l'heure du repas, Don Gaetano lui répète ce qu'il a appris :
— Le collecteur m'a dit que les Alliés ont beaucoup progressé sur le terrain et que les Allemands remontent vers leurs retranchements fortifiés sur la chaîne des Apennins. Les Anglais ont débarqué à Taranto et à Salerno sans rencontrer de résistance. Plus près de nous, à Molfetta, des navires de guerre mouillent dans le port. Tout ça va dans le bon sens. Que cette guerre prenne fin et que mes fils reviennent à la maison ! À mon avis, en fonction de ce que tu m'as confié, toi, tu devrais aller à la rencontre des Américains ou des Anglais. Ils te proposeront sûrement une solution à tes problèmes. Bon, cette après-midi, repos. Tu n'as plus rien à faire à part te laver et te préparer pour ton départ. Tout est en ordre. Ce soir, on boira un verre et on fera les comptes.

Giulia a préparé la pâte et allumé le four à bois aux premières lueurs du jour. Elle veut qu'il emporte du bon pain. Elle, qui refuse que l'on touche à ses chèvres, a sacrifié un chevreau et prévu de la viande grillée pour le soir. Elle aussi s'est prise d'affection pour ce jeune homme qui pourrait être son fils. Elle lui a remis un morceau de savon et une serviette et lui a préparé du linge prélevé dans les affaires de ses garçons. Propre, rasé, coiffé, Domenico se présente au dernier repas, vêtu des habits qu'on lui a remis. Don Gaetano, Giulia et Valentina le regardent longuement, silencieux et émus. Sur la table, ils ont étalé deux saucissons, deux gros fromages, deux miches de pain et des sachets de légumes secs : fèves, haricots, pois chiches, et aussi des châtaignes, un petit sac de toile avec de la farine, une gourde de berger en peau de chèvre, contenant deux litres de vin blanc de leur production.

— C'est pour toi et ta famille. Tu l'as bien mérité. Je t'ai ajouté une vieille musette pour transporter cette marchandise. J'ai remarqué que tu n'avais pas de couteau, alors je t'en offre un. La lame est repliable. Le manche est en bois d'olivier de chez nous. Il n'a pas une grande valeur, mais il est dans ma famille depuis longtemps. C'est certainement un de mes ancêtres qui l'a fabriqué. Je le gardais pour un futur petit-fils. Tu en feras bon usage, j'en suis sûr.

— Don Gaetano, je ne sais comment vous remercier. Je n'ai pas les mots qui conviennent. Merci.

— Attends, ce n'est pas tout. Prends ça aussi.

Il tend son poing vers lui en l'invitant à s'en saisir. Domenico s'avance, empoigne la main fermée, dont les doigts se déplient en libérant un billet de cinquante lires, soigneusement plié. Il n'en croit pas ses yeux. Il se confond en remerciements et, spontanément, leur donne l'accolade à tous les trois. En comparaison avec les périodes de carence alimentaire qu'il a endurées, le dîner prend des allures de festin, du pain à volonté, de la viande, des légumes, du fromage, des fruits, c'est Byzance. Don Gaetano n'économise pas son vin non plus. À plusieurs reprises, ils lèvent leurs verres en se souhaitant *pace e salute*[84]. Ils se couchent tard après avoir remercié le ciel de leur rencontre. Domenico les a prévenus, quand ils se lèveront, il ne sera plus là. Un dernier adieu, et le silence tombe sur le domaine Troianelli.

Au premier envol d'étourneaux quittant leur gîte nocturne, dans la ramure des vieux oliviers, et s'élevant en nuées protéiformes dans le ciel rosissant, Domenico franchit le portique. Il se retourne une dernière fois en levant la main. Don Gaetano et Giulia sont sortis du lit, discrètement, pour le regarder s'éloigner. Un jour, peut-être ? Les bandoulières des deux musettes croisées sur sa poitrine, les pouces passés sous les sangles, la gourde de vin par-dessus, il marche d'un bon pas, voulant couvrir le maximum de distance pendant les heures tranquilles de l'aube. Son fardeau, le précieux

84 *Pace et salute* : paix et santé.

salaire en nature, d'une vingtaine de kilos, n'affecte pas son allure. Aujourd'hui, rien ne l'arrêtera, ni le freinera, il va retrouver les siens. Il imagine déjà la surprise de sa femme, en le voyant rentrer les bras chargés de victuailles. Il en sourit d'aise.

Alors que son mari chemine vers elle, *via* Cuoco, Nicolete se désespère. Elle a su son transfert à Barletta par le canal de son beau-frère et de son ami le régisseur Marcello Di Michele. Mais elle ignore tout des événements tragiques en relation avec le passage des soldats allemands, la libération des prisonniers par les Résistants et leur départ. Le directeur du centre de détention installé au château de Barletta a rendu compte de l'initiative des Résistants à sa hiérarchie et aux différents juges mandant pour les détenus astreints à une détention provisoire. Le magistrat, Alberto Conti, a lui aussi été tenu au courant du sort des prisonniers. Il a bien compris que celui pour lequel il s'est impliqué est mort ou libre. Compte tenu de la procédure irrégulière mise en œuvre, il préfère garder le silence. Aucune information, et déjà septembre touche à sa fin. Nicolete ne comprend pas et surtout elle a peur. Elle se réfugie dans la prière. Chaque jour, elle allume un lumignon devant le cadre de saint Antoine de Padoue, auquel elle croit beaucoup, et le supplie de protéger son Domenico et de le ramener à la maison. En plus, elle n'a plus rien à vendre. Ses derniers escarpins, elle les a monnayés aussi, contre un peu de pain pour Mario et Giuseppe. Elle-même se prive et se suffit de quelques miettes. Elle tient pour ses petits.

La semaine précédente, *La Quag*, lui rendant visite, l'avait trouvée en larmes, ses enfants dans les bras. Elle avait constaté son état d'apathie et son découragement et tenté de la réconforter en lui parlant de l'avance des Alliés et de la fin prochaine de la guerre. Elle l'avait incitée à garder espoir. Pour la distraire un tant soit peu, elle lui avait raconté sa dernière rencontre avec une cartomancienne qui réalisait des prodiges dans l'art divinatoire. Elle avait insisté pour qu'elles s'y rendent ensemble. Nicolete avait décliné l'offre, en lui avouant qu'elle doutait de ces prétendus dons et que de toute manière, elle n'avait pas d'argent pour cela. Elle était revenue plusieurs fois à la charge.
— Il faut que tu viennes ! Tu verras, tu seras surprise ! Et de toute façon, c'est moi qui paie. Alors ?

Devant son insistance et afin d'échapper un instant à ses idées noires, elle finit par céder et accepte de l'accompagner cette après-midi du 30 septembre. *La Quag* garde les enfants à l'extérieur. Après avoir appelé la dame et écarté le rideau d'entrée, Nicolete entend une voix monocorde, presque caverneuse, qui l'invite à entrer. Elle s'introduit chez la praticienne. Faiblement éclairée par une lampe à pétrole, la demeure ne présente aucun signe particulier hormis quelques amulettes de bois, de pierres ou de coquillages, suspendues aux murs. Une odeur d'encens enveloppe toute la pièce. Dans un coin, assise près de la table, une femme, sans âge, de type tsigane, aux cheveux lâchés longs et gris, vêtue d'un chemisier marron au col monté et d'une jupe longue, noire, invite Nicolete à la rejoindre et à s'installer face à elle. Elle lui demande de poser ses mains à plat, paumes en l'air, sur un carré de velours rouge qui couvre la table. De son index gauche, elle suit les lignes de ses mains, mais sans la toucher.

— Je sais ce que tu es venue chercher. Ne dis rien. Fais le vide en toi, détends-toi et ne pense plus à rien.

Pourquoi pas ? Nicolete se prête au jeu. Elle chasse provisoirement de son esprit tous les problèmes qui l'assaillent. La cartomancienne pose un jeu de quarante cartes à enseigne espagnole sur le carré de velours.

— Étale les cartes, à plat sur la table. Puis, prends trois fois trois cartes et dépose-les en trois lignes, figures cachées.

Nicolete obéit. Sans les retourner, la diseuse de bonne aventure observe les cartes longuement, semblant les lire par le verso, en fixant alternativement Nicolete dans les yeux. Ensuite, une à une, elle retourne les trois premières : as d'épée, dame de pièces d'or et roi de bâton. Elle ne dit rien et passe à la ligne suivante : cavalier de coupe, dame de bâton et roi d'épée. Toujours pas de commentaire. Enfin, les trois dernières : sept de pièces d'or, dame de coupe et roi de bâton. Son regard devient plus intense et Nicolete a la sensation qu'elle lit en elle. Après de longues minutes, immuable et dans un silence total, elle ouvre ses mains, les pose à plat sur le velours et commence à s'exprimer comme si elle récitait des litanies :

— Je parlerai d'abord du passé, puis du présent et enfin de l'avenir. Surtout, ne m'interromps pas.

Tu as pleuré. Tu as beaucoup pleuré.
Je te vois seule. Avec des familiers, mais seule.
Tu as côtoyé la richesse, sans jamais la posséder. Tu as fréquenté la maladie, mais sans en souffrir toi-même.
Il y a quelqu'un qui pense à toi.
Tu as pleuré. Tu as beaucoup pleuré. Tu pleures encore.
Le cavalier de coupe t'a apporté l'amour, mais le roi d'épée l'oblige à fuir.
Je vois une terre aride, sans fruit, qui revit après une pluie diluvienne.
Il y a toujours quelqu'un qui pense à toi.
Tu as pleuré. Tu as beaucoup pleuré. Tu pleureras encore, mais quelqu'un pense à toi. Il y a quelqu'un, loin, qui pense à toi. Il t'aime. Il se trouve dans un autre pays, mais proche. En France. Écoute-moi bien : il y a quelqu'un qui t'aime en France.
Je vois une corne d'abondance et tu ne pleures plus.

Sa logorrhée s'arrête brutalement. Son regard baisse d'intensité. Nicolete est sous le choc. Elle a reçu des vérités surprenantes et des prédictions incroyables.
— Tu peux t'en aller. Je ne te dirai rien d'autre. Les cartes ont parlé. Rappelle-toi ce que je t'ai dit.

Elle quitte les lieux et retrouve *La Quag* et ses enfants dans la rue. Celle-ci l'interroge du regard avec un sourire malicieux sur les lèvres.
— Alors ? Surprise ? Qu'est-ce que je t'avais dit ?

Malgré son incrédulité initiale, Nicolete doit se l'avouer, elle est abasourdie.
— Tu lui avais parlé de moi ?
— Pas du tout ! Je te jure, je ne lui ai rien dit.
— C'est surprenant. J'en suis toute retournée. Bon, on en rediscutera plus tard, pour l'instant, on rentre à la maison, il faut que je cuise quelque chose pour les gosses.

« Il y a quelqu'un qui t'aime en France. »

La phrase sonne en elle comme une évidence et elle la répète du bout des lèvres, à plusieurs reprises. À l'entrée de la *via* Cuoco, les deux femmes s'arrêtent, intriguées, il y a un homme bizarre, avec un fardeau sur le dos, devant le numéro 1. Celui-ci a entendu du bruit et se retourne vers elles. Nicolete n'en croit pas ses yeux.

Domenico, c'est Domenico. Elle a du mal à ne pas défaillir. Elle chancelle, *La Quag* la soutient du bras et la guide vers son mari. Ils se jettent dans les bras l'un de l'autre, les enfants mêlés à leur embrassade.
— Domenico ! Domenico !

Nicolete ne parvient pas à prononcer d'autres paroles. Lui, il rit, nerveusement, par saccades, sous le coup de l'émotion. Troublée par un tel manifeste de tendresse et peu coutumière de ces démonstrations affectives, *La Quag* s'écarte et les abandonne à leur bonheur. Ils entrent chez eux. Elle lui prend les mains.
— Tu es vivant ! Vivant et de retour ! Raconte-moi.
— Plus tard, je te raconterai tout. Pour l'instant, regarde ce que j'ai apporté. Je n'ai rien volé, c'est le fruit de mon travail. Je t'expliquerai. En plus, à l'entrée de Corato, j'ai fait une halte à la fabrique de mozzarella et j'en ai acheté pour toi et les enfants. J'ai aussi un peu d'argent.
— Domenico, je n'avais plus rien ! C'est le bon Dieu qui te ramène à nous. J'ai tellement prié. Saint Antoine m'a exaucée.

Les retrouvailles se prolongent tard dans la soirée, après un copieux repas pour Nicolete, Mario et Giuseppe. Tous trois n'avaient pu se rassasier de la sorte depuis longtemps. Et puis, ils ont tant à se raconter. Nicolete lui narre l'intervention couronnée de succès de son beau-frère Tonino, la médiation de son ami et régisseur Marcello Di Michele, l'intercession de son patron et le rôle de son frère, le juge. Leurs actions combinées, en sa faveur, ont permis qu'il soit vivant et présent avec elle aujourd'hui.
— Il faudra que tu remercies ces gens-là et spécialement notre beau-frère. Dis-moi ce que tu as fait pendant tout ce temps.

Alors il détaille : les suites de l'arrestation, l'interrogatoire, l'horreur de la prison à Bari et l'angoisse à chaque réveil, dans l'attente quasi certaine d'une fusillade. Puis, sans explication, le transfert à Barletta, l'action des Résistants, la bataille contre les Allemands et la fuite. Ensuite, l'épisode au domaine Troianelli. Nicolete écoute avec beaucoup d'attention le récit de son homme. Elle veut partager ses émotions, ses craintes, et connaître les dangers qu'il a encourus.

— J'aurais préféré te retrouver plus tôt, mais tu as bien fait de rester un peu chez les Troianelli, pour les aider, et en attente d'une accalmie. Manifestement, ce sont des gens bien. Ils ont été généreux avec toi. J'aimerais les connaître. Quand la paix reviendra, nous pourrons leur rendre visite avec les enfants.

Domenico se garde bien d'évoquer la proposition de Don Gaetano à propos du statut de gendre. Le lendemain, ils ont encore tant de choses à se dire. Nicolete a une envie irrépressible de lui parler de sa visite chez la cartomancienne et de lui répéter tout ce qu'elle lui a annoncé. Lui, voudrait bien aborder le sujet qui le tarabuste depuis son échange avec Don Gaetano. Il essaie de démarrer son propos, mais elle le coupe.
— Attends, c'est moi qui commence.

Il voit que cela lui fait plaisir. Il sait qu'elle a beaucoup souffert, alors comment ne pas y souscrire. Il l'invite à poursuivre. Nicolete relate la séance divinatoire, mais surtout évoque l'insistance de la dame à propos d'une personne qui l'aime en France, et la perspective de jours meilleurs.
— Je ne vois qu'une personne qui m'aime et qui se trouve en France, c'est mon frère aîné Michele. Il est parti au début des années trente, et je n'ai plus de nouvelles depuis longtemps. J'ai reçu une lettre de sa part en 1934, m'annonçant son mariage, à Ruvo, avec la sœur d'un de ses amis, Immacolata Pulito. Il avait essayé de me voir à Corato chez les *signore* Di Carolis, mais en ces temps-là, nous étions à Taranto. Je pense que depuis le début des hostilités, les frontières sont fermées et le courrier ne peut parvenir. Je suis persuadée qu'il pense à moi.
— Dès que la guerre cessera, si tu le souhaites, nous lui écrirons. Bon, maintenant, laisse-moi t'exprimer mon idée.

Domenico lui apprend la présence d'une flotte alliée à Molfetta et son intention de s'y rendre pour proposer ses services.
— Tu veux te battre avec les Alliés ? Je ne comprends pas !
— Non, je ne veux me battre avec personne. Je veux travailler, tout simplement. Qu'est-ce que tu en penses ? Es-tu d'accord ?
— Mon Domenico, tout ce que je souhaite, c'est que tu ne partes plus, que tu restes avec nous.

— Je ne vais pas vous quitter à nouveau. Tout ce que je désire, c'est m'occuper de vous et, pour cela, il me faut un travail, un salaire et des papiers d'identité.
— J'ai compris, mon mari. J'approuve pleinement ce que tu veux entreprendre et je souhaite que tu réussisses.

Il s'accorde deux jours pour profiter pleinement de sa femme et de ses deux petits, rendre visite à ses oncle et tante *Tchachin* et Assunta et, enfin, pour aller témoigner sa gratitude à son beau-frère Tonino à Bitonto, en veillant à éviter les contrôles. Là-dessus, il commence à avoir une certaine pratique. Le troisième jour, il prend le petit train et se rend à Molfetta. Sorti de la gare, marchant vers le port, il croise de nombreux marins manifestement étrangers. Parvenu à l'entrée de l'enceinte portuaire, il voit au mouillage une flottille de navires de guerre : un destroyer, deux corvettes, un dragueur de mines, un torpilleur, battant pavillon anglais, et une véritable fourmilière qui s'agite autour. Il est stoppé par une sentinelle armée, derrière une barrière qui interdit l'accès. Il tente de préciser ses intentions avec moult gestes. Mais son interlocuteur ne semble pas réceptif et, faute de le comprendre, l'abandonne et s'en va jusqu'à un poste de garde à proximité. Au bout de quelques minutes, il revient accompagné d'un lieutenant. Le militaire s'adresse à lui en italien, avec un fort accent anglais, mais ils se comprennent. Domenico respire. Il lui annonce alors qu'il veut les aider.
— Tu veux te battre avec nous ?
— Non, je veux travailler avec vous.

Disant cela, il voit une nacelle coulissant le long de la coque d'un bateau, avec deux marins qui agitent brosses et rouleaux et étalent de la peinture sur le métal. Il les montre du doigt et déclare à l'officier :
— C'est ça, que je veux faire. Je suis du métier, je suis peintre-décorateur.
— OK ! Bon, viens avec moi, nous allons faire les papiers.

Il l'introduit dans l'enceinte et le conduit dans un bureau, auprès d'un officier de la Royal Navy, en lui expliquant la démarche de Domenico. Au bout d'une heure de questions et de vérifications, Domenico arbore un sourire radieux. Il a en main un laissez-passer pour accéder au port, un contrat de travail, et surtout un sauf-conduit émanant des forces britanniques et s'imposant à toutes autorités civiles et militaires italiennes. Il jubile : enfin il a un document qui lui redonne un statut. Il existe et il peut se déplacer comme bon lui semble, sans avoir à se cacher. Il retourne chez lui. À la sortie de la gare de Corato, deux carabiniers procèdent à un contrôle de routine. Sûr de lui, presque arrogant, il sort son sauf-conduit et, sans le lâcher, l'exhibe aux fonctionnaires qui aussitôt saluent militairement et s'écartent. Tout en s'éloignant, Domenico ne peut se retenir de rire. À son arrivée, Nicolete voit la joie sur son visage. À peine entré, il montre les documents obtenus, en sautant de joie. Elle le rejoint et, l'un contre l'autre, ils bondissent tous les deux, devant les yeux ébahis des enfants.

— À partir de demain, je retrouve plus ou moins mon métier. En tout cas, j'ai un travail rémunéré. Tu te rends compte, ils me donnent soixante lires par jour. Je serai payé à la semaine. En plus, ils viennent me chercher en camion tous les matins à sept heures devant la gare et ils me ramènent l'après-midi à dix-sept heures, au même endroit. Enfin, je n'ai plus à longer les murs et les enfants n'auront plus à réclamer du pain. Ils mangeront à satiété.

Nicolete savoure son bonheur et retrouve sa fierté. À nouveau, elle peut marcher la tête haute. Son mari n'est plus recherché. Domenico effectue la navette journalière entre Corato et Molfetta. Il le fait avec bonne humeur. Le travail ne lui pèse pas. L'ambiance est décontractée avec les collègues, italiens comme lui, et également avec les marins britanniques. Il affectionne spécialement le vendredi lorsqu'il perçoit ses trois cents lires hebdomadaires et qu'il rentre, à chaque fois, avec quelques douceurs pour Nicolete et les enfants. Elle apprécie sa délicatesse pour elle et les petits, mais elle n'oublie pas les difficultés endurées et estime plus raisonnable de limiter les dépenses, en prévision d'un nouvel épisode sombre. Domenico ne veut pas entendre ce type de discours et considère qu'il faut profiter de l'instant présent. La nouvelle année survient dans cette atmosphère de quasi-suffisance, marquée par une nouvelle grossesse pour Nicolete. Elle ne ressent aucune différence avec les précédentes et se fait donc à l'idée d'un troisième garçon. À la mi-février, l'officier anglais qui gère les intervenants italiens leur annonce le prochain départ de l'armada, remise en état, pour une campagne en Méditerranée. Navires et équipages quittent en effet le port de Molfetta, le dernier jour de février, laissant derrière eux déception et amertume, parmi ceux qui ont bénéficié d'un contrat de travail, comme les peintres ou les manutentionnaires, mais également chez les producteurs de fruits et légumes et les pêcheurs, auxquels ils garantissaient un débouché rémunérateur. Domenico lui aussi accuse le coup. Il se retrouve à errer dans les rues de Corato à la recherche d'un chantier. Hélas, l'incertitude du lendemain perdure et n'incite pas les particuliers à rénover leur habitation ou les commerçants à rafraîchir leur boutique. La situation politique confuse du pays ne favorise pas la reprise des affaires. Hitler a fait libérer son ami, Benito Mussolini, par le commando Skorzeny, grâce à une audacieuse opération aéroportée, au Grand Sasso. L'ex-*Duce* s'est aussitôt empressé de recréer un État fasciste fantoche : la République sociale italienne, dans le nord du pays, sous la coupe de l'armée allemande, alors que le Sud, conquis par les Alliés, relève du roi Vittorio Emanuele III et de son premier ministre Badoglio. Lequel roi, en recherche de légitimité et d'une nouvelle popularité, tente de gommer sa participation à l'épisode fasciste, en ordonnant quelques mesurettes sociales. Ainsi il annonce une prime substantielle aux parents de nouveau-nés de l'année 1944 baptisant leurs fils de son premier prénom. Nicolete et Domenico ne peuvent ignorer cette opportunité et, après Mario et Giuseppe, il y aura donc Vittorio. Nicolete n'a pas oublié l'annonce de la cartomancienne et si, souvent, elle se répète la phrase prémonitoire évoquant quelqu'un qui l'aime en France, pour l'heure, personne ne s'est manifesté. Par contre, il lui arrive encore fréquemment de pleurer, faute de pouvoir donner suffisamment de pain à ses enfants. Domenico ne veut pas perdre espoir. Il a repris ses expéditions campagnardes pour récupérer quelques fruits et légumes et, de plus, avec l'aide de son oncle *Tchachin*, il a réussi à effectuer quelques travaux comme journalier chez de gros propriétaires terriens. Bien qu'il soit lui-même sceptique à l'égard des prédictions de la tireuse de cartes, il rappelle à sa femme l'annonce de jours meilleurs à venir et lui demande de patienter.

Vittorio naît le 10 octobre 1944. Malgré les privations, Nicolete met au monde un beau bébé. Le premier mois écoulé, l'enfant baptisé, elle va le présenter à la *signora* Di Carolis avec laquelle elle a instauré un lien affectif et revoit en même temps son amie, Letizia. Elle rapporte les mésaventures de Domenico. La *signora* écoute en hochant la tête, en signe de compassion.
— Dans ces temps troublés, et après toutes ces péripéties, vous vous retrouvez, sains et saufs, remerciez le bon Dieu qui vous protège et vous a donné aussi trois beaux garçons. Tu me parles de Barletta. Te souviens-tu que je t'y ai emmenée ?
Je t'avais montré le fameux château en te racontant l'histoire de la *Disfida*[85] et celle de la bataille de Cannes[86].
— Oui, je me rappelle tout ça. Tout ce que vous m'avez appris. Tout ce que vous m'avez fait découvrir : la musique, l'opéra, l'histoire. Je vous dois beaucoup. Simplement, Barletta aura dorénavant pour moi une autre signification, moins historique et plus personnelle.
— Je te comprends, mais sache que l'essentiel, c'est que tu penses à moi de temps à autre et que tu viennes me voir. À chaque fois, tu me rappelles ma pauvre petite Luciana.

Encore une fois, Nicolete repart avec des provisions et quelques dizaines de lires. La *signora* n'ignore pas la précarité de sa condition. Le mode de vie adopté par Nicolete et Domenico, mêlant travail occasionnel, cession fortuite de biens et accessoirement expédients, leur permet de tenir, mais avec quelques privations et beaucoup de sacrifices. À présent, seule la perspective d'une fin rapide du conflit maintient en eux cet espoir d'une amélioration possible. Le printemps 45 sonne l'offensive générale des Alliés, concomitamment à l'insurrection partisane totale. Cette conjonction abou-

---

85 *Disfida de Barletta* : le 13 février 1503, entre Corato et Trani, un tournoi opposant treize chevaliers italiens de Barletta, conduits par Ettore Fieramosca, à treize chevaliers français, a vu la victoire totale des hommes d'armes italiens.

86 Bataille de Cannes : le 2 août 216 avant J.-C. a lieu la bataille majeure de la deuxième guerre punique, près de l'ancienne ville de Cannes, à côté de Barletta, avec la victoire des troupes carthaginoises conduites par Hannibal, contre les légions romaines nettement supérieures en nombre. Elle constitue un exemple de tactique militaire, mais aussi un des plus importants massacres de l'Antiquité.

tit à la capitulation des troupes allemandes basées en Italie et à la fin du fascisme, dans un affligeant dénouement. Un groupe de Résistants s'empare de Benito Mussolini, en fuite vers la Suisse avec sa maîtresse Clara Petacci. Tous deux sont fusillés, pendus par les pieds dans une station d'essence du centre-ville de Milan et livrés à la vindicte populaire. Plus positivement, la fin des hostilités marque aussi la reprise des services publics et, parmi eux, la Poste. Les échanges entre les États précédemment ennemis se rétablissent et, aux frontières, quelques barrières se lèvent. Au début de l'été, Nicolete se voit remettre une lettre par le facteur. Au recto de l'enveloppe, son nom de jeune fille et son prénom, l'adresse de ses parents barrée et, en surcharge : 1, *via* Cuoco. Au verso, elle déchiffre l'inscription manuscrite de l'expéditeur, quelque peu défraîchie. Le pli a dû mettre du temps à parvenir. Quatre lignes. La première indique Michele Olivieri. La seconde : 5 rue de la Grande Fin. La troisième : Homécourt ; et à la suite, entre parenthèses : Meurthe-et-Moselle. Enfin, plus bas, en caractères plus gros et plus épais, le mot : « France ». Elle ne voit que ça. Enfin. Elle n'y croyait plus. Les prédictions de la Tsigane prennent forme. Précautionneusement, elle ouvre le pli à l'aide d'une de ses épingles à cheveux et en extrait une feuille de papier quadrillé, jauni, manifestement prélevée dans un cahier d'écolier. Elle la déplie et lit. Michele lui apprend qu'il a survécu à la guerre, que sa femme et ses enfants vont bien, qu'il est père de deux garçons et d'une fille. Il poursuit en évoquant la possibilité d'une vie agréable en France, du travail pour tout le monde et un revenu assuré. Il lui demande des nouvelles, se dit prêt à l'accueillir et l'invite à le rejoindre.

Chapitre VI

CORATO, 10 juillet 1946

Servant de prétexte ou d'opportunité, la guerre s'accompagne souvent d'un bouleversement des institutions. De fait, en début d'année, la monarchie de la maison de Savoie a expiré, emportant avec elle le royaume d'Italie. Sous la pression des Républicains, Vittorio Emanuele III a abdiqué en faveur de son fils Umberto II. Celui-ci, après un règne éphémère, à peine plus d'un mois, a accepté sa destitution et, sans récrimination, est parti vivre son exil au Portugal, dans une petite cité du littoral océanique, Cascais, proche de Lisbonne. Par référendum, le peuple italien a adopté la République. Dans sa tombe, à Pise, la dépouille de Giuseppe Mazzini, l'ancien député révolutionnaire, opposant résolu de l'absolutisme et ardent défenseur de l'unité italienne, a dû frémir, au son des chants patriotiques célébrant l'aboutissement de ses théories sur la démocratie et sa traduction républicaine. Celles de Camillo Cavour et Giuseppe Garibaldi, autres éminents acteurs du *Risorgimento*[87], ont dû, elles aussi, inconsciemment, frissonner de satisfaction. Un frisson de tout autre nature, mais non moins agréable, est ressenti physiquement par les inconditionnels du sport cycliste. Ce printemps, ils fêtent la suprématie des Italiens, vainqueurs du Milan-San Remo et du Giro d'Italia, respectivement gagnés par les deux fameux champions : Fausto Coppi et Gino Bartali.

---

87 *Risorgimento* : renaissance, mouvement politique agissant pour la fin de l'absolutisme et la mise en œuvre de l'unité italienne.

Mais, malgré l'euphorie de la paix retrouvée, l'instauration d'un consensus social et politique, ainsi qu'une belle reprise économique en Lombardie, dans le Piémont et en Émilie-Romagne, la prospérité ne parvient pas à atteindre le Sud, toujours déshérité. Nombre de *contadini*[88], ouvriers agricoles à la journée, las de ployer l'échine pour un salaire de misère, abandonnent leurs villages et émigrent vers l'Amérique ou l'Australie. Domenico, pour sa part, a constaté l'impossibilité d'améliorer son sort dans cette « Basse Italie ». Avec sa famille, il veut absolument s'extraire de cette gangue d'austérité et assurer un avenir meilleur à ses garçons. Il a envisagé un moment de rejoindre un oncle, côté paternel, installé au Venezuela. Mais face à l'indifférence et au peu d'empressement de ce dernier, il a rapidement renoncé à son projet. En revanche, les lettres provenant de France instillent dans son esprit curiosité et intérêt pour ce pays voisin. Il n'ignore pas qu'il lui faudra surmonter des obstacles et notamment le barrage de la langue et le rejet d'un étranger encore ennemi, il y a peu. Qu'importe ! La réponse à ses attentes lui apparaît désormais comme une évidence. Il va rejoindre ce beau-frère qu'il ne connaît pas, mais dont les écrits lui semblent dévoiler un homme brave, honnête et bon. Il rejoindra donc cette Lorraine et la ville de Homécourt, dont il répète souvent les noms pour s'y accoutumer. Bien sûr, il n'a pas eu à convaincre Nicolete. Depuis plusieurs mois, elle affiche sa résolution : partir ! Elle veut définitivement quitter un pays qui n'a pas su les nourrir, elle et ses enfants. D'autant que depuis fin février, elle ressent des petites nausées qu'elle connaît bien. Il y aura bientôt un enfant de plus. Consciente de son état, elle met fin à l'allaitement de Vittorio qui, du haut de ses presque deux ans, jamais rassasié, réclame toujours autant en braillant et en montrant du doigt la poitrine de sa mère.

Les préparatifs du départ ne prennent pas beaucoup de temps. Il y a peu à emporter. Les ventes, ou trocs successifs pour survivre, n'ont épargné que quelques linges et vêtements et deux valises suffisent largement. Ce matin encore, Nicolete a dû, à contrecœur, se défaire d'un objet auquel elle tient particulièrement : la seconde et

88 *Contadini* : paysans.

dernière chaise de chambre, en bois de hêtre chantourné, tapissée d'un beau velours lisse, jaune or, à rayures colorées vertes et rouges. C'était le cadeau de mariage de son amie Letizia, conservé précieusement jusqu'à ce jour. Une voisine, présente à son dernier accouchement pour aider au ménage, l'avait remarquée et avait demandé si d'aventure elle voulait s'en séparer. Manifestement, le jour est arrivé. Depuis plus d'une heure, Vittorio pleure en demandant du pain, tout en montrant ses deux mains vides. Désespérée de ne pouvoir le satisfaire, Nicolete envoie Mario, qui a appris depuis longtemps à taire sa faim ou toute autre envie, chez cette dame, pour lui proposer la chaise. Tout de suite, elle accepte et dit au petit commissionnaire qu'elle passera voir sa maman au plus tôt. Connaissant cependant l'indigence dans laquelle vivent ses voisins, et s'apercevant que Mario fixe la miche de pain posée sur la table, elle en retire un bon morceau et le lui donne. À son retour, il rend compte de la démarche à sa maman, annonce la prochaine visite de la voisine et retourne près de Giuseppe. Un long moment plus tard, Nicolete constate que Vittorio ne pleure plus. S'approchant de lui, elle remarque qu'il a la bouche pleine et qu'il tient fermement un morceau de pain dans chaque main. Mario a déchiré le pain en deux, un morceau pour Giuseppe et un pour Vittorio, recoupé en deux bouts. Il n'a rien gardé pour lui.

Le mobilier restant sera vendu avec la maison. Le produit de la vente servira à couvrir quelques dettes contractées auprès de commerçants, à dédommager ou à remercier certains amis et connaissances qui leur ont fourni de l'aide et surtout à supporter les frais du voyage. Michele donne ses consignes en s'appuyant sur sa propre expérience. Il sait que pour l'heure, il n'est pas encore permis de transiter par la Suisse. Les frontières de la Confédération helvétique demeurent closes et les immigrants sont refoulés. Il faut passer directement de l'Italie à la France. Pour cela, Domenico mémorise les étapes du périple à accomplir. Au départ de Corato, prendre le petit train pour Bari, en anticipant suffisamment sur l'horaire de l'express pour Milan, au cas où surviendrait une panne à la vieille locomotive. S'enchaînent un second express de Milan à Turin et un petit train pour parvenir à Bardonecchia. Là, dans la gare ou à proximité, prendre contact avec un passeur qui, contre rémunération, les aidera à franchir clandestinement la frontière et à entrer en France dans le village d'Avrieux. À la poste, prévenir Michele par télégramme pour qu'il expédie de l'argent en poste restante, de manière à payer le transport jusqu'à Metz. Terminer le voyage avec l'omnibus pour Homécourt, après un dernier changement à Hagondange. Une fois sur place, Michele lui a promis, le jour même, un emploi pérenne et rapidement un titre de séjour régulier. Il ne reste plus qu'à définir la date.

Le ventre de Nicolete présente encore une fois la même admirable déformation. À n'en pas douter, ce sera un quatrième garçon. À l'auscultation, Pina annonce la naissance pour fin septembre, début octobre. Par précaution, ils décident donc de surseoir à leur départ jusqu'à l'accouchement. Armando voit le jour le 4 octobre. Nicolete a choisi ce prénom parce qu'elle le trouve élégant et qu'il sied parfaitement bien à un garçon. Mais surtout, elle l'a retenu en l'honneur d'Armando Diaz, Napolitain d'origine espagnole, célèbre général de l'infanterie italienne. Il avait redonné du courage et de l'audace à ses troupes, après le désastre de Caporetto, et remporté deux victoires importantes contre les Autrichiens, sur le Piave et à Vittorio Veneto. Don Luigi Di Carolis – qui, jeune lieutenant, avait servi sous les ordres de cet officier de haut rang – lui en avait longuement parlé. Il avait partagé avec elle son estime pour cet homme, devenu maréchal, chef d'état-major des armées italiennes et, enfin, ministre de la Guerre. Une photo de cet illustre militaire, posant en grand uniforme, paré de toutes ses médailles, parue dans la presse à l'occasion d'une nomination, avait mis en avant sa prestance et conforté l'admiration de Nicolete. Elle avait confié sa préférence pour ce prénom à Domenico qui, dépourvu d'autres propositions et voulant faire plaisir à sa femme, s'était rangé à son choix. Le bébé se porte comme un charme. Il profite du lait maternel, même s'il n'a à sa disposition qu'un seul téton. Soucieux de l'état de son épouse et du bien-être du nouveau-né, Domenico décide de patienter jusqu'au 30 octobre, afin que la maman se repose et que le petit prenne des forces. Avant de quitter le sol italien, ils amènent Armando à l'église de l'*Incoronata* pour qu'il reçoive le baptême. Nicolete y tenait.

Giacinto tient à les accompagner jusqu'à Bari. Il veut leur offrir un dernier visage familier afin qu'ils en conservent l'image et qu'un jour, peut-être, la mémoire les incite à revenir. C'est ce qu'il dit. Il veut surtout retarder l'instant de la séparation. Sans vouloir se l'avouer, il éprouve beaucoup de peine à laisser partir vers l'inconnu son *Minguccio*, qui est toujours à la fois son neveu, son frère, son fils. L'atmosphère est lourde. De surcroît, la gare présente encore les stigmates de la guerre et notamment ceux du dernier bombardement de la ville par la *Luftwaffe*. Les dévastations encore visibles à l'intérieur des bâtiments et sur les équipements ferroviaires accentuent l'impression de désolation, qui ajoute à la tristesse des adieux. Les aiguilles de l'horloge de la *Ferrovie dello Stato* indiquent onze heures. Lentement, en faisant crisser ses freins et en lâchant de bruyants jets de vapeur à intervalles réguliers, l'express Lecce-Milan entre en gare et se range à quai.
— Bari, Bari, dix minutes d'arrêt.

La voix monocorde d'un préposé anonyme a scandé la phrase rituelle. Un agent, armé d'une grosse burette d'huile et d'un marteau à long manche, parcourt aussitôt toute la longueur du train, en graissant et en frappant à hauteur des essieux de chaque wagon. Sa mission accomplie, il fait un signe convenu au conducteur, dont le visage blanc contraste singulièrement avec sa salopette, ses gants et sa casquette entièrement noirs et qui attend l'autorisation de redémarrer. Debout, sur le seuil du poste de conduite de sa locomotive, une Gruppo 685 de 1 300 chevaux, il s'apprête à remettre la pression, pour tracter sans difficulté, il le sait, les dix voitures de voyageurs. Le vacarme des machines, des chariots, des annonces par haut-parleur et les cris des porteurs de bagages ont fait sursauter Armando, qui se met à gémir. Mais, bien emmitouflé et à l'abri dans les bras de sa maman, il se rendort rapidement. Domenico, bien que partagé entre le sentiment amer de quitter son pays contraint par la faim et la satisfaction de pouvoir conduire les siens vers un avenir meilleur, affiche son sourire habituel. Il porte les deux valises et une musette contenant de quoi boire et manger au cours de cette première partie du voyage. Mario tient par la main ses deux petits frères, Giuseppe et Vittorio, et veille sur eux. Un adjoint au chef de gare, képi bleu à liseré blanc vissé sur la tête et sifflet en main, arpente le quai en pressant les gens à embarquer. Il ne va pas tarder à donner le signal du départ. Une dernière étreinte. Nicolete s'est promis de ne verser aucune larme. Elle en veut à l'Italie. Dans son esprit, elle la quitte à jamais et sans aucun regret. Giacinto prodigue ses ultimes recommandations. La petite famille monte dans l'express et s'installe dans un compartiment encore vide. Domenico place les valises sur l'étagère à bagages et conserve la musette près de lui, l'heure du déjeuner approche. Du quai proviennent alors deux coups de sifflet rapides, suivis d'un sifflement aigu et prolongé, auxquels répond, plus bref et plus grave, celui de la locomotive. Un léger choc, plusieurs petits tremblements, le bruit du frottement des roues sur les rails et le convoi démarre, prend de la vitesse, s'élance pour une course longue de 900 kilomètres. Nicolete et Domenico se regardent, les dés sont jetés. Pour la rassurer, il lui prend la main. Elle serre très fort les doigts de son mari et y dépose un baiser, tout en lui souriant. Ils sont réunis. Tout va bien.

Mario sait que l'automne est là et que la clarté du jour va rapidement baisser. Il veut en profiter au maximum. Il colle son visage à la vitre donnant sur l'extérieur et observe le panorama qui défile. Nicolete lui fait remarquer les changements dans le paysage. L'immense plaine a laissé la place à des collines. La mer a disparu. Les champs d'oliviers sont remplacés par une autre végétation. L'express a quitté le littoral et remonte à l'intérieur de la Péninsule en s'arrêtant brièvement dans quelques villes importantes. Domenico demande à son fils de lire les noms figurant en grosses lettres sur les façades des gares. Le gamin vient à peine de commencer sa scolarité en primaire et il n'a fréquenté la classe qu'un petit mois. Il ânonne, hésitant : Fog-gia, Pes-ca-ra, An-co-na, Ri-mi-ni, Mo-de-na, Parma, en détachant chaque syllabe, puis reprend le mot complet et le répète plusieurs fois. Il veut retenir et surtout faire plaisir à ses parents. Milan approche. Il faut se préparer à descendre et à rejoindre l'express pour Turin. Presque vingt-deux heures. Les petits dorment, allongés sur les banquettes. Nicolete réveille Mario et lui demande de s'occuper de ses deux petits frères. Les yeux pleins de sommeil, en bâillant, il réveille Giuseppe et Vittorio. Les deux gamins réclament à boire. Domenico a entendu. Il leur tend le bouteillon d'eau et les aide à étancher leur soif, en tenant le récipient à hauteur de leur bouche.

Cette seconde étape sera moins longue, la capitale du Piémont n'est distante que de 150 kilomètres et le trajet devrait durer moins de deux heures. Armando toujours contre Nicolete, les deux petits comme des somnambules accrochés aux mains de Mario, Domenico portant inlassablement les valises, ils contournent les heurtoirs positionnés à l'extrémité des voies ferrées et cherchent le quai qui correspond à leur destination. Des employés de la *Ferrovie* leur indiquent le numéro de la voie en précisant que leur train partira dans deux heures. Arrivés sur le quai, ils s'asseyent sur un banc et s'organisent pour patienter durant la longue attente. Réveillé, Armando réclame. Il n'y a personne autour d'eux, Nicolete déboutonne son manteau, son gilet, son chemisier, et donne le sein au petit, en le couvrant au mieux. Mario prend Giuseppe et Vittorio près de lui et remonte le col de leurs manteaux. Ils s'endorment tous les trois. Domenico, debout, veille. Il marche calmement autour du banc, en fumant une cigarette. Une heure plus tard, d'autres voyageurs arrivent ainsi que deux agents de service. Leur présence le rassure. Il peut s'éloigner quelques instants. Avec les trois ou quatre pièces qui lui restent au fond d'une poche de sa veste, il voudrait acheter quelque chose à manger pour la suite. La musette en toile, entièrement vide, a rendu son office. Aplatie et roulée, elle a trouvé place dans une poche de son pardessus. Il sort de la station et cherche un marchand de *panini*. Hélas, les horloges indiquent minuit et, en ville, toutes les boutiques sont closes. C'est le Nord. Revenant sur ses pas, un peu dépité, il tombe sur le patron d'une *trattoria*[89] baissant le rideau de sa devanture. Il lui explique sa situation et lui parle de sa femme, du bébé et des trois gamins. Touché, l'homme lui propose gracieusement quelques restes de la soirée, non consommés par la clientèle : de la *piadina*[90], des portions de pizza et de *focaccia*, deux *panzerotte*[91]. Il emballe le tout

89 *Trattoria* : traiteur.

90 *Piadina* : galette fine de blé et à l'huile, sans levure, spécialité du nord de l'Italie.

91 *Panzerotte* : Gros beignet salé, fourré à la ricotta et à la mozzarella.

dans un papier huilé et lui souhaite bonne route. Domenico le remercie chaleureusement plusieurs fois, place le paquet dans sa musette et s'en retourne rapidement vers sa famille. Nicolete a observé l'heure, et voyant de plus en plus de monde arriver autour d'elle, a commencé à s'inquiéter. L'apercevant au bout de l'allée, elle se calme. Il lui raconte sa quête de victuailles et lui détaille ce qu'il a obtenu.

— Les enfants auront de quoi manger à leur réveil demain matin. Je vais juste remplir le bouteillon à un robinet d'eau potable et nous serons prêts pour poursuivre. Le train ne va plus tarder.

Effectué de nuit, en cette période de l'année, le parcours entre Milan et Turin n'incite pas les voyageurs à regarder au-dehors. L'obscurité occulte complètement les collines verdoyantes coiffées de chapelles moyenâgeuses, estompe les cyprès majestueux entourant les villas, cache les vignobles à flanc de coteaux. Impossible de distinguer les lacs au fond des vallées, les castels médiévaux accrochés aux falaises et tous les autres éléments pittoresques de la Lombardie et du Piémont. Doucement bercés par le mouvement de balancement du train, profitant d'une chaleur confortable, les passagers dorment. Mario, Giuseppe, Vittorio et Armando n'échappent pas à la règle. Les parents peuvent enfin s'octroyer un moment de répit. Domenico n'a pas aperçu les contreforts des Alpes qui barrent l'horizon. En revanche, il voit la multitude de lumières des faubourgs industriels de la cité turinoise et les enseignes des grandes entreprises : Fiat, Lancia, Pininfarina, Olivetti, Superga. L'année précédente, leur présence avait valu à la ville de nombreux bombardements anglo-américains, cherchant à enrayer la fabrication d'avions, de chars et de toutes sortes de véhicules militaires. Il se dit qu'en Lorraine, d'après ce que lui a décrit Michele, il verra encore plus d'usines. Le train ralentit pour traverser le pont métallique qui enjambe le Pô. Domenico écarquille les yeux, il n'a jamais vu le grand fleuve. Fugacement, la flèche de la *Mole Antonelliana*[92] lui apparaît. Il n'a plus le temps de rêver. Le crissement des freins agresse les oreilles

---

92 *Mole Antonelliana* : édifice en maçonnerie, parmi les plus hauts d'Europe, érigé pour le culte de la communauté juive, fin XIXe, devenu le musée du Cinéma italien et le symbole de la ville de Turin.

et l'espace devient soudainement éclairé. L'express pénètre en gare de Turin. Vite, il doit réveiller et regrouper la famille, descendre avec les bagages et se renseigner pour se rendre à Bardonecchia. La correspondance pour la petite ville de la haute vallée de Suse, entre Italie et France, ne part qu'à cinq heures. Encore près de trois heures à attendre et surtout à faire patienter les petits. Réveillés au milieu de la nuit, Giuseppe et Vittorio se lamentent. Mario, qui d'instinct a adopté le rôle du grand frère, s'occupe d'eux. Armando a réclamé et il tète encore une fois.

À cinq heures, le train local s'ébranle. Là, il n'y a pas de compartiments, juste des bancs à lattes de bois, bien moins confortables que les sièges rembourrés des express. Peu de monde, juste quelques ouvriers matinaux qui, dans le cadre de la démilitarisation exigée par les Alliés, se rendent sur le chantier de démolition du *blockhaus* défendant l'entrée du tunnel ferroviaire du Fréjus, côté italien. Domenico engage la conversation avec quelques-uns d'entre eux dont il a reconnu le patois. Ce sont des compatriotes des Pouilles, contraints de se déraciner pour améliorer le quotidien de leurs proches. Il veille, cependant, à ne pas dévoiler son intention de passer clandestinement en France. Peine perdue, ses interlocuteurs ne sont pas dupes. Ils ont vu d'autres familles voyager dans ce train sans jamais les revoir en ville. Ils n'ignorent pas que la frontière est toute proche. Sur sa voie unique, l'omnibus couvre très lentement les 90 kilomètres qui séparent Turin de Bardonecchia. La pente ascendante présente un dénivelé important et la ligne comporte de nombreux ouvrages d'art, imposant de réduire l'allure. À six heures trente, il parvient à destination : terminus, tous les voyageurs descendent. Le jour se lève à peine et révèle un ciel bas et gris. Au loin, des pics enneigés accentuent la sensation de froid. La gare se résume à un seul bâtiment. La salle des voyageurs, ouverte au public, laisse transpirer des vagues de chaleur qui invitent à entrer. Un poêle occupe le centre de la pièce et quelques bûches traînent à proximité. Une odeur douceâtre de fumée imprègne les lieux. Un employé se tient dans un petit bureau adjacent. Il regarde ces nouveaux venus, tire une bouffée de sa pipe, rejette une volute de fumée vers le plafond, puis reprend sa lecture sans leur prêter plus d'attention. Ce ne sont pas les premiers émigrés qu'il voit débarquer, pour une journée, dans son village. Domenico installe femme et enfants sur une banquette qui court le long d'un des murs et extrait de sa musette les vivres récupérés la veille. Il pose le tout sur le côté du fourneau, histoire de réchauffer les aliments, et veille à ne pas mettre le feu au papier d'emballage. Une fois tiédis, les morceaux de *piadina*, de pizza et de *focaccia* sont partagés généreusement entre les trois garçons. Domenico n'oublie pas de scinder en deux la part de Vittorio, l'éternel affamé, de sorte qu'il ait les deux mains occupées et ne pleure pas. Lui, se contente d'une bouchée et réserve le *panzerotte* à Nicolete. Il faut qu'elle se nourrisse pour pouvoir allaiter. Alors qu'ils terminent leur frugal repas, la porte s'ouvre brusquement et un homme pénètre dans le local. La trentaine, barbu, d'apparence solide, il porte un chapeau de feutre, un pull de laine marron à col roulé, une écharpe nouée autour du cou, une canadienne fourrée, des chaussures cloutées et ses chaussettes remontées sur un pantalon de tissu sergé noir. Il semble prêt à partir pour une course en montagne. Du regard, il détaille les arrivants et fixe un instant Domenico dans les yeux. Sans mot dire, il ressort. Domenico s'approche de la porte vitrée et constate que l'individu, posté en face, attend. Il comprend. C'est un passeur. Il prévient Nicolete. En tâtant de la main, il vérifie que l'argent se trouve toujours dans la poche en rayonne qu'elle a cousue à l'intérieur de son pardessus. Il va à la rencontre de l'intéressé. Celui-ci le laisse approcher et, d'un mouvement de tête, lui fait signe de le suivre. Domenico lui emboîte le pas. Ils se dirigent vers un appentis, un peu à l'écart, servant manifestement de remise au gros outillage des agents du chemin de fer. L'inconnu lui annonce qu'il se prénomme Julio, qu'il demeure au village et exerce la profession de guide de montagne. Il termine en précisant qu'il peut les conduire en France. Domenico acquiesce en lui indiquant qu'il doit se rendre à Avrieux.

— C'est bien là que je vais vous conduire. Nous ferons une première partie du trajet en camion, puis nous terminerons à pied. Il faudra que ta femme enveloppe ses souliers avec des chiffons. Il y a de la neige au col de l'Échelle. Maintenant parlons monnaie. Cela va te coûter mille lires. As-tu l'argent ? Fais-moi voir les billets.

— Mille lires. C'est beaucoup. Je n'ai que huit cent à te donner. Il faut que je garde quelques lires pour le manger des petits.
— Le tarif, c'est deux cents lires par personne. Vous êtes deux adultes et quatre enfants. Mille lires, c'est un bon prix.

Domenico glisse sa main dans son pardessus et avec précaution prélève huit billets de cent lires sur les dix que renferme sa poche intérieure. Il montre les coupures jaunâtres et brunes à l'effigie de Psyché.
— Vois, j'ai la somme. Dès que nous serons à Avrieux, je te la remettrai. Je ne peux faire plus.
— Bon, tu m'es sympathique. J'accepte. Mais tu me donneras l'argent au moment où j'arriverai avec le camion. Je dois payer le chauffeur. Tu comprends ?
— D'accord !
— Nous partirons en soirée. À la nuit tombante, nous éviterons les douaniers. Retrouvons-nous, ici même, à dix-neuf heures.
— À tout à l'heure.

Domenico rejoint sa famille dans la gare. Nicolete s'est rapprochée du poêle avec Armando dans les bras. Mario occupe ses deux petits frères en les amusant avec des petits bouts de bois trouvés au milieu du tas de bûches. Domenico raconte à sa femme l'accord qu'il a conclu avec le passeur. Elle approuve. Il leur restera deux cents lires pour parer à toute éventualité. L'attente leur paraît interminable. Ils sont tellement pressés de poser le pied sur le territoire français et d'entamer une nouvelle vie. Ils quittent la gare alors que l'horloge murale marque dix-huit heures quarante-cinq. Ils patientent à l'endroit convenu. Le jour décline et il bruine. Ils se tiennent serrés l'un contre l'autre sous l'appentis. Un bruit de moteur attire leur attention. Le camion arrive. C'est un petit engin tout terrain avec un plateau bâché, servant ordinairement à débarder le bois en forêt. Julio en descend et tape sur l'épaule de Domenico.
— Ta femme et le bébé peuvent monter à l'avant dans la cabine avec le chauffeur et moi. Ce sera plus confortable pour elle. Toi et les gamins, vous montez derrière. J'ai mis des caisses pour s'asseoir. Il y a un peu de copeaux de bois, je n'ai pas eu le temps de balayer. Mais ce n'est pas sale et ça sent bon la sève de sapin. De toute façon, ce ne sera pas long, une heure environ.

Nicolete a entendu. Elle réagit.
— Non, moi, je reste avec mon mari et les enfants. Je monte derrière avec eux.
— Comme vous voulez, *Signora*. C'était pour vous.

Puis il s'adresse à Domenico :
— On fait comme on a dit. Tu me donnes l'argent maintenant et on prend la route aussitôt. Vous vous calez bien au fond du camion et vous ne bougez pas. Vous attendez que je vous fasse signe pour sortir. On ne sait jamais. On peut tomber sur un contrôle. Si c'est le cas, je taperai du poing sur la tôle du fond de la cabine. Il y a une bâche près des caisses, vous la déplierez alors sur vous et ferez silence. Mais ne vous inquiétez pas, ça va aller.

Domenico compte les huit billets de cent lires. Julio les empoche. Ils aident tous deux Nicolete à grimper et Domenico monte à son tour. Julio lui passe les enfants. Ils se regroupent tous dans un coin. Les petits, un peu apeurés, ne lâchent pas leur mère. Le bruit du moteur et les secousses accentuent leur inquiétude. La forêt et la nuit les enveloppent. Plus aucune lumière. Ils ne peuvent découvrir la direction empruntée et ne voient qu'un ruban sombre défiler à l'arrière. Plus d'une heure après, le camion ralentit, quitte la route et s'engage dans un chemin caillouteux. Encore quelques centaines de mètres et il s'arrête. Julio apparaît et leur demande de descendre.
— Nous y sommes. Le camion va rester là à m'attendre. Vous et moi allons terminer le chemin à pied. La *signora* a mis des chiffons à ses chaussures comme je l'avais recommandé ?
— Oui, c'est fait. Où sommes-nous ?

Domenico aimerait bien se repérer.
— Nous approchons du col de l'Échelle. Plus haut, nous trouverons de la neige. Après, en bas, c'est la France. Je vous conduis jusqu'à une auberge de l'autre côté de la frontière, à l'entrée du village d'Avrieux. Je prends les valises, vous pourrez porter les enfants.

À ces mots, Nicolete et Domenico se regardent et sourient. Ils vont réussir. Armando dans les bras de sa maman, Giuseppe à la main de Mario, Vittorio dans les bras de son père, ils entament la montée. La nuit sans lune est complètement noire. Le terrain trempé et glissant les contraint à avancer précautionneusement. Au fur et

à mesure que le chemin s'élève, la neige s'épaissit et habille tout de blanc, sol, arbres et rochers. Après une heure d'ascension laborieuse, Julio les arrête et annonce qu'ils parviennent au bout du voyage.
— L'auberge est là derrière. Au bas de la pente. Je vais m'assurer qu'il n'y a pas de douaniers ou de carabiniers et je reviens vous chercher. Ne bougez pas et restez en silence. À tout de suite.

Il s'éloigne. Domenico et Nicolete, pleins d'espoir, serrent les enfants contre eux pour les protéger du froid. Ils regardent dans la direction où le passeur a disparu. Ils attendent. Patiemment, ils attendent encore. Après de longues, longues, minutes, Domenico commence à s'inquiéter.
— C'est étrange, il ne revient pas. Je vais voir.
— Non, attends, il a peut-être rencontré des gardes. Il va revenir.

Nicolete a confiance. Le doute envahit Domenico. Il avance et attaque la descente. Il voit des traces de pas dans la neige fraîche, forcément celles de Julio. Bizarre, un peu plus loin, elles ne se dirigent plus vers le bas, mais prennent une direction de traverse. Il appelle plusieurs fois. Aucune réponse. Rien que l'écho de sa voix. Quand soudain, au loin, un bruit de moteur émerge du silence. Le camion. Il réalise alors.
— Les salauds, ils repartent en nous laissant là !

L'argent, les valises, Julio a tout emporté. S'appelle-t-il réellement Julio ?
— Imposteur, scélérat !

Domenico serre le manche de son couteau replié dans la poche arrière de son pantalon. Ah, s'il le tenait sous la main. Tout en marchant, il égraine une longue liste de jurons. Il maudit ces deux hommes en brandissant son poing vers le ciel, geste prophétique d'une vengeance. Il revient prestement vers les siens et explique la situation à Nicolete. Elle enrage et se met à pleurer.
— Surtout, ne pleure pas. Pense aux enfants. Je vais avancer vers la vallée et voir si nous pouvons terminer seuls. Attendez-moi. Restez là.

Il reprend le chemin. Il a beau scruter les environs, aucune lumière, aucune auberge, aucune construction, uniquement l'immensité

ténébreuse d'arbres et de pierres. Il continue et, progressivement, entend de plus en plus nettement un grondement sourd. Le sentier débouche sur un torrent tumultueux, infranchissable, et ne mène nulle part. Dépité, il s'en retourne. À sa moue, Nicolete comprend. Ils ont tout perdu. Elle a la sensation que des tonnes de roches s'effondrent sur elle et qu'une main énorme lui étreint la poitrine. Elle retient ses pleurs et plaque sa main sur sa bouche pour ne pas crier.
— Il faut redescendre en arrière. Nous ne pouvons pas rester là sous les flocons de neige et dans ce froid qui s'intensifie. Nous ne savons même pas où nous sommes.

Ils reprennent le sentier qu'ils ont emprunté et, à l'issue d'une longue marche, parviennent à la clairière où ils ont laissé le camion. Bien sûr, il n'y a plus d'engin et pas âme qui vive. Frigorifiés, les pieds endoloris, les gamins larmoyant, ils continuent et atteignent la route parcourue en camion, en venant de Bardonecchia. Ils s'y engagent. Giuseppe pleure de fatigue. Mario ne se plaint jamais. Il s'efforce de le faire avancer. Armando dort dans les bras de sa maman et Vittorio dans ceux de son père. Ils marchent pas à pas, tête baissée, éreintés de fatigue, quand soudain, un rai de lumière perce l'obscurité. Un véhicule roule vers eux. Au bruit, Domenico devine une petite camionnette. Il tire Nicolete et les enfants vers le bas-côté et lui se place au milieu de la route. Il lève et agite ses bras tout en criant de toutes ses forces. Les phares le captent et l'enveloppent de lumière. Le crissement des freins et la baisse de régime du moteur lui signalent que le conducteur l'a vu. Il s'écarte. La fourgonnette ralentit, mais dérape sur la chaussée glissante et ses roues arrière chassent à gauche et à droite. La voiture ralentit encore et finit par stopper, une vingtaine de mètres plus loin. Le chauffeur saute à l'extérieur et court vers Domenico en hurlant :
— Espèce de malade, inconscient, comment veux-tu que je m'arrête sur la neige ?
— Désolé, je ne pouvais faire autrement. C'est pour ma femme et les enfants.
— J'ai bien compris. Je les ai vus. C'est pour eux que je me suis arrêté. Qu'est-ce que vous faites là, au milieu de nulle part ?
— Nous nous sommes perdus. Nous allons à Bardonecchia, à la gare.

— Dites-moi plutôt que vous avez essayé d'entrer en France et que le passeur vous a roulés. Je connais la musique. Je suis sur cette route toutes les semaines et vous n'êtes pas les premiers que je dépanne. Je livre le pain aux fermes isolées et aux auberges en altitude.
— Vous pouvez nous emmener ?
— C'est bon, je suis à vide, je vais vous conduire. Venez avec moi jusqu'à la camionnette et installez-vous à l'intérieur en passant par la porte arrière. La température y sera meilleure qu'au-dehors et il y a la bonne odeur persistante du pain chaud. Dommage, je n'en ai plus.
— Vous pouvez nous dire où nous nous trouvons ?
— Dans la vallée Stretta.
— Nous étions loin de la France ?
— Non, mais vous ne pouviez pas passer. Le col est fermé à cause de la neige tombée en abondance depuis la mi-octobre et, en plus, il y a le torrent à traverser. En ce moment, c'est impossible, le niveau est très haut et le courant puissant, suite aux précipitations qui ont arrosé la région. Il y avait une passerelle, mais les Résistants l'ont fait sauter en 44. C'était perdu d'avance.
— Je ne pouvais pas le savoir. Je suis tombé sur de vrais salopards. Ils n'ont même pas eu de compassion pour les petits.

Ils retrouvent Bardonecchia à nouveau et la gare. Le sympathique livreur les a menés à bon port.
— Nous sommes à l'abri et au chaud. Mais maintenant, qu'allons-nous devenir ? Nous n'avons plus rien. Même le peu d'habits qu'il nous restait, ces deux salauds nous l'ont pris. Dieu nous a abandonnés.

Le désespoir a envahi Nicolete. Elle pleure en silence. Ses larmes dégoulinent de son visage et, goutte à goutte, tracent une auréole d'humidité sur le maillot d'Armando, couché sur les genoux de sa mère. Domenico n'entend pas renoncer.
— Nous n'allons pas en rester là. Il nous faut retourner chez nous et recommencer. La seconde tentative réussira. Nos familles respectives nous aideront. Pour l'instant, j'ai encore deux billets de cent lires. En premier lieu, je vais acheter de quoi nourrir les enfants,

puis je trouverai un moyen de transport pour revenir au point de départ. Il nous faut refaire le voyage en sens inverse.
— Nous n'avons plus de chez nous.
— Quand je disais chez nous, je faisais allusion à notre pays, à Corato, pas à la via Cuoco. Bon, il est sept heures, je vais en ville trouver du pain. Restez au chaud, près du feu, je reviens rapidement.

Sorti de l'enceinte de la gare, il rejoint le village, Domenico interpelle les rares passants pour leur demander s'ils connaissent un certain Julio, tout en leur dressant un portrait fidèle. Il veut le retrouver et lui faire payer sa félonie. Hélas, la réponse ne varie guère, personne ne le connaît. Le silence est de mise. Chacun s'occupe de ses affaires. Il abandonne provisoirement sa recherche et se met en quête de lait chaud et de pain pour les petits et pour Nicolete. Lui, se contentera d'un café.

Dans la salle d'attente, Nicolete a regroupé les gamins autour d'elle. Comme d'habitude, Vittorio râle et pleurniche, car il a faim. Malgré leur jeune âge, habitués à endurer, les deux grands ne se plaignent pas et feignent d'ignorer le creux qui tenaille leur estomac. Un prêtre entre et s'assied face à eux. Il enlève son béret, le pose en même temps que sa petite valise près de lui, sort un bréviaire d'une poche de sa soutane et entreprend la lecture des textes liturgiques du matin, en remuant à peine les lèvres. Les trois garçons l'observent. Ses cheveux blonds, ses yeux bleus et la peau claire de son visage les surprennent tout en les rassurant. Ses traits expriment paix et sérénité. Cette présence suscite l'intérêt de Vittorio qui, du coup, cesse de gémir. L'ecclésiastique le remarque. Il lui adresse un sourire, un petit signe de la main, et reprend ses prières. De longues minutes plus tard, il ferme et range son livre. De son bagage, il sort un sachet dans lequel il prélève une poire. Il l'essuie entre ses mains et croque le fruit. Sa mastication quelque peu sonore accentue l'attention de Vittorio qui quitte sa mère, s'approche de l'homme, se plante devant lui et regarde intensément ce qu'il mange. Gêné, celui-ci sourit à nouveau et tend au gamin une de ses poires, en questionnant Nicolete sur la capacité du petit à la consommer. La maman lui répond par l'affirmative en recommandant toutefois de couper le fruit, de manière que Vittorio ait un morceau dans chaque main, comme à son habitu-

de. À l'aide d'un canif, le prêtre sépare le fruit en deux et pose une moitié dans chacune des mains tendues de Vittorio, qui aussitôt les dévore en mordant successivement dans l'une puis dans l'autre. Agitant à nouveau son index, cette fois en direction de Mario et Giuseppe, le curé leur fait signe d'avancer. Il leur remet aussi une poire à chacun puis il montre le cornet vide, le plie soigneusement et le range. Il n'en a plus, ni pour Nicolete, ni pour lui. Les deux grands remercient et retournent près de leur mère. Giuseppe mord à pleines dents dans sa poire. Mario propose à sa maman de partager avec elle. Elle refuse en lui disant qu'elle n'a pas faim et lui dit de manger. Nicolete remercie le prêtre pour sa générosité.
— Je vous en prie. J'ai bien compris qu'ils avaient faim. Je craignais simplement que le petit s'étouffe.
— Ça ne risque pas. Il y a deux ou trois mois, en cachette, il a dévoré un rouget grondin cru que j'avais posé pour quelques minutes au bord de la fenêtre avant de le cuire.
— C'est à peine croyable.

Ils discutent. Nicolete se confie à l'homme d'Église. Elle explique leur présence dans la gare et les raisons de son désarroi. Elle a beaucoup de mal à accepter son échec et le comportement méprisable du passeur. Son interlocuteur tente de l'apaiser et de lui redonner espoir avec des paroles de réconfort. Il l'invite à prier, à se fier à Dieu qui, il l'assure, n'abandonne jamais ceux qui croient en Lui. À sa demande, ils récitent un *Pater* et un *Ave Maria* ensemble. Puis, regardant sa montre, il se lève pour rejoindre son train. Il salue Nicolete en lui disant qu'il s'appelle *Padre Francesco*, chargé de la paroisse de Bardonecchia, qu'il va à Turin, convoqué par son évêque pour une mission de collecte de fonds. Il se retourne une dernière fois vers eux :
— Prenez soin de vous et rappelez-vous, espérez en Dieu.

De sa main droite, il trace le signe de croix dans leur direction, quitte la salle d'attente et disparaît. Nicolete se sent émue par la foi, la charité et la douceur de cet homme. Elle ne l'oubliera pas. Domenico revient. Il a trouvé de quoi reprendre des forces. Il étale une serviette sur la banquette et place les enfants pour qu'ils se restaurent avec leur maman. Il ne parle pas de sa recherche infructueuse du dénommé Julio. La journée s'écoule monotone. Nicolete

s'efforce d'occuper les petits en leur racontant quelques fables et légendes enfantines des Pouilles, pleines de sorcières, de nains, de moines, de saints et de diablotins. Elle garde pour la fin l'histoire du *scazzameredo*, le fameux gnome au long bonnet de laine verte et aux gros brodequins rouges. Celui qui saute sur le ventre des gourmands, des gloutons et des abonnés à la dive bouteille, dès qu'ils s'endorment et, au réveil, jurent l'avoir vu... Pour apaiser les gamins, forcément énervés par tous ces bouleversements qui chamboulent leurs habitudes, elle chantonne *mezzo voce* les airs d'opéras qu'elle a entendus chez ses patrons, et mémorisés, paroles et partitions musicales. Elle les restitue à ses enfants avec beaucoup de plaisir. En fredonnant ces airs, elle s'évade de la tristesse qui l'assaille et s'accorde quelques minutes de rêverie, elle revient à un temps de joyeuse insouciance. Quelques pauses de sommeil, quelques phases d'allaitement, quelques pas dans la pièce et le soir arrive. Au changement d'équipe des agents de la *Ferrovie*, elle voit arriver l'employé qui, la veille, déjà tenait le même bureau, la bouffarde au coin des lèvres. Il les reconnaît aussi et s'étonne de les retrouver dans la gare.
— Encore là ?

Domenico lui explique sa mésaventure tout en lui demandant s'il connaît le passeur auquel ils ont eu affaire.
— Non, je ne me rappelle pas. Julio ne me dit rien. Je suis sincèrement désolé pour vous et plutôt en colère contre ce salopard qui profite de la misère des pauvres malheureux. Entre Italiens en plus, j'ai du mal à le croire. Mais maintenant, que comptez-vous faire ?
— Nous n'avons plus rien. Juste quelques lires pour que les enfants ne meurent pas de faim. Je n'ai pas assez d'argent pour acheter le billet de train jusqu'à Bari. Nous ne savons pas comment faire pour retourner chez nous. Si nous n'étions que ma femme et moi, nous tenterions une nouvelle fois d'entrer en France, sans guide. Mais avec nos trois garçons et le bébé, ce n'est pas possible.
— Sincèrement, vos petits me font mal au cœur. Nous allons trouver une solution. J'ai une amie qui œuvre au sein de la Croix-Rouge. Elle devrait pouvoir vous aider. Arrangez-vous ici pour cette nuit. Il y a du bois pour le poêle, vous n'aurez pas froid. Demain matin, avant de quitter mon poste, je vous réchaufferai

un peu de café et je parviendrai bien à trouver un peu de lait pour les petits. Avant de rentrer dormir chez moi, je passerai chez mon amie. Elle viendra certainement vous voir dans la journée. Au fait, je m'appelle Riccardo.
— Moi, c'est Domenico, ma femme, Nicolete, et eux, Mario, Giuseppe, Vittorio et Armando, le petit dernier. Ils se joignent à moi pour vous dire un grand merci. Vos paroles nous procurent une douce chaleur, dans le cœur et dans le ventre.

Domenico veut se convaincre que parmi les Italiens, il y a encore de bons concitoyens, sachant faire preuve de solidarité. Heureusement, ils ne sont pas tous comme le passeur. La confiance revient. Nicolete aussi reprend courage, mais pour l'heure, elle doit s'occuper de tâches plus terre à terre, les fesses d'Armando. Elle confie les enfants à Domenico et va au-dehors, au robinet d'eau froide placé dans une niche aménagée dans le mur de la gare, pour laver les langes souillés. Elle les met ensuite à sécher près du poêle. Encore une nuit à passer sur le bois dur des bancs de la *Ferrovie*. Le réveil est difficile, les corps tout endoloris. Mais l'abattement, qui les taraudait depuis deux jours, a laissé la place à un nouvel espoir. Fidèle à sa promesse, l'employé leur a apporté du lait chaud pour les petits et deux tasses de café sucré. Nicolete et Domenico se sentent débiteurs et se confondent en remerciements. Ils le saluent une dernière fois.

Domenico passe toute la matinée à guetter devant la porte vitrée. Il y a des trains qui arrivent, d'autres qui partent. Il voit des manœuvres de locomotive. Il observe des voyageurs affairés qui marchent sur le quai, d'autres pressés qui entrent en coup de vent dans la salle d'attente. Il attend. Les heures s'égrainent avec une étrange impression de lenteur inhabituelle. Dans le courant de l'après-midi, il voit arriver une jeune femme. Elle ne porte aucun signe distinctif, mais sans savoir pourquoi, il se dit qu'elle est certainement la personne dont il espère la venue. Elle pose son vélo contre le mur de la gare et entre. Elle a la tête couverte d'un fichu beige en flanelle, d'où s'échappent quelques boucles de cheveux châtains qui entourent de grands yeux noirs. Son regard franc, son air volontaire laissent transparaître un caractère affirmé. Elle

regarde en direction de Nicolete et des enfants et se dirige vers eux. Elle ne peut se tromper. Riccardo lui a bien décrit la famille.
— Bonjour, Riccardo m'a parlé de vous. J'ai aussitôt contacté mes collègues de Turin et de Milan. Nous avons trouvé une possibilité de rapatriement.

Nicolete et Domenico boivent ses paroles. Un sourire se forme sur leurs lèvres. Le premier depuis plusieurs jours. Ils redoublent d'attention.
— Voilà. Il y a un train de la Croix-Rouge qui part demain soir, de Milan vers Lecce, avec des arrêts dans les principales villes du trajet et bien sûr à Bari. Il transporte une centaine de nos compatriotes prisonniers de guerre, malades et blessés, qui arrivent de l'Empire colonial français. Ils étaient libérés depuis fin 45, mais maintenus pour soins et pris en charge par la Croix-Rouge française. Ce sont les derniers. En provenance de plusieurs contrées, ils ont été regroupés et débarqués dans un port français qui s'appelle Le Havre et, depuis, ils voyagent en train. Nous pouvons vous réserver un compartiment dans ce convoi. Il faut préalablement vous rendre à Milan dans la journée de demain. Notre antenne d'Oula, pas très loin d'ici, dispose d'un camion. Elle le met à votre disposition avec deux conducteurs. Ils vous prendront en charge demain matin vers huit heures et vous conduiront à la gare de Milan. Il faut prévoir entre cinq et six heures de route. En attendant, je vous emmène chez moi. Vous pourrez vous laver et vous restaurer. Cela vous convient-il ?
— Vous nous demandez si cela nous convient ? Mais, nous allons vous baiser les pieds. Nous ne savons comment vous remercier. Ce que vous faites pour nous est tellement généreux !

Nicolete a parlé. Elle entrevoit enfin un terme à cet épisode calamiteux. L'émotion la submerge. Elle ne peut retenir ses larmes. Elle s'avance, lui saisit les mains, les embrasse et lui dit :
— Le Seigneur soit avec vous. Qu'il vous protège toujours.

Un peu gênée, la jeune femme les guide vers la sortie. Elle récupère son vélo, le tient à la main et les conduit vers son domicile, en marchant à leurs côtés. Chemin faisant, elle engage la conversation et, informée de leur parcours, s'avoue un peu étonnée de la somme

d'événements qui a jalonné leur existence. Arrivée devant une grosse bâtisse de bois à deux niveaux, avec soubassement de pierres et balcon en façade, elle s'arrête et les invite à entrer. Intimidés, Nicolete et Domenico hésitent, mais elle les dépasse, ouvre la porte et pénètre dans les lieux en tirant Nicolete, et en appelant :
— Mamma ! Mamma !

Une dame âgée apparaît. Bien mise, munie d'un tablier bordeaux à bavette, la tête auréolée de cheveux blancs, elle a les bras ouverts, les paumes en l'air, dans une posture naturelle de bienvenue. Elle va au-devant des arrivants et les prie de s'asseoir autour de la table, sur laquelle se trouvent déjà une cruche de lait chaud et des verres. La dame sert les enfants en priorité, puis les adultes. Mario, Giuseppe et Vittorio se jettent avidement sur le lait crémeux qui leur laisse un liseré blanc tout autour de la bouche. Domenico les regarde, fronçant les sourcils, tout en passant furtivement son index sur son menton. Ils ont appris à s'alarmer de ce regard qui exprime un reproche et exige une correction immédiate. Ils comprennent et, s'aidant de leur langue, discrètement, ils parviennent à effacer leur barbouillage. Satisfait, Domenico esquisse un sourire en leur direction. Il attache de l'importance à la politesse et au savoir-vivre et n'accepte pas le moindre relâchement dans les convenances, tant pour lui que pour les siens, fussent-ils sous le coup de l'infortune.
— Ma belle-fille Veronica et moi-même vous offrons l'hospitalité pour ce soir. Elle ne peut supporter l'idée que, près d'elle, des gens souffrent et surtout s'il s'agit d'enfants. Nous avons une grande maison, un peu vide depuis le décès de mon mari et la disparition de mon fils pendant la guerre. Nous avons de quoi vous accueillir. D'abord, la salle de bains, ensuite, nous passerons au repas du soir, et puis tout le monde au lit. Demain matin, le départ. Pour vous, Monsieur, vous trouverez dans le meuble de la salle de bains de quoi vous raser. Je vois que vous en avez besoin. Ce sont les affaires de mon défunt mari. Je vais vous donner aussi un pantalon, une chemise et un pull lui ayant appartenu. Autant qu'ils servent à quelqu'un, maintenant.

Confus, Domenico s'incline vers elle.

— *Signora*, les mots sont insuffisants pour vous exprimer notre reconnaissance. Merci de nous permettre de retrouver un peu de dignité.

Le jour se lève à peine, au moment de quitter la demeure de Veronica et de sa belle-mère. Les deux femmes se tiennent à côté de ces réfugiés attachants. Pour eux, elles se sont impliquées. Peut-être au-delà de leur engagement associatif, mais sûrement dans le respect du principe fondamental d'humanité de la Croix-Rouge. Elles veulent s'assurer de leur prise en charge et en même temps saluer les collègues. Ils sont bien deux, comme prévu, et arrivent à l'heure, à bord d'un Fiat 626N au plateau bâché, certainement abandonné par l'*esercito* lors de la débâcle. Un petit café pour les conducteurs et ils démarrent. Le camion s'éloigne et les mains s'agitent longtemps en signe d'adieu. De part et d'autre, on n'oubliera pas.

Sur la route, par deux fois, le véhicule, arborant la bannière de la Croix-Rouge sur les portières de la cabine, franchit un pont de pierres à arcades, enjambant le lit de la Dora Riparia. La rivière, gonflée par les pluies d'automne et les premières chutes de neige, dévale des hauteurs alpines pour se jeter dans le Pô. Son cours tumultueux rappelle à Domenico le torrent qui lui a barré le chemin, il y a quelques jours, près de la frontière. Mais, cette fois-ci, l'eau ne constitue pas un obstacle. Domenico est presque heureux, sa famille est près de lui. Ils vont ensemble vers leur destin, installés sur une banquette de fortune, formée de caisses de munitions récupérées à la fin du conflit et de quelques couvertures, provenant aussi de l'armée. Nicolete porte Armando contre elle, bien calé dans ses bras. Domenico enserre les trois autres garçons, l'un contre l'autre, pour réduire la sensation de froid et atténuer les secousses dues aux déformations de la route. Après avoir traversé le Val de Suse, passant de la rocaille grise, partiellement recouverte de neige, au vert foncé uniforme d'une forêt de conifères, l'équipage remonte lentement vers Turin. À l'approche de la ville, le conducteur, connaissant les difficultés de circulation dans cette agglomération, bifurque et évite d'y pénétrer. Il observe juste une petite halte rapide, en périphérie, pour que les enfants puissent satisfaire leurs besoins naturels, et redémarre aussitôt. Il récupère la nationale en direction de Milan. En milieu d'après-midi, ils parviennent dans la cité lombarde. Ils doivent atteindre le centre-ville où se dresse la *Stazione Milano Centrale*[93]. Au volant d'un camion, la chose ne s'avère pas aisée. Les rues fourmillent d'un nombre impressionnant de Fiat 500 Topolino qui circulent dans tous les sens, klaxonnent à tue-tête et oublient le Code de la route. Il faut redoubler de vigilance pour ne pas accrocher une de ces petites voitures. Après bien des esquives et quelques manœuvres périlleuses, le camion se range devant la gare. Les deux bénévoles aident la petite famille à descendre et l'accompagnent à l'intérieur de ce bâtiment imposant, manifeste de puissance de l'ancien régime fasciste. La rangée de quais, alignés côte à côte dans le grand hall, sous les hautes arcades métalliques coiffées d'une immense verrière, paraît interminable. Vers l'extrémité, au quai numéro 12, le dernier, une agitation inhabituelle attire le regard. C'est un va-et-vient de journalistes, de photographes, de médecins, d'infirmières, qui se pressent le long d'un alignement de cinq wagons, sur lesquels figurent des carrés blancs rehaussés d'une croix rouge. C'est le train des pri sonniers. Il est déjà là, en attente depuis quelques heures. Sur instructions des autorités politiques et militaires, peu fières de n'avoir su rendre plus tôt les prisonniers à leur famille, les responsables locaux de la *Ferrovie* ont remisé le convoi un peu à l'écart, conformément aux consignes de discrétion. Mais cet ensemble insolite et l'apparition sur le quai et aux fenêtres d'hommes en uniforme, certains blessés, n'ont pas manqué d'éveiller la curiosité de quelques voyageurs. La presse, informée, n'a pas tardé à s'emparer du sujet. Nicolete est effrayée par ce remue-ménage et s'inquiète de la faisabilité de leur rapatriement. Elle n'ose même plus progresser sur le quai. Un des deux convoyeurs remarque sa nervosité et s'efforce de la rassurer :

— N'ayez crainte, *Signora*, personne ne prendra vos places et votre présence n'est connue que du chef de train. D'ailleurs, je vais aller lui parler. Les journalistes ne vous questionneront pas. Ils ont suffisamment à faire avec les soldats. Attendez-moi.

---

93 *Stazione Milano Centrale* : gare principale de Milan.

Il monte à bord. Au bout d'un quart d'heure, il revient vers eux, souriant. Mission accomplie. Le dernier compartiment de la voiture de queue leur est réservé et ils peuvent l'occuper dès maintenant. Ils ne se font pas prier. La collation remise par Veronica, lors de leur séparation, engloutie, ils s'installent sur les banquettes épaisses, en prévision d'un repos mérité. Le sommeil profond, conjugué au silence involontairement complice des garçons, leur épargne l'impatience du départ. De longues heures plus tard, certainement affamé, Armando émet un vagissement qui sort Nicolete de sa torpeur. Aussitôt elle prend la position pour l'allaiter. En bougeant, elle réveille les autres enfants qui s'étirent en bâillant. Au mouvement de balancement qu'ils ressentent, combiné au bruit caractéristique du train, ils réalisent qu'ils roulent. Ils ignorent quand il a démarré et quelle distance il a parcouru. L'aube se profile et commence à percer l'obscurité. Domenico emmène les trois grands aux toilettes pour le lavage des mains et du visage. De retour dans le compartiment, comme à l'aller, Mario se colle à la vitre pour découvrir le paysage. Mais le clair-obscur enveloppe encore la campagne et il n'entrevoit que des formes indistinctes. Il vaudrait mieux somnoler encore un peu et laisser le jour remporter sa victoire sur les ténèbres.

Piacenza, Parma, Modena, Bologna, les villes et les kilomètres ont défilé. À bonne allure, le train de la Croix-Rouge progresse en direction du Sud. À l'arrivée à Ancona, une fanfare positionnée sur le quai, entonne *Fratelli d'Italia*[94], l'hymne national. Les édiles de la commune, en rang devant l'harmonie municipale, applaudissent vivement. L'information a circulé et la municipalité a eu le temps de préparer un comité d'accueil pour les quelques hommes qui débarquent et retrouvent, confus, leurs familiers. Surpris par la musique, des soldats viennent aux fenêtres du train et ouvrent les vitres. Des drapeaux vert, blanc, rouge, et des fiasques de vin apparaissent subitement dans leurs mains. Le maire a voulu témoigner sa sympathie envers ces pauvres gars maintenus si longtemps hors du pays. Le convoi poursuit son chemin. Foggia marque l'en-

94 *Fratelli d'Italia* : Frères d'Italie.

trée des Pouilles et le début d'une gêne indicible pour Nicolete et Domenico. Ils reviennent au point de départ. Dépouillés, démunis, désemparés, ils éprouvent un sentiment profond d'échec mêlé de frustration. Ils ressentent déception, tristesse, honte et colère. Nicolete, surtout, en souffre de manière plus intense et plus apparente. Elle pensait avoir quitté l'Italie définitivement. Les prédictions de la cartomancienne résonnent toujours à ses oreilles. Domenico, plus bonhomme, moins enclin à la déprime, ne se laisse pas gagner par l'abattement. Il pense à ses garçons. Il veut les épargner. Et puis, au fond de lui, il sait qu'il va retrouver son *Fra*, et sans l'avouer, il ressent comme une espèce de réconfort.

Domenico et Nicolete, après une brève concertation, tombent d'accord sur les modalités de leur retour provisoire au pays. Première décision, adoptée sans hésitation, ils n'abandonnent pas le projet et repartiront dès que possible. En attendant, avec Armando et Vittorio, ils séjourneront à Bitonto, chez la jeune sœur de Nicolete, Rosa, et son mari Tonino. Quant à Mario et Giuseppe, ils patienteront chez leur tante Vincenza, sœur aînée de Nicolete, et leur oncle Savino. Parvenus à Bari en fin de journée, ils prennent vite la *ciocolatera*[95] pour se rendre en premier lieu à Corato. Comme prévu, ils laissent Mario et Giuseppe à la charge de Vincenza, en rappelant aux enfants toutes les recommandations de respect et politesse. Ils les embrassent et s'en vont. Les deux gamins, déconcertés, les regardent s'éloigner et disparaître au bout de la rue. Savino leur annonce qu'ils arrivent tardivement et qu'eux ont déjà soupé. Pour ce soir, ils vont donc aller se coucher tout de suite. Il les conduit à l'étage où, dans un débarras, en guise de lit, il installe un vieux sommier en bois, à même le plancher, et étale dessus une couverture. Il leur demande de dormir sans bruit, car lui, partant tôt le matin à la campagne, a besoin de sommeil. Les deux petits enlèvent leur manteau, leurs chaussures, et s'allongent. Quelques instants après, une senteur de cuisine chatouille leurs narines et réveille leur appétit. Aussitôt, la vacuité de leur estomac se signale en émettant une série de borborygmes intempestifs. Ils reconnaissent

95 *Ciocolatera* : marmite à chocolat, nom humoristique donné au petit train régional.

la bonne odeur des olives douces à frire. Mario se lève en disant à Giuseppe de ne pas bouger. Silencieusement, il descend trois marches de l'escalier et voit sa tante et son oncle, éclairés par la lampe à pétrole, attablés, de part et d'autre d'un poêlon en terre cuite où ils trempent des petits morceaux de pain en prélevant de belles olives à la chair blanche et rose. Il en a l'eau à la bouche. Il remonte, un peu dépité, et sans autre commentaire, laconiquement, annonce à son frère :
— Ils mangent.

Plus disert, Giuseppe lui murmure :
— Ils auraient pu, au moins, nous donner un morceau de pain.

Mario craint surtout que l'accueil de ce soir laisse présager la qualité du séjour. Avant de s'endormir, il se signe et prie le Seigneur que ses parents reviennent les chercher au plus tôt. Giuseppe, qui a entendu Mario marmonner quelque chose et l'a vu tracer le signe de la croix, reproduit gauchement son geste, et prononce quelques syllabes inaudibles, sans aucun sens, juste pour imiter son grand frère.

Les parents ont pris la direction de Bitonto où ils parviennent à la nuit tombante, à la grande surprise de Rosa et Tonino qui les accueillent, contrits de leur mésaventure, et leur proposent le gîte et le couvert.

En priorité, il faut prévenir Michele, qui a dû les attendre en France. Nicolete s'attelle à l'écriture d'une lettre pour informer son frère de leur tentative avortée, lui promettre que ce n'est que partie remise et lui indiquer où ils se trouvent. Ils n'abandonnent pas, ils ont bien l'intention de le rejoindre. Sa réponse parvient au bout d'une quinzaine. Il se dit désolé de leur malchance, plus que jamais disposé à les recevoir et prêt à les aider financièrement si nécessaire. Domenico l'admet, son concours s'imposera. En attendant le nouveau départ, il ne reste pas inactif. Il aide son beau-frère Tonino à vendre ses ustensiles en cuivre ou en zinc et, grâce à *Tchachin*, il effectue aussi quelques journées de travail à la campagne. Son *Fra*, bien sûr peiné de ses revers, n'a toutefois pas caché sa joie de le retrouver et a promptement réagi pour l'aider. À l'issue de ces journées de labeur à proximité de Corato, Domenico passe chez

Vincenza, sans manquer d'apporter quelque nourriture pour elle et sa famille et surtout pour ses deux garçons auprès desquels il s'attarde un peu. Mario et Giuseppe sont tout heureux de retrouver leur père, son passage va améliorer leur ordinaire. Ils s'asseyent sur ses genoux et le questionnent, Mario sur leur prochain départ et Giuseppe sur sa maman. En leur caressant la tête, le père leur transmet plein de baisers de la part de Nicolete et promet de revenir les chercher au plus tôt.

À la mi-décembre, le facteur remet à Nicolete un nouveau courrier en provenance de France. Les informations lui paraissent excellentes. À la radio, Michele a entendu à plusieurs reprises que la Suisse ouvrait ses frontières communes avec la France et l'Italie. Côté français, il s'est renseigné. Il a appris la possibilité, pour un étranger, d'entrer désormais en France, muni d'un simple visa de touriste, à convertir rapidement en titre de séjour. La France doit se reconstruire et le Gouvernement provisoire de la République française entend combler le déficit de main-d'œuvre en facilitant l'arrivée de travailleurs étrangers sur son territoire. Michele considère ces dispositions comme une opportunité et les invite à s'en saisir sans perte de temps. Dès le lendemain, Nicolete se rend chez la *signora* Di Carolis. Après la surprise, croyant son ancienne employée à l'étranger, elle se reprend, demande des nouvelles du mari et des enfants et écoute d'une oreille attentive le récit des événements qui ont ramené la petite famille à Corato. Aussitôt, elle demande comment elle peut l'aider. Nicolete lui fait part des informations rapportées par Michele et sollicite son avis sur la marche à suivre. La *signora* lui conseille de se rendre au consulat de France à Bari pour les visas de touristes, pour elle et sa famille, et puis de se déplacer à la Préfecture pour se faire délivrer les passeports. Consciente de la situation précaire de Nicolete et ressentant toujours à son égard une affection particulière, elle propose de lui avancer la somme nécessaire au voyage jusqu'à Milan. Embarrassée, tremblante de reconnaissance, Nicolete ne répond pas.
— Ma chère Nicolete, qui ne dit mot consent.

La *signora* s'absente quelques minutes, le temps d'aller au coffre, et revient avec une liasse de billets enveloppés dans une feuille de journal.

— Tu auras suffisamment pour aller à Milan et pour quelques menues dépenses.
— Comment vous remercier ? Je vous devrai toujours. Je vous promets que je vous rembourserai.
— Tâche de réussir et tiens-moi au courant. Je veux te savoir heureuse.

Nicolete lui embrasse les mains et s'en va.

Conformément à l'esprit et aux pratiques méridionales, les formalités s'éternisent et ils n'obtiennent les documents requis que début février. Michele a confirmé ses intentions. Il s'engage à leur fournir le prix du billet de train de Milan à Homécourt. Pour cela, il transmet la somme voulue au nom de Domenico, en poste restante, à Milan. Il a des doutes sur les compétences et la probité des agents du Sud. Il suffira de se présenter au bureau principal à Milan, d'exhiber le passeport et de récupérer l'argent. Michele a en plus communiqué le numéro de téléphone d'un tailleur à l'enseigne « Dominique », situé au bas de son appartement et où ils peuvent le contacter si besoin. Il a fait remarquer à Domenico que l'intéressé portait le même prénom que lui, en version française. L'échéance approche. La tension monte. Le second départ a lieu en matinée, le dimanche 17 février. *Bis repetita* : accolades, adieux, embrassades, promesses, larmes, petit train régional de Corato à Bari, puis express jusqu'à Milan, où ils arrivent en pleine nuit. La poste n'ouvre qu'à huit heures, il leur faut patienter. Ils s'installent sur un banc, dans la salle des pas perdus, pour que les petits puissent dormir. Dès sept heures, Domenico ne tient plus. Il sait qu'il a le temps, l'express Milan-Liège via Zurich et Metz ne part qu'à dix-neuf heures, du quai numéro 8. Mais il veut tout régler immédiatement et, surtout, s'assurer de l'argent. Il s'est aussi renseigné sur le chemin qui mène à la poste centrale. Elle se situe à un quart d'heure à pied. Il s'y rend et se positionne devant l'entrée pour être le premier à l'ouverture. À huit heures précises, alors que d'autres personnes ont pris place dans la file d'attente qui s'est constituée, un employé lève les rideaux métalliques en produisant un vacarme assourdissant et s'écarte pour laisser passer les clients. Domenico entre en tête et opte pour le guichet central tenu par une dame. Il donne son identité, présente son passeport et explique qu'il a reçu

un virement poste restante, en provenance de la France, et qu'il souhaite le récupérer. La dame lui rétorque alors qu'il n'a pas choisi le bon préposé et qu'il doit s'adresser au guichet numéro 8, le dernier à droite, affecté à ce type d'opérations. Il s'y rend et se trouve cette fois-ci face à un homme. Il renouvelle sa demande dans les mêmes formes. L'employé écoute, se saisit du passeport et annonce qu'il va vérifier. Il se lève, se dirige vers des étagères où sont alignés plusieurs registres, en récupère un et le consulte. Au bout de quelques instants, il revient, lui tend le passeport et annonce qu'il n'a rien trouvé à son nom. Domenico insiste et lui demande de vérifier à nouveau, sûr de l'envoi du mandat. Il doit obligatoirement se trouver là. Sans conviction, l'intéressé retourne au registre qu'il manipule à nouveau et revient avec le même flegme, en lui redisant qu'il n'y a rien à son nom. Domenico sent la colère monter en lui. Il éprouve beaucoup de mal à conserver son calme. En détachant chaque syllabe, il répète encore une fois que le mandat est forcément là et prie l'homme de bien regarder. Celui-ci lui répond, toujours avec la même apathie, qu'il a déjà vérifié deux fois et qu'il n'y a rien pour lui. Fou de rage, Domenico sort pour se calmer. Il réfléchit. Une seule solution, téléphoner à Michele. Il revient à l'intérieur de la poste et demande à téléphoner à l'étranger. Un préposé prend note du numéro à appeler et lui indique une cabine. Il s'y rend et, après cinq minutes, la sonnerie retentit. Il saisit l'appareil et, plaçant le combiné contre son oreille gauche, la seule valide, il tente de se faire comprendre :
— Vorai parlare al *signore* Olivieri Michele.

Il a de la chance, au bout du fil, le commerçant a des origines italiennes et a saisi.
— J'ai compris, je vais voir s'il se trouve chez lui. Restez en ligne.

Quelques minutes s'écoulent. Miracle, il entend quelqu'un lui parler en patois de Corato.
— Sei tu Domenico ?
— Si sono io. E tu, sei Michele ?
— Si sono io.

C'est la première fois qu'ils se parlent. Jusqu'à ce jour, ils n'ont communiqué que par écrit. L'émotion est là, mais Domenico, peu porté sur le babillage, écourte les présentations et va à l'essentiel.

Il explique la situation. Michele, surpris, lui confirme qu'il a bien expédié le mandat depuis deux jours et que l'argent doit forcément se trouver à la poste de Milan. Il invite son beau-frère à insister auprès du guichetier. Domenico le remercie chaleureusement et raccroche en lui disant qu'ils vont se voir sous peu. De retour au guichet, il interpelle à nouveau l'employé chargé des mandatements en provenance de l'étranger. L'homme s'assombrit en le reconnaissant. Calmement, Domenico lui explique que son beau-frère lui a expédié l'argent depuis deux jours et qu'il l'a donc forcément réceptionné.
— Mais non ! Je comprends, maintenant. Au départ de la France, il faut trois jours de délai. Il arrivera donc certainement demain. Revenez demain matin après dix heures.

Une avalanche de pierres aurait eu le même effet sur Domenico. Il répète plusieurs fois, incrédule :
— Demain, demain.

Attendre encore une fois vingt-quatre heures dans cette gare. Il commence à la connaître dans ses moindres recoins. Il rejoint sa femme et lui explique cette nouvelle complication. Le mauvais sort s'acharne sur eux. Les quelques lires restant de la somme avancée par la *signora* Di Carolis leur permettent d'acheter du pain et du lait et de tenir la journée. Les parents se contenteront d'un café sucré. Après une nuit très longue, le mardi matin, dès huit heures trente, las de ronger son frein et débordant d'impatience, Domenico prend place devant le guichet numéro 8. Il y a une personne devant lui, en discussion avec le même guichetier que la veille. Derrière son petit comptoir, il officie en bon fonctionnaire de la Poste, consciencieux, méticuleux, prenant son temps. Il remet un document au client qui, visiblement satisfait, s'éloigne. Puis, il lève un œil, reconnaît « le nerveux » du jour précédent et une moue agacée fige son visage. Domenico a compris. Il ne lui inspire pas beaucoup de sympathie. Il prend sur lui. Il a aussi appris à se montrer diplomate. Avec beaucoup de retenue, il présente encore une fois son passeport et réitère sa demande de virement provenant de France. L'employé, impassible, se saisit du passeport et va vers sa pile de registres. Il en prélève un, ouvre le grand livre à la page marquée d'un signet, humecte son index sur sa langue, laisse glisser

son doigt sur le papier, lentement, du haut vers le bas. Des secondes aussi longues que des heures s'écoulent. Une éternité pour Domenico. Il voit alors le doigt de l'intéressé s'arrêter sur une ligne. Le préposé rapproche le passeport et dodeline verticalement de la tête. Avant même qu'il prononce un seul mot, une vague de bonheur envahit Domenico qui se retient pour ne pas sauter sur place. L'autre, mutique, le visage sans expression, revient vers lui, détache une feuille d'un carnet, y porte quelques lettres et chiffres, signe, appose un tampon et tend le bon de caisse à son interlocuteur.
— Présentez ce récépissé de paiement à la caisse et le caissier vous remettra l'argent.

Domenico lui fait répéter tout en orientant son oreille gauche vers lui et en demandant où se trouve la caisse. Il y va, remet le papier au caissier, bien à l'abri derrière une grille métallique. Il lui demande une pièce d'identité. Il présente encore une fois son passeport. Puis, n'en croyant pas ses yeux, il voit la main de l'homme plonger sous le comptoir et réapparaître, tenant une liasse épaisse de billets de cinquante lires. Avec une agilité insoupçonnée, ses doigts font défiler les coupures, tandis que ses lèvres comptent. Domenico ne parvient pas à suivre. Le caissier reconstitue la liasse en la tapotant sur sa tablette et, conformément au mandat de Michele, il ajoute deux billets de mille francs français, présente un papier, pointe du doigt l'endroit où parapher en tendant un stylo, et enfin lui donne l'argent. C'est Noël. Domenico empoche les lires et les francs et file vers la gare. Il s'arrête d'abord au bureau délivrant les titres de transport et achète les billets Milan-Metz. Il se rend ensuite aux renseignements et s'informe des horaires et du numéro de quai : voie 8, à dix-neuf heures, rien n'a changé. Il peut maintenant acheter de quoi nourrir sa femme et les petits. Il les rejoint les bras chargés. Mario, Giuseppe et Vittorio tapent des mains en criant leur joie de retrouver leur père et s'agrippent aussitôt à lui. Il s'installe, montre les coupures restantes et les billets de train à Nicolete avec un large sourire. Il exhibe les deux coupures de mille francs en l'invitant à bien les regarder. Il va falloir qu'elle s'habitue. Elle sourit aussi. Ils tombent dans les bras l'un de l'autre et les enfants se mêlent à leur étreinte.

Les contrôles douaniers et policiers aux frontières suisse et française ont fait diversion à la monotonie du voyage qui s'est déroulé essentiellement de nuit. Domenico aurait voulu marquer l'entrée en France en buvant un verre de vin et en trinquant à cet événement. Mais la présence des fonctionnaires à la porte du compartiment et le contrôle méticuleux des documents d'identité l'en ont dissuadé. Parvenus à la gare de Metz vers six heures du matin, ils quittent l'express et interpellent l'agent SNCF qui, armé du bâton-palette et d'un sifflet, vient de faire repartir leur train. Avec Nicolete, ils ont imaginé les difficultés qui les attendent, notamment par rapport à la langue. Aussi ont-ils préparé des petits papiers. L'un mentionne le nom de la commune Homécourt ; l'autre, l'adresse de Michele : 5 rue de La Grande Fin. Après en avoir pris connaissance, le chef de quai, à grand renfort de gestes, parvient à se faire comprendre et leur indique le numéro de la voie, l'heure de départ de l'omnibus qui dessert la Vallée de l'Orne, et le nombre d'arrêts avant Homécourt. Il pousse son empathie jusqu'à inscrire le nom des communes à traverser, sur une petite feuille prélevée dans un carnet. Domenico la récupère précieusement.

En signe de bienvenue, le jour se lève alors que le train entame le parcours : d'abord Chambières, Woippy, Maizières-lès-Metz, puis Hagondange, Rombas, Rosselange, Moyeuvre-Grande et Jœuf. Une petite pluie accompagne l'aurore. Une pluie fine, froide, mêlée de quelques flocons de neige virevoltants, dont le manège ravit les petits. Ils n'ont jamais vu de spectacle semblable dans les Pouilles. À chaque arrêt, des travailleurs, musette sur le dos, montent ou descendent des wagons, indifférents aux bruits étranges, semblant provenir de soufflets titanesques, qui emplissent l'atmosphère et intriguent les arrivants. Aux sons se mêlent les images, les usines sidérurgiques défilent sous leurs yeux ébahis. Lignes de hauts-fourneaux laissant échapper de leurs ventres béants la fonte liquide, brûlante et aveuglante. Rangée de *cowpers*[96], bien alignés, comme de hautes sentinelles casquées, armes au pied. Plus loin, ce sont les aciéries, avec leurs convertisseurs Bessemer-Thomas qui expulsent

96 *Cowpers* : silos de récupération et de réchauffe des gaz de hauts-fourneaux.

des tonnes de scories vers le ciel, dans des gerbes de flammes et d'étincelles, tels des cracheurs de feu gigantesques. Ensuite, les immenses halles qui abritent trains à fil, trains à fers marchands, laminoirs et autres blooming, uniformément grisâtres, mais sporadiquement agités de lueurs, dues aux passages des lingots entourés de flammèches ou des brames chauffées au rouge. Enveloppant toutes ces installations, des fumerolles blanches, orange, rougeâtres, noires, s'élèvent vers le ciel et forment une nuée que la lumière blafarde d'un soleil pâle de fin d'hiver ne parvient pas à percer. Où est la chaude lumière du Sud, où sont les oliviers, les palmiers ? Le choc est rude. Ce qu'ils découvrent s'avère très différent de ce qu'ils avaient imaginé et de ce qu'ils ont laissé derrière eux. Surpris, Nicolete et Domenico tentent de s'encourager mutuellement, en se disant que le printemps adoucira certainement le paysage. Homécourt, enfin !
— Cette fois, nous y sommes. Allez, les enfants, nous descendons, N'oubliez rien.

Nicolete abrite Armando contre sa poitrine. Domenico tient Vittorio d'une main, et porte l'unique valise dans l'autre. Mario s'occupe de Giuseppe. Le parvis de la gare est désert. Personne ne les attend. Avec toutes les péripéties survenues, ils ont oublié d'annoncer l'heure possible d'arrivée. À l'extérieur, ils lèvent les yeux et, sur la colline en face, ils aperçoivent une installation toute noire, étrange, inquiétante, de laquelle émergent des fumées luminescentes, pendant qu'une odeur désagréable d'œuf pourri s'en échappe, dévale en contrebas et assaille leurs narines. Mario, Giuseppe et Vittorio se pincent le nez et questionnent leur mère sur la persistance de cette puanteur. Elle ne sait quoi répondre, ignorant ce qu'est une cokerie.

Domenico approche un passant et lui montre son papier mentionnant l'adresse de Michele. L'intéressé lui explique avec moult mimiques et signes que ce n'est pas loin. Ils ont juste à gravir la côte montant à droite et, arrivés au croisement, ils toucheront leur destination. Bons marcheurs, ils accèdent effectivement rapidement à un carrefour. Ils s'engagent sur la route face à eux. Elle semble conduire vers la campagne. Sur le mur du premier immeuble, ils remarquent une plaque portant l'inscription, en blanc sur fond bleu,

« *rue de* La Grande Fin ». Ils avancent un peu, découvrent le numéro 3 à l'enseigne du tailleur « Dominique » dont a parlé Michele et, juste après, le numéro 5. Fatiguée, Nicolete s'impatiente.
— C'est là. Il y a de la lumière à l'étage. Ils doivent être levés. Allons-y.

Domenico gravit les cinq marches de l'escalier extérieur et actionne la clenche. La porte ouvre sur un couloir et un escalier de bois. Il monte et parvient à un palier. Une seule porte laisse passer un trait de lumière et surtout une bonne odeur de café. Il frappe. Une voix de femme répond :
— Qui c'est ?
— Domenico e Nicolete di Corato.
— Dio mio ! Vous êtes là !

La porte s'ouvre en grand. Une jolie petite femme de type méridional apparaît sur le seuil, en robe de chambre. Sans hésiter, elle s'avance, embrasse Domenico tout en émettant un flot ininterrompu de paroles, heureusement en patois des Pouilles.
— Je suis Immacolata, la femme de Michele. Il est à l'usine. Il ne rentrera qu'en milieu de journée. On vous attend depuis hier. Il va être heureux de vous retrouver. Et Nicolete et les enfants ?

Nicolete a entendu, elle monte, précédée des gamins.
— Oh, les braves petits ! On va leur préparer tout de suite un bon petit déjeuner. Nicolete, enfin je te rencontre. Michele m'a tellement parlé de toi.

Elles s'embrassent et se complimentent l'une l'autre. Immacolata s'active à dresser la table. Elle sert du café, du lait chaud et des tartines de pain, beurre, confiture, pour tout le monde. Ils mangent et ressentent une agréable sensation de bien-être due à la satiété et à la bonne chaleur diffusée par une imposante cuisinière à bois et charbon adossée à un des murs de la pièce. Elle jouxte une petite gazinière à trois feux. Les deux appareils font face à un buffet deux corps placé à l'opposé. Le milieu de la pièce est occupé par une grande table de bois, couverte d'une toile cirée jaune à fleurs multicolores et six chaises autour, où ils sont installés. Immacolata continue.
— Nos enfants sont grands. Nous avons une fille et deux garçons, Françoise, Joseph et Séverin. Vous ne les verrez pas. Ils ne vivent

plus ici. Je vais vous montrer votre chambre. Tout est prêt. Vous serez bien.

Domenico laisse les femmes s'occuper de l'aménagement, appelle Mario et sort en annonçant qu'ils vont découvrir le quartier. Sa belle-sœur l'invite à ne pas trop s'éloigner et à ne pas se perdre. Domenico sourit en murmurant :
— Si elle savait tous les chemins que j'ai parcourus.

Ils refont la portion de route venant de la gare et constatent bien plus d'animation qu'à l'arrivée. Des camions, des voitures circulent. Ils croisent des passants, et non seulement des ouvriers, mais beaucoup de femmes tenant un cabas duquel dépassent des légumes et du pain. Ils découvrent plusieurs commerces, une épicerie à l'enseigne « Familistère », une boulangerie, une quincaillerie, une laiterie, un cinéma, et de nombreux bars. Une longue bâtisse de pierre, à plusieurs étages, prolongée par une chapelle, attire leur attention, Des hommes stationnent devant le porche, discutent en fumant une cigarette. Domenico va vers eux et tente d'entamer la conversation. L'un d'eux parle italien. Originaire des Abruzzes, il est heureux de rencontrer un compatriote. Il l'invite à entrer et à le suivre à l'étage, dans sa chambre. Il explique qu'il s'agit d'un hôtel pour ouvriers célibataires, mis à disposition par l'employeur, la société « Wendel-Marine », propriétaire de l'usine de Homécourt. Il offre un verre de vin à Domenico, de la limonade à Mario qui d'abord refuse et accepte lorsqu'il lit l'assentiment dans le regard de son père. Alors l'intéressé se met à parler du pays avec nostalgie. Ce n'est pas le discours qui intéresse Domenico. Ce qu'il veut entendre, c'est comment se déroule la vie ici. Il l'interrompt et lui pose cent questions : l'emploi, les salaires, les usages, les possibilités de logement, les commerces, les écoles. Mieux informé sur ce qui l'attend, il prend congé de son hôte en le remerciant et en lui promettant de le revoir. Dehors, à proximité de l'édifice qu'il vient de quitter, dans la cour d'un immeuble cossu, il entend des jeunes filles papoter. Il pense à juste titre à un établissement scolaire. Il n'a pas vu l'inscription en relief sur le fronton de pierre : « *École Ménagère* ». Un peu plus loin, une allée de terre battue donne sur un groupe de baraques basses, apparemment abandonnées, portes et fenêtres barricadées à l'aide de planches. Ce spectacle désolant l'intrigue. Il se renseignera.

Rebroussant chemin, père et fils s'en retournent chez leur hôte. À douze heures, ils se mettent à table. En prévision de leur possible arrivée, la maîtresse de maison avait préparé, la veille, un pot-au-feu, avec une queue de bœuf. Il tombe à point nommé, il n'y a qu'à le réchauffer. Immacolata a ajouté des petites coquillettes dans le bouillon. Les enfants se délectent, des pâtes, des légumes et de la viande. Même s'il en reste peu à rogner sur les os de la queue. Le repas se prolonge jusqu'à l'arrivée de Michele. En montant l'escalier, il a entendu les voix et a compris. Il entre précipitamment, jette sa musette à terre et tend les bras à Nicolete. Ils s'enlacent un long moment, les larmes aux yeux, tout en murmurant tous deux des mots d'affection. Puis Michele embrasse son beau-frère. Ils se tiennent longuement par les avant-bras et se disent mutuellement la joie qu'ils éprouvent à se connaître. Au tour des enfants. Nicolete les appelle l'un après l'autre par leur prénom et les pousse vers son frère. À tour de rôle, il les lève et dépose une bise sur leur front. Il s'installe ensuite à table et questionne Nicolete et Domenico. Il veut tout savoir de leur existence à Corato et attend des nouvelles récentes sur la situation en Italie. Domenico, lui, est impatient de parler de la France, de leur avenir ici, et le lui fait comprendre. Alors Michele annonce qu'il lui a déjà trouvé un travail comme peintre en bâtiment et qu'il le présentera à son patron dès le lendemain. Autant ne pas perdre de temps et gagner de l'argent au plus vite. Aussitôt dit, aussitôt fait, le jour suivant, dès son retour du travail, en début d'après-midi, après une rapide collation, Michele emmène Domenico. À pied, ils rejoignent la commune voisine d'Auboué, et se dirigent vers le bas de la côte qui mène à Sainte-Marie-aux-Chênes, là où se situe « L'Entreprise Martin, tous travaux de peinture ». Monsieur Martin, est présent. Ils sont admis dans l'atelier. Domenico écarquille ses yeux. Il n'a jamais vu autant de pinceaux, brosses, rouleaux, couteaux à enduire, bidons, échelles. Le tout bien rangé sur de longues étagères. Michele salue le patron et présente Domenico. Monsieur Martin lui serre la main.

— Ça y est, il est arrivé, ce beau-frère dont tu m'as parlé. Il veut travailler. Il sait se servir d'un pinceau et d'un rouleau ? Tu m'as dit qu'il était décorateur. Ce n'est pas vraiment le même boulot. Bon, à lui de montrer son savoir-faire. Qu'il vienne ici lundi matin à cinq heures tapantes. J'ai une équipe qui part en déplacement dans la banlieue de Paris et il manque un gars. Cela tombe bien pour lui. J'ai décroché un gros chantier. Plusieurs dizaines de cités à rafraîchir, des logements d'ouvriers du fabricant d'automobiles Renault. Retour le vendredi en fin de journée. J'assure le transport, le gîte et le couvert et j'accorde une prime de panier. Il y en a pour plusieurs semaines. Tu lui expliqueras. Je crois qu'il ne me comprend pas bien. Passez au bureau, la secrétaire va préparer le contrat de travail.

Après quatre semaines de va-et-vient entre Homécourt et la région parisienne, Domenico acquiert les rudiments de la langue et se familiarise avec le métier pour lequel il détient quand même de bonnes bases. Il a appris à peindre plus vite, quitte à sacrifier la minutie inculquée par son ancien maître. Il découvre le papier peint, inconnu dans les maisons populaires des Pouilles. Le chef d'équipe l'initie à l'usage de la table à tapisser, de la bande de tôle, du sabre à émarger, du fil à plomb pour vérifier la verticalité et du balai à lisser. Il a beau s'appliquer, il éprouve encore quelques difficultés à poser un lé sans faire de plis. Le surnom de *macaroni* dont l'ont affublé ses collègues ne le gêne pas et il répond à chaque fois :
— Buono[97] macaroni, buono.

Il accompagne sa réplique d'un geste circulaire de massage de son ventre et déclenche automatiquement l'hilarité de ses camarades. Lui-même gratifie de *polack* certains de ses compagnons originaires de Pologne ou d'Ukraine, sans qu'aucun s'en offusque. Au cours des premiers jours, il a entendu à plusieurs reprises, sans bien le comprendre, mais en ressentant l'animosité du propos, le reproche prononcé par certains de « venir manger le pain des Français ». Conscient de son statut d'étranger et de la précarité de son droit de séjour, il ignore volontairement les dires à son sujet. Son implication

---

97 *Buono* : bon.

dans le travail, sa spontanéité et sa jovialité naturelle font vite cesser les quolibets. Il a gagné sa place dans l'équipe et il s'y sent à l'aise.

Il revient pour quelque temps à des chantiers locaux, ne nécessitant que la journée. Nicolete a enduré l'absence intermittente de son mari tout en reconnaissant l'intérêt du déplacement, sitôt avoir compté le nombre de billets perçus lors du premier acompte. Mais maintenant, elle ne cache pas sa satisfaction de le retrouver tous les soirs. De son côté, accompagnée de son frère, elle assure les démarches pour régulariser leur situation administrative, car ils se maintiennent sur le territoire au-delà de la validité du visa de touriste et ils se doivent d'obtenir un titre de séjour. Elle se dit agréablement surprise par la facilité d'accès aux autorités et aux services officiels. Ici, nul besoin d'apporter de l'huile ou du vin au copain, du cousin, de l'employé, pour obtenir le document souhaité. Aucun passe-droit. Les démarches s'opèrent régulièrement. Elle apprécie et veut aller au-delà dans sa volonté de tourner définitivement la page avec l'Italie. Elle décide de solliciter la nationalité française pour toute la famille. Mais son initiative n'aboutit pas. La loi prévoit un séjour de cinq ans avant qu'un étranger puisse obtenir sa naturalisation. Déçue, elle se promet de réitérer une fois le délai expiré. Par contre, Mario est tout de suite admis à l'école primaire Jeanne d'Arc donnant sur la place du même nom, face au logis. Giuseppe, trop petit, doit attendre l'année suivante. Nicolete s'est par ailleurs vite accoutumée aux tickets de rationnement, encore en vigueur, bien que la guerre soit terminée. Les moyens de production et les réseaux de distribution peinent à redémarrer et les pouvoirs publics veulent éviter les pénuries. Les quatre enfants bénéficient d'une quantité plus que suffisante de denrées alimentaires de base et, lait, beurre, pain et pommes de terre ne manquent pas. Les petits n'auront plus faim.

Les jours défilent et la belle saison s'installe. Mais contrairement à l'amélioration des conditions météo, le climat relationnel avec Immacolata se dégrade. Nicolete note un changement d'attitude à son égard. Elle conçoit bien qu'une cohabitation entre quatre adultes et quatre enfants dans un espace aussi resserré puisse générer fatigue, énervement et lassitude. Aussi s'ingénie-t-elle à peser le moins possible sur la vie quotidienne de sa belle-sœur.

Elle participe pleinement aux tâches ménagères et sort souvent avec les petits, même par mauvais temps. Domenico a déniché un landau d'occasion et elle s'en sert pour promener Armando et transporter quelques courses. Elle tient à participer financièrement aux dépenses de la maisonnée depuis que son mari dispose d'un salaire régulier. Mais malgré ses efforts, les signes d'agacement se multiplient. Elle ne comprend plus. Jusqu'au jour où, rentrant de promenade, elle croise un homme, au bas de l'escalier conduisant à l'appartement. Manifestement, il vient de voir Immacolata. Un peu gêné, l'individu la salue et s'éloigne. Elle mentionne cette rencontre à l'intéressée qui, pour toutes explications, invoque un copain de Michele venu le voir. Plus tard dans la soirée, Nicolete constate qu'elle ne parle pas de la visite du prétendu copain à Michele. Le pauvre est rentré fourbu du travail, après un double poste, de six heures à vingt-deux heures, comme cela se produit fréquemment lors de casse ou d'accident à l'usine. Aujourd'hui, suite à un déraillement, il a passé seize heures à décharger, à la pelle, des wagons de coke. Il ne s'attarde pas et se couche tout de suite après le souper. Nicolete ne se fait plus d'illusion en constatant une dégradation des relations dans le couple. Elle se confie à Domenico pendant le week-end. En homme du Sud, il a beaucoup de mal à rester calme en apprenant que vraisemblablement, Immacolata trompe son mari. L'honneur de la famille est bafoué. Il ne peut laisser l'affaire en l'état. Profitant du repos hebdomadaire, il se renseigne auprès de membres de la colonie italienne, bien implantée dans le bassin de Briey, et plus particulièrement quelques uns originaires des Pouilles, avec lesquels il a rapidement tissé des liens d'amitié. L'expatriation renforce l'instinct grégaire parmi les concitoyens. Sans ménagement, ses connaissances l'affranchissent sur la réputation de mœurs légères attribuée à Immacolata, qui compterait déjà quelques aventures. Manifestement, son inconstance conjugale a acquis la notoriété publique. Il n'en supporte pas plus. Prétextant le repérage d'un prochain chantier, il demande à Michele de le guider. Une fois dehors, avec tact, débutant par des allusions aux liens familiaux et à l'honneur, il tente de savoir s'il soupçonne une quelconque incartade de la part de sa femme. Il se rend compte alors qu'il ignore tout et semble même surpris de son propos.

— Mais qu'est-ce que tu insinues ? Tu es en train de me dire que ma femme me trompe ?

Domenico lui avoue alors ce qu'il a appris auprès des compatriotes. La mine de Michele se décompose. D'un naturel confiant, presque crédule, aveuglé par un amour sincère, passant plus de temps à l'usine que chez lui, rentrant souvent très tard et épuisé, il n'a rien vu. Il pensait sa vie réglée, les enfants mariés et installés, au moins les deux plus grands, le plus jeune engagé dans l'armée française sur le départ pour l'Indochine, un peu d'argent de côté, un petit logis confortable, un bon boulot. Tout allait bien. Il blêmit, se raidit, serre les poings et son regard devient fixe.
— Je rentre et je la tue.
— Non, pas comme ça. Si tu veux t'en débarrasser, je peux t'aider et certains de nos amis aussi.
— Viens, on retourne.

Domenico lui emboîte le pas. Ils réintègrent la demeure. Heureusement, Nicolete a emmené les enfants en promenade. À peine entré, Michele se dirige droit sur sa femme. Elle n'a pas le temps de se protéger, il l'empoigne et lui assène une gifle du revers de la main. Sous le coup, elle chancelle et s'effondre sur le sol de la cuisine. Du sang perle sur sa lèvre inférieure et coule de son nez. Allongée à même le plancher, elle crie en italien, appelant à l'aide, et par réflexe, se couvre le visage de ses avant-bras. Il se baisse, se met à genoux, la chevauche, et lui envoie une suite de frappes sur le visage. Domenico ne peut assister à cette violence sans réagir. Il craint un geste extrême, surtout quand il voit Michele fouiller dans une de ses poches, certainement à la recherche de son couteau. Redoutant le pire, il le saisit par les épaules et le tire en arrière pour permettre à Immacolata de se dégager. Elle sent la pression faiblir et en profite pour se lever. Passant alors devant la cuisinière, elle s'empare du tisonnier qui posait dans la braise et le brandit. L'extrémité rougie dessine un trait de fumée dans l'air, au fur et à mesure qu'elle avance vers son mari, la bouche déformée, les yeux pleins de haine. Visiblement, elle a l'intention de le marquer au fer. Domenico s'interpose et l'oblige à reculer. Tout en s'essuyant la figure de son mouchoir, elle hurle et menace, en agitant le tisonnier, la pointe en avant :

— Ne te permets plus jamais de lever la main sur moi, sinon, je te jure, c'est moi qui te tue.
— Troia[98] ! Puttana[99] !

Les insultes fusent de part et d'autre. Domenico les maintient à distance, en écartant ses bras et en les repoussant. Au bout de quelques instants, la tension baisse. Immacolata quitte la pièce et va se soigner. Encore abasourdi, par ce qu'il a découvert et par la sérieuse algarade avec sa femme, Michele ne bouge plus. Les bras ballants, la figure exprimant le dégoût, il marmonne des mots incompréhensibles. Domenico le tire à nouveau à l'extérieur. Il l'emmène au café *La Lorraine*, rue de la Gare. À peine assis, Michele pose ses coudes sur la table, appuie son front contre ses mains et laisse sa peine le submerger. Il hoche la tête et répète :
— Pourquoi. Pourquoi ?

Il retient ses larmes, mais des spasmes agitent son corps.
— C'est fini. Je ne pourrai plus jamais faire confiance à qui que ce soit. Je vais me séparer. J'irai habiter à l'Hôtel des Ouvriers. Je vous laisse le temps de trouver quelque chose pour vous et, ensuite, je rendrai l'appartement. Elle ira où elle voudra. Elle n'aura qu'à se débrouiller et, crois-moi, elle n'aura pas un sou de ma part.

Domenico approuve et l'assure de son soutien. Il lui promet aussi de trouver rapidement un logement de manière à raccourcir la cohabitation. Après s'être assuré qu'il peut le laisser, il quitte son beau-frère et se met tout de suite en quête d'un logement. Il sillonne les cités ouvrières de la Grande Fin et de la Petite Fin, en questionnant les passants. Sans succès. À Jœuf, il arpente les cités de Génibois, les Cités-Hautes et les Cités-Basses, en se renseignant auprès de résidents en train de jardiner. Rien de libre ! Sur le chemin du retour, il se remémore les baraques aperçues le jour de son arrivée. Il passe justement devant. Il s'arrête, observe et se décide. Il agrippe une planche barrant une fenêtre, tire de toutes ses forces et parvient à l'arracher. S'en servant alors comme levier, il fait éclater

98 *Troia* : salope, insulte en référence à la belle Hélène de Troie, qui a quitté son mari le roi de Spartes, Ménélas, pour s'enfuir avec Pâris le Troyen.

99 *Puttana* : putain.

les autres bois et termine son œuvre avec quelques coups de pied pour dégager la porte. Il entre. Les toiles d'araignées tapissent les murs. Il découvre une pièce à vivre avec une pierre à eau, deux chambres attenantes, et un réduit avec des toilettes rustiques. Il trouve une arrivée d'eau à l'extérieur. Il se dit qu'ils ont été habitués, en Italie, à aller chercher l'eau à la fontaine et qu'ils s'en accommoderont. Il repart pour retrouver sa femme et les gamins.

Entre-temps, Nicolete est rentrée avec les enfants. Elle constate l'absence de son frère et remarque le visage tuméfié d'Immacolata. Elle n'a aucun doute sur l'auteur des coups et sur le motif de la dispute. La moue dédaigneuse, celle-ci l'accuse de l'avoir dénoncée à son frère, d'être la cause de ses problèmes, et lui demande de quitter les lieux au plus vite en lui annonçant qu'elle ne cuisinera plus pour elle et sa famille. Nicolete a enduré bien des avanies. Une de plus ne la fera pas pleurer. Elle lui rétorque qu'elle n'avait pas l'intention de prolonger son séjour chez elle et se retire avec les petits dans la chambre. Domenico la rejoint à son retour et lui annonce leur prochain déménagement.

Quelques semaines plus tard, l'épisode violent estompé, la famille prend ses marques dans sa nouvelle habitation : « la baraque ». C'est le nom que Nicolete et Domenico ont attribué à leur demeure, après avoir entendu les commerçants du quartier dénommer ainsi l'ensemble où ils résident, sans en maîtriser la traduction exacte et en méconnaissant le caractère dégradant de cette appellation. Ladite baraque a cependant bénéficié de quelques améliorations. Le maire de la commune, rapidement alerté par un administré de la présence d'immigrés italiens dans les bicoques barricadées pour insalubrité, a dépêché un adjoint sur place. Il a d'abord haussé le ton et exigé qu'ils quittent les lieux. Mais, désarmé par les sanglots de détresse de la maman et la tête des marmots larmoyants accrochés à la robe de leur mère, pris de mansuétude, il a renoncé. À l'aide de gestes, il leur a fait comprendre qu'ils pouvaient rester. Le lendemain de son passage, Nicolete voit arriver deux employés communaux, en bleu de travail, casquette sur la tête, caisse à outils à la main, qui en quelques heures installent un robinet au-dessus de la pierre à eau et rétablissent le branchement électrique de la masure. Puis le surlendemain, elle a la visite d'une dame qui lui pose des questions et demande à voir les enfants. Ne comprenant pas tout, elle saisit quand même qu'elle vient de la part de la mairie. Le premier magistrat, voulant s'assurer des conditions de vie de la famille, a alerté les services sociaux. Dans les jours qui suivent, les deux hommes reviennent livrer un lit, un buffet, des ustensiles de cuisine, de la vaisselle, du linge de maison et quelques habits. La solidarité a fonctionné. De son côté, Domenico a parlé de ses problèmes de résidence à son chef qui en a touché un mot au patron. Celui-ci l'autorise à utiliser les outils de l'entreprise et à récupérer quelques fonds de pots de peinture pour rafraîchir les murs de la maison. Il s'attelle tout de suite à la tâche et met à profit les soirées et les fins de semaine pour rendre le logis plus agréable. Maintenant, ils se sentent bien et commencent à ressentir les bienfaits de leur venue en France. Ils se sentent si bien que Nicolete éprouve à nouveau les troubles qu'elle connaît parfaitement et, progressivement, son ventre développe la déformation habituelle. Ce sera un cinquième garçon. Il s'appellera Michele, en l'honneur de son frère qui sera le parrain. Lui a mis sa promesse à exécution. Il a quitté sa femme et pris une chambre à l'Hôtel des Ouvriers. Souvent, le dimanche, il vient déjeuner chez sa sœur et, à l'issue du repas, va avec Domenico faire quelques pas en fumant une cigarette. Ils ne parlent plus d'Immacolata et discutent sur leur métier et, de temps à autre, évoquent quand même Corato. Ils parlent aussi de la vie en France. De la bouche des collègues de travail ou sur les ondes des postes de radio dans les cafés, ils ont entendu parler de grèves, de manifestations, de bagarres, de répression. Ils perçoivent des noms, des mots, qui n'ont pas beaucoup de sens pour eux : « Vincent Auriol, Léon Blum, Robert Schuman, Charles de Gaulle, décolonisation, plan Marshall, guerre froide, communistes, socialistes, CGT, crise, cours du blé… ». Ils ont conscience qu'il se passe quelque chose de grave, en France, en cette année 1947. Mais ils ne veulent pas s'en mêler, considérant qu'ils sont de petites gens, des étrangers, sans aucune prise sur les événements, et que tout se décide dans les hautes sphères à Paris.

Début 1948, ils ne sont plus seuls dans les baraques. Depuis l'installation péremptoire de Domenico, la commune a pris des dispositions pour permettre l'accueil d'autres familles italiennes. Les Loiodice, couple avec quatre enfants, originaires des Pouilles également, prennent possession de la maison d'en face. À côté, rapidement, s'installent les Parisi, provenant de Naples, avec un garçon et quatre filles, et dont la mère, surnommée *la napoletana*[100], pleure toujours la perte du soleil, de la chaleur et de l'atmosphère marine de sa ville natale. Les derniers arrivés sont les Cimazetti, montagnards des Abruzzes, avec deux garçons et une fille. Un îlot communautaire se constitue, favorisant surtout l'entraide, sans faire obstacle à l'intégration de ses membres au sein de la société française. Tous s'efforcent d'apprendre la langue en priorité. Comprendre et se faire comprendre apparaît comme la nécessité absolue et les plus grands enfants, fréquentant l'école, deviennent rapidement les principaux vecteurs d'acquisition du langage.

Fin septembre, madame Servais, la sage-femme du secteur, vient au chevet de Nicolete parvenue à terme. Les deux femmes ont déjà fait connaissance lors d'une visite prénatale. Nicolete a confiance. L'accouchement s'avère presque une formalité. Le petit Michele vient au monde en bonne santé, mais dans un univers très modeste. La maïeuticienne, consciente de l'environnement quelque peu indigent du petit, préconise des mesures d'hygiène et des conseils pour la nutrition du bébé. Elle invite surtout la maman à se rendre aux séances gratuites de consultation des nourrissons, à la pouponnière, rue Sainte-Alice, à Jœuf. C'est un établissement novateur, édifié grâce à l'obstination du médecin-chef de l'hôpital des Forges, le docteur André Aweng, ému par les nombreux décès d'enfants dans les familles ouvrières du bassin de Briey. Elle ira, elle s'y engage.

Quelque temps après, un beau dimanche, ponctué d'un bon repas et d'une belle promenade, Nicolete, voyant son mari bien détendu, entame une discussion à propos de son travail et de leur maison.

---

100 *Napoletana* : napolitaine.

— La voisine m'a dit qu'à l'usine de Jœuf, il y a de l'embauche et que les ouvriers mariés ont tout de suite droit à un logement. Je ne voudrais pas avoir encore un enfant ici et j'ai envie d'une vraie maison.
— J'en ai aussi entendu parler au café. Bon, j'irai me renseigner. Si je peux te faire plaisir.
— Pas seulement pour moi, mais surtout pour les garçons.

Elle devra attendre. Domenico aime bien son métier et, avec les déplacements, il perçoit un bon salaire. De plus, par ses compétences, son sérieux, sa régularité, il a gagné la considération de son patron et de ses collègues. Pourquoi changer ? L'été suivant, alors que le petit Michele commence à marcher et qu'elle se penche vers lui, sa maman a une brusque envie de vomir et se voit contrainte de s'asseoir. Elle sait bien ce qu'il lui arrive. À nouveau enceinte, elle a du mal à accepter cette sixième grossesse, persuadée de la venue d'un autre garçon. Cette fois-ci, déterminée, elle rappelle à Domenico son refus d'enfanter à nouveau dans la baraque. Il a compris, il ne perd plus de temps et se rend aux Grands-Bureaux de l'usine De Wendel, au bas de la rue de Franchepré à Jœuf. Au bureau d'embauche, il ne rencontre aucune difficulté. L'usine sidérurgique fonctionne à plein régime et a besoin de bras. La France, elle, a besoin d'acier. Lui a besoin d'une véritable maison. On lui promet une cité très rapidement. Il sera affecté aux moteurs à gaz, unité de production d'électricité, à partir du gaz des hauts-fourneaux. Il commence sa nouvelle carrière le 1er octobre. Il travaille toujours du poste du matin, de six heures à quatorze heures. Le travail s'avère plutôt physique et exige entre autres de charroyer régulièrement de grands seaux de chaux vive nécessaires à la déphosphoration. Il impose également une sérieuse vigilance à l'égard de l'atmosphère gazeuse et surtout du monoxyde de carbone. Mais l'horaire lui laisse entrevoir la possibilité de travailler « après les heures[101] » et donc d'exercer en parallèle son véritable métier. Des connaissances, l'ayant croisé en tenue blanche maculée de peinture alors qu'il travaillait pour l'entreprise Martin, lui ont en effet déjà proposé de

101 Après les heures : expression populaire signifiant exercer un second emploi, souvent non déclaré.

refaire une ou deux pièces chez eux. Domenico, dévoué aux siens et à leur bien-être, ne rechigne pas à la tâche.

Les quatre dames des baraques ont pris l'habitude de se voir, une ou deux fois par semaine, en milieu de matinée, après les tâches ménagères. Nicolete informe les voisines de son état. La dame Cimazetti lui demande alors si elle a voulu cette nouvelle grossesse et si elle entend garder le bébé.
— Qu'est-ce que tu racontes ? Les enfants, c'est un cadeau du bon Dieu.
— Ce n'est pas toujours le cas. Moi, j'ai du mal avec les enfants. Je ne te cache pas que le dernier, je l'ai fait partir.
— Comment ça, tu l'as fait partir ?
— Eh bien, j'ai fait ce qu'il faut pour que le bébé s'en aille.

Nicolete n'en revient pas. Elle n'ignore pas que certaines femmes ont recours à l'avortement. Elle a déjà entendu parler de certaines faiseuses d'anges qui, bravant la loi et peu respectueuses des règles de prophylaxie, pratiquent avec des aiguilles à tricoter. Elle considère la chose comme un crime et surtout comme un péché grave. Elle coupe court à la discussion et s'en retourne préparer à manger pour Mario, Giuseppe et Vittorio qui vont rentrer de l'école, sous la garde de l'aîné. L'après-midi, après avoir couché Armando et Michele pour une petite sieste, elle se surprend à penser aux paroles de sa copine et, intérieurement, se pose mille questions auxquelles elle n'a pas les réponses : comment faire, quels sont les risques, et Domenico, que dirait-il ? Jusqu'au soir et même au coucher, sa tête bouillonne. Elle ne parvient pas à s'endormir. Elle pense aux inconvénients de la grossesse et aux difficultés liées à l'arrivée d'une sixième bouche à nourrir. Le lendemain, encore troublée, elle retourne chez la voisine et lui demande comment elle a procédé.
— Tu te prépares un café avec un paquet entier, tu y ajoutes trois gouttes d'un médicament que j'ai rapporté d'Italie et tu bois le tout.
— Mais comment ça ?
— C'est simple. Tu mets la valeur d'une tasse d'eau dans ta cafetière et tu mets beaucoup de café, bien tassé. Tu fais passer. Puis tu reprends le café obtenu et tu le mets à nouveau dans la cafetière avec une nouvelle dose de café. Et ainsi de suite jusqu'à épuisement

du paquet et, à la fin, tu obtiens un extrait dans lequel tu introduis les trois gouttes du produit que je te fournirai moyennant un petit billet. Après absorption, tu auras vite mal au ventre, des coliques, et puis comme des contractions qui provoqueront l'expulsion de l'embryon.

Nicolete a enregistré. Quand même surprise, elle prend la résolution d'être plus sélective dans ses relations, à l'avenir. À toutes fins, elle lui achète les trois gouttes de substance. Maintenant, disposant des éléments et du *modus operandi*, elle n'a plus qu'à décider de l'instant.

Deux jours s'écoulent pendant lesquels elle cogite et prie. Bien que son projet soit en totale contradiction avec ses croyances, elle adresse une supplique aux saints Côme et Damien, les saints médecins, pour qu'ils lui viennent en aide. Le troisième jour, dans l'après-midi, pendant la sieste des deux derniers, à bout, elle passe à l'acte. Elle distille le concentré de caféine et y incorpore « les trois gouttes », prépare une cuvette d'eau chaude et un linge à portée de main. D'un trait, elle ingurgite la valeur d'un verre à vin du liquide et s'assied, redoutant la violence de la réaction. Les minutes s'égrainent. Un haut-le-cœur la surprend. Elle éructe à plusieurs reprises et une forte envie de vomir monte dans sa gorge. Elle sent son rythme cardiaque s'accélérer et entend carrément son cœur cogner dans sa poitrine. Une douleur térébrante s'empare de son abdomen et provoque des élancements insupportables. Une force invisible a empoigné ses intestins et les soumet à des torsions successives. Le tiraillement s'intensifie, il voisine la déchirure et progresse vers le bas-ventre. Par réflexe, en similitude aux sensations éprouvées lors des accouchements, elle écarte et étend les jambes et, brusquement, dans un spasme, il lui semble que son corps éjecte un organe. Elle passe sa main dans le creux inguinal et ne recueille que quelques traces gélatineuses rosacées. Point d'embryon, juste une fragmentation du bouchon muqueux. Moins d'une heure plus tard, la souffrance décline et l'apaisement lui permet de reprendre ses esprits. Elle prend soudainement conscience de ce qu'elle a failli commettre. Elle serre les dents pour éviter de crier et pleure à grosses larmes. Coupable, elle se sent coupable d'avoir voulu attenter à la vie de son enfant. Elle lui demande pardon et invoque *Santo*

Antonio di Padova[102] de le prendre sous sa protection pour qu'il ne présente pas de malformations consécutives à ce qu'elle vient de lui faire endurer et qu'il ne sache jamais.
— Santo Antonio, étends ta main sur lui. Je l'appellerai comme Toi.

Les jours suivants, ne constatant aucune séquelle induite sur sa grossesse, elle reprend courage et espère un déroulement normal. Peu fière de sa tentative échouée, elle ne souhaite pas en parler et évite ses voisines. Mais à l'occasion d'une rencontre fortuite avec celle originaire des Abruzzes, assaillie de questions, elle cède et reconnaît avoir essayé, sans résultat.
— Eh bien, il est bien accroché, celui-là. Tu veux recommencer ?
— Plus jamais ! Et on n'en parle plus.

Elles en resteront là et elle n'en parlera pas non plus à son mari.

Quelques jours plus tard, Domenico a des raisons de se monter satisfait. À la fin de son poste, il est passé au bureau de l'habitat et a appris qu'une cité lui était octroyée : le 222 rue de Goprez à Jœuf. Le quatre pièces, avec deux caves et grand jardin potager, vient de se libérer. Ils pourront emménager dès le 1er décembre, après une remise en état, prise en charge par l'usine. La nouvelle comble de joie Nicolete et, l'après-midi même, ils vont avec Armando et Michele visualiser les lieux. La rue de Goprez, composée d'une suite de bâtiments regroupant six logements, relie les deux artères principales de la commune : les rues de Franchepré et du Commerce. Côté rue du Commerce, les bâtiments occupent les deux rives, côté Franchepré, il n'y a pas de vis-à-vis, ce que les habitants préfèrent. La rue de l'Hôpital la croise en la séparant en deux tronçons. Le 222 se situe côté Franchepré, au bas de la butte de Génibois, à l'aplomb du parc de l'Hôpital des Forges, face au sentier en pente, « La Côte », qui mène à l'église et aux écoles des garçons et des filles. Nicolete est ravie de la proximité avec les commerces, les établissements scolaires, le dispensaire de l'hôpital et l'église Notre-Dame-de-Franchepré. Elle voudrait bien visiter l'intérieur de la maison, mais ils n'ont pas encore les clés. Domenico lui propose de passer à l'arrière des immeubles. Ils constatent que

---

102 *Santo Antonio di Padova* : saint Antoine de Padoue.

le potager est entretenu et qu'il contient des arbres fruitiers, un immense poirier, un pêcher, un quetschier et des groseilliers à maquereaux. Ils se frottent les mains.
— On a un beau morceau de terre. On pourra cultiver des légumes. Tu verras, ici, on sera bien.

Nicolete en est persuadée. Ils s'enlacent et les deux gamins sourient en regardant leurs parents.

Précisément l'année charnière, au milieu de ce XXe siècle, à la mi-mai, Antonio, sixième garçon, qui a failli ne pas naître, voit le jour. Nicolete ne ressent pas les tourments de l'accouchement, elle n'a qu'une préoccupation, l'intégrité du nouveau-né. Elle demande tout de suite à madame Servais, avec insistance, de vérifier l'état de son fils. Bien que surprise par l'inquiétude et l'empressement de la maman, elle s'exécute aussitôt, examine minutieusement le bébé et la rassure. Il possède tous les attributs d'un petit garçon et son corps ainsi que ses fonctions ne présentent aucune anormalité. Nicolete ne peut retenir les sanglots de bonheur qui la submergent. Elle a eu peur pendant sept mois. Elle se dit que malgré tout, avec la dose de café qu'elle a absorbée, involontairement transmise peut-être à l'enfant, et en plus les gouttes dont elle ignore le nom, la nature et les effets induits, il sera forcément nerveux.

Effectivement, il se montre un tant soit peu agité et, plus d'une fois, Nicolete se voit contrainte de le veiller la nuit. Mais nourri à son bon lait maternel, il se développe harmonieusement et pèse treize kilos à sept mois... Le personnel de la pouponnière le désigne « plus gros bébé du secteur » et site en exemple la maman nourricière, qui n'allaite que d'un sein. Il continue à croître normalement. Toutefois, craignant constamment une suite néfaste à son égarement et cultivant toujours un sentiment prégnant de culpabilité, elle ne relâche jamais son attention particulière envers lui. Cela fait naître quelques jalousies chez ses frères, auprès desquels elle justifie son attitude plus prévenante, envers leur benjamin, en prétextant une faiblesse immunitaire due à une maladie infantile.

Ce n'est que bien plus tard, Antonio parvenu à l'âge adulte, et elle-même à l'aube de la vieillesse, qu'elle voulut alléger son fardeau. Estimant son fils en capacité de comprendre, elle profita d'un tête-

à-tête pour lui avouer l'inavouable et solliciter son indulgence. Antonio déclara n'avoir rien à lui pardonner et expliqua son comportement par les conditions précaires d'existence de l'époque. Il mit fin à cette confession inhabituelle, l'embrassa et lui demanda de ne plus y penser. Bizarrement, les jours qui suivirent, une image oubliée de son enfance lui réapparut : dans les bras de sa maman, son visage près du sien, il entend :
— Mi deve perdonare[103] !

Six mois à peine après la naissance d'Antonio, une sensation étrange envahit Nicolete. Des vapeurs, des bouffées d'air, des angoisses l'assaillent et surtout son ventre, au lieu de pointer vers l'avant, se développe vers les hanches. Elle réalise qu'il s'agit cette fois-ci d'une fille, une fille enfin, après six garçons ! Maria-Luisa, en l'honneur de la grand-mère paternelle, la fille tant désirée, naît le 30 novembre 1952. La famille a atteint sa complétude. Il n'y aura plus aucune naissance, les parents y veilleront.

En décembre de la même année, Nicolete et Domenico reçoivent leurs certificats de naturalisation française ainsi que ceux de leurs sept enfants. Le processus d'intégration s'achève. La prophétie de la cartomancienne leur revient en mémoire.

---

103 *Mi deve perdonare* : Tu dois me pardonner.

Épilogue

Deux années d'internat à l'Institution Saint-Joseph de Nancy-Laxou, entrecoupées de retours hebdomadaires à Jœuf, m'ont familiarisé avec les moyens de transport. À présent, j'apprécie le train que je trouve propice aux rencontres, notamment dans l'espace d'intimité des compartiments, qui favorise l'échange entre voyageurs. Lorsque mes parents m'annoncent qu'en août de cette année 1967, nous partirons en vacances en Italie, dans les Pouilles, je me sens aussitôt investi de la charge de les guider dans ce voyage. Eux, pleins de générosité bienveillante, conscients d'une certaine fatuité inhérente à l'adolescence, feignent de s'en remettre à ma pratique des déplacements. Mon passage en terminale assuré, après seconde et première en section technique, j'effectue un stage en juillet à l'atelier central de l'usine sidérurgique de Wendel à Jœuf, pour me familiariser avec l'utilisation des machines-outils : fraiseuse, tour, étau limeur, et gagner quelques subsides. Après… *Italia*. Je jubile.

Notre séjour, basé à Palese, banlieue de Bari, nous permet de passer plusieurs journées à Corato. Ensemble, nous revisitons toutes les personnes et les endroits que j'ai fréquentés quelques années plus tôt et qui ont laissé trace dans ma tête et dans mon cœur. Je retrouve le grand-oncle Giacinto avec une nouvelle épouse, la Maréchale a rendu l'âme. Lui, toujours aussi alerte et bon vivant, me gratifie encore de son *uagna mang, uagna bev* pour m'inciter à manger et boire son fameux vin blanc, qu'il conserve toujours jalousement dans sa dame-jeanne, posée près de lui. Nous nous rendons aussi chez ma cousine Anna et son mari Marco. Ils ont déménagé et occupent maintenant un bel appartement avec balcon, dans un immeuble récent sur le *stradone*. Le commerce de cheveux s'est avéré particulièrement bénéfique. Anna m'apprend que sa sœur Rina a finalement cédé aux attentions et aux avances de Gennaro, le pauvre boiteux, qui a abandonné le commerce ambulant pour ouvrir une boutique de fruits et légumes en plein centre-ville. Le bonheur quoi !

Après ces retrouvailles, animé d'une attente indéfinissable, je m'échappe un moment et repasse seul dans le vieux quartier où demeurait Anna autrefois. Devant une des maisons voisines, j'observe un groupe de personnes en discussion. Parmi elles, une jeune femme très typée, peau mate et cheveux noirs, à la sensuelle féminité. Ses yeux sombres se posent sur moi et me fixent intensément. Pendant quelques longues secondes, je crois y lire l'expression d'un reproche ou d'une interrogation. Puis elle me sourit de toutes ses dents blanches et finit par me lancer un *buongiorno* chaleureux, comme à un ami que l'on revoit après quelques jours d'absence. Je la salue à mon tour, d'un bonjour des plus affables, à même d'exprimer les sentiments qu'elle m'avait inspirés. Mais je ne m'aventure pas au-delà, car je remarque à ses côtés un jeune homme inconnu. Certainement le fiancé ou le mari. Les convenances m'interdisent toute autre démonstration. Sans insister, je poursuis mon chemin, allume rapidement une cigarette et aspire une longue bouffée. Je n'ai plus jamais revu Maria.

Ce voyage nous a permis de passer plusieurs jours en compagnie d'oncle Michel, très heureux de nous retrouver. Il a tenu à nous emmener déjeuner chez les pêcheurs *Lungo Mare* à Bari pour déguster les coquillages crus accompagnés de *panini* et arrosés de quelques verres de muscat de Trani.

Ce fut la dernière fois que nous le revîmes. Il devait s'éteindre peu de temps après, abandonné de tous, dans un hôpital vétuste. Un de ces établissements où les fonds publics ne parviennent que rarement et où le personnel, satisfait de son statut de fonctionnaire, attend patiemment son traitement mensuel, en abandonnant volontiers aux familles les tâches d'assistance aux malades. Sans information sur son hospitalisation, nous n'avons pu aller à son chevet, ni à ses obsèques.

Peu confiant dans les banques, mon oncle avait toujours promené sa fortune avec lui. Son voisin de chambre, mis dans la confidence, récupéra son magot sous son matelas et le conserva à la disposition d'un familier qui, certainement, ne manquerait pas de se manifester. Ce fut son dernier fils, le militaire de carrière, Séverin qui, voulant se recueillir à l'endroit où son père avait trépassé, mis en présence de ce malade parangon d'honnêteté, se vit remettre, à sa grande surprise, les économies d'une vie. La disparition de cet homme, qui avait tenu pour moi le rôle du grand-père, me causa beaucoup de peine et entama le lien profond qui me rattachait à la Basse Italie. D'autres événements devaient, par la suite, accentuer cette fracture.

Début 1977, afin de prévenir un licenciement en lien avec la récession de la sidérurgie lorraine, sur les conseils de mon frère aîné, je quitte mon emploi de chef de chantier dans une entreprise de maintenance industrielle, pour rejoindre la Police Nationale. Lui, brigadier-chef, exerce dans l'institution depuis une dizaine d'années, après avoir abandonné son métier de peintre en bâtiment. Le second a choisi le commerce de détail et la fille du patron de l'épicerie où il est employé et, après les épousailles, se trouve à présent à la tête d'une belle affaire. Le troisième, peintre lui aussi, a préféré tenter sa chance en Allemagne, du côté de Düsseldorf. Le succès l'attendait. Son imagination créative, son sens des couleurs, des formes et des nuances, expression d'une certaine fantaisie à la française, ont conquis les Germains et son entreprise fait florès. Le quatrième, contremaître de maintenance électromécanique, quitte la sidérurgie sur le déclin pour l'administration pénitentiaire où, débutant comme formateur, il finit par obtenir le titre de directeur technique et y poursuit une belle carrière. Le cinquième, d'abord aciériste, puis spécialisé en revêtement de tubes d'acier, profite d'une mesure sociale d'aide à la reconversion pour entrer chez Renault-Sovab à Batilly où il accède à la maîtrise et exerce aujourd'hui en tant que chef d'atelier peinture. Ma sœur cadette s'est dirigée vers le secteur du crédit à la consommation et, cadre financier, occupe un poste à responsabilités dans le groupe Cetelem. Mon père, estimant qu'il n'en faisait pas assez, avait doublé ses journées de travail à l'usine par un emploi de peintre dans l'unité de fabrication de charcuterie Solpa à Homécourt. Pendant plusieurs années, il s'appliqua à traiter à l'antirouille les encadrements métalliques des nombreuses ouvertures et devint champion de lissage du mastic à force de changer les vitres brisées. Rémunéré à la semaine, pour partie en nature, il rentrait triomphant chaque vendredi soir, et là, selon un cérémonial convenu, devant nos yeux avides, d'un geste auguste, il étalait le contenu de sa musette sur la table de la cuisine, en nommant les pièces de viande, les saucissons et les cochonnailles qu'il avait perçus. Quelle fête. Aujourd'hui, âgé de soixante-deux ans, quelque peu usé, il profite du temps libre que lui accorde la cessation anticipée d'activité pour s'adonner à quelques parties de *scopa*[104] avec des compatriotes.

Ma mère, voyant tout son petit monde au labeur, avait décidé de s'y mettre elle aussi et s'était fait embaucher comme laveuse de linge à l'hôpital des Forges. Quelques années de cette tâche plus qu'éreintante l'ont exténuée et je me suis ingénié à la faire cesser, en sollicitant pour elle le statut de longue maladie. En juillet, bonne nouvelle, Teresa Di Carolis, la fille de son ancienne patronne avec laquelle elle a maintenu une relation épistolaire, annonce sa visite, avec un couple d'amis, à l'occasion d'un tour de France. C'est l'effervescence. Une fille du peuple reçoit chez elle des représentants de l'aristocratie italienne. Quel événement ! Ma mère se démène à lustrer la maison et à préparer un festin. Embrassades, larmes, rires et évocation des souvenirs ponctuent les retrouvailles. Mais joie et bonheur de se retrouver laissent vite place à une indicible mélancolie teintée de nostalgie.

Peu de temps après, par une belle matinée de septembre, alors qu'elle vaque à son ménage, elle entend frapper à la porte. Elle ouvre et se trouve face à un prêtre qui la salue jovialement avec un fort accent d'Italien du Nord. La chaleur de cette voix, ce regard clair, cette expression d'une profonde amabilité la transportent soudain des années en arrière et éveillent en elle l'image d'une main tendue, alors qu'elle sombrait dans le désespoir. Elle n'en croit pas ses yeux. Le père Francesco, qui avait partagé des poires avec ses

---

104 *Scopa* : jeu de cartes italien.

enfants, dans la gare de Bardonecchia. Incroyable. Et pourtant, il se tient là devant sa porte. Lui aussi demeure incrédule. Il n'a pas oublié cette singulière rencontre et surtout le visage plein de reconnaissance des petits. Elle l'invite à entrer, lui propose un café et lui demande la raison de sa présence. Il explique que sa connaissance de la langue française lui a valu d'être choisi par son évêque pour visiter les villes d'immigration italienne dans le nord-est de la France, afin de recueillir des dons au profit des 45 000 sinistrés du Frioul, près d'Udine, qui en mai de l'année précédente ont subi un terrible séisme. Il lui rappelle la prière dite ensemble à Bardonecchia et ses encouragements à garder espoir dans la Divine Providence. Elle se souvient. Don Francesco poursuit sa route en l'invitant à continuer à croire et à prier.

Interdite, médusée, elle s'interroge sur le sens de cette fugace apparition qu'elle associe aux visiteurs italiens du début de l'été. Elle cherche une explication. Elle n'en voit qu'une : elle doit retourner à Corato. À partir de cet instant, elle considère avoir reçu un appel et répète, avec insistance, son désir de revoir une dernière fois sa terre natale. Les contraintes professionnelles et familiales empêchant chacun de nous de l'accompagner, elle parvient à convaincre son mari, pourtant peu enclin à ce voyage, de partir eux deux uniquement. Ils se mettent en route fin janvier pour une quinzaine de jours, en annonçant qu'ils reviendront les bras chargés de cadeaux. La veille du retour, l'aîné reçoit un appel téléphonique d'un cousin, lui apprenant le décès de notre mère. Il se charge alors de nous alerter l'un après l'autre. La sonnerie du téléphone au milieu de la nuit et la voix de mon frère me disant « Maman est morte » n'ont jamais quitté ma mémoire. Après une rapide concertation, nous décidons de rejoindre notre père, imaginant aisément son désespoir. Pendant le trajet en train, la tête engoncée dans le col en fourrure de mon blouson, somnolant sous l'effet d'une profonde tristesse, je me mets soudain à douter. Le mauvais sort n'a pu manigancer un tel scénario : attirer maman dans son village natal pour lui ôter la vie ! Une telle convergence de circonstances est-elle imaginable ? Aussi, une idée étrange commence à poindre dans mon esprit : maman aurait-elle imaginé un tel subterfuge pour nous réunir tous, autour d'elle, à Corato ? Cette idée me paraît pourtant

si saugrenue que je n'ose en faire part à ma fratrie. Lorsque l'express entre en gare de Bari, j'aperçois sur le quai deux cousins, en costume noir, chemise blanche et cravate noire. Cela éteint mes espoirs. Ils nous conduisent à la petite maison louée par mes parents. De nombreuses personnes stationnent à l'entrée : parents éloignés, connaissances, le curé du quartier et ses bigotes. Tous s'écartent pour nous laisser le passage, tout en nous exprimant leurs condoléances. Papa veille son épouse qui repose sur un lit, les yeux clos, les mains jointes enserrant un chapelet. Il quitte sa chaise et s'effondre dans nos bras en marmonnant entre deux sanglots :
— Pourquoi ? Pourquoi a-t-elle voulu revenir ici ? Elle le sentait, elle le sentait.

Je demeure un long moment silencieux, paralysé par l'émotion. Je grave dans ma mémoire, un à un, les traits de ma mère, pour à l'avenir pallier son absence. Sentant nos interrogations, notre père nous explique qu'au cours de la nuit précédente, elle a ressenti une violente douleur dans la poitrine. Devant la persistance du mal, il a tenté de trouver un docteur acceptant de se déplacer. Sans résultat, malgré des recherches dans différents quartiers de la ville. Il a alors sonné à la porte de la *signora* Emma Di Carolis qui a aussitôt dépêché son médecin personnel. Celui-ci limita son intervention au constat du décès, en diagnostiquant un arrêt cardiaque. Le précédant de peu, au chevet de sa femme, il avait recueilli son dernier souffle. Agonisante, elle avait murmuré :
— *I figli miei. I figli miei*[105].

Ses dernières paroles nous étaient destinées. Elle avait souvent évoqué une mort apaisée, chez elle, entourée de ses enfants, et avait prié pour cela. Quel péché avait-elle donc commis pour que ce Dieu, si souvent imploré, ne lui accorde cet ultime réconfort ?

Un sentiment d'injustice mêlé de colère commença à s'insinuer en moi et je lus sur le visage de mes frères qu'ils partageaient mon ressentiment à l'égard de ce Sud qui avait privé notre mère du moindre secours. Les lenteurs de l'administration communale, sollicitée à plusieurs reprises pour la délivrance du certificat de décès,

---

105 *I figli miei* : Mes enfants.

indispensable au transport du corps, finirent par nous exaspérer. Seules la présence et l'interposition de nos cousins empêchèrent que nos démarches finissent en empoignade avec les fonctionnaires municipaux.

Pressés de quitter le pays et désirant emmener notre père au plus vite hors de ces lieux, nous avons affrété un avion pour nous rapatrier avec le corps de notre mère. Quelques heures avant le décollage, alors que les employés des pompes funèbres nous invitent à un dernier adieu, avant qu'ils ne scellent le cercueil, je dépose un baiser sur le front de ma mère et sur ses mains et je lui murmure :
— *Ciao ma.*

À cet instant, je pris conscience de la mort. Je l'avais ignorée jusqu'alors. Ma sœur pleurait, je la pris contre moi et libérai moi aussi la tension accumulée en donnant libre cours à mon chagrin.

Mon père refusa l'avion et préféra rentrer en train. Avec l'aîné, nous l'avons accompagné. On enterra notre mère dans le cimetière de Jœuf, sans pouvoir exaucer son vœu, de reposer pour l'éternité dans une petite chapelle. La mairie s'y opposant faute de place. Décidément !

Malgré cette rupture brutale de la vie à deux, et cette solitude à laquelle il n'était pas préparé, pendant quelque temps, mon père lutta et tenta stoïquement de redonner une normalité à son existence. Je pensais qu'entouré de l'affection de ses enfants et petits-enfants, de ses amis nombreux, il parviendrait à surmonter l'épreuve. Mais atteint par la maladie, il montra vite des signes d'abattement et je le surpris plusieurs fois dans un état de prostration d'où il émergeait en répétant :
— *Sono stango*[106].

Hospitalisé, il refusa de combattre et se laissa mourir, persuadé de rejoindre celle qui l'avait accompagné tout au long de sa vie et qui l'attendait depuis moins de deux ans. On enterra mon père auprès d'elle.

---

106 *Sono stango* : Je suis fatigué.

Près de vingt après, je ressens toujours la même frustration lorsque je me recueille devant la tombe où ils reposent et je ne les quitte jamais sans leur dire :
— *Ciao ma, tchao pa.*

Le temps efface les rancœurs et les colères. En 1997, un besoin irrésistible de goûter à nouveau à une certaine chaleur s'empara de moi. Je ressentais une envie irrépressible de humer à nouveau des effluves qui me lancinaient depuis de longs mois. Le moment de la réconciliation était peut-être venu. J'entraînai mes frères avec moi, pour un retour aux sources, un pèlerinage. Avec un réel plaisir et beaucoup d'émotion, je revisitai tous les sites pittoresques de la Puglia, en reconnaissant la beauté de cette province, que je refaisais mienne. Encore une fois, je mis mes pas dans les pas de Nicolete et Domenico, mes parents.

FIN

Remerciements

À mes très chers Nicolete et Domenico, pour tout ce que vous m'avez offert.

À ma fratrie, Mario, Joseph, Victor, Armand, Michel et Marie-Louise, pour tout ce que nous avons partagé.

À mes oncle et grand-oncle, Michele et Giacinto, pour leur affection et leur fidèle narration.

À ma tante Rosa et mon oncle Tonino, pour l'aide apportée à Nicolete et Domenico.

Je vous devais bien ça.

Table des matières

N° d'éditeur : 6428

Dépôt légal : Avril 2023

Achevé d'imprimer chez SoBook le 04-12-2023
Linselles - France

Nos papiers sont issus de forêts gérées durablement

N° impression : 879 585